Bu kitabı toplatmaya kalkacak olanların
dikkatine

ÖNEMLİ BİR AÇIKLAMA
ya da
BU KİTABIN ÖYKÜSÜ

Ahmet Altan'ın ikinci romanı olan *Sudaki İz*, ilk kez 1985 Temmuzunda Can Yayınları arasında çıkmıştı. Büyük bir ilgiyle karşılanan roman, yedi ay gibi kısa bir süre içinde üçüncü basımına ulaşmıştı. Bu son basımın üzerinden iki ay geçtikten sonra, bu tür davaların değişmez ve resmi bilirkişisi ünlü Muzır Kurulu'nun da raporuyla kitap toplatıldı. Yargılama iki yıl sürdü. İstanbul 2. Asliye Ceza Mahkemesi, müstehcenlik suçlamasıyla, kitabın zoralım ve imhasına karar verdi (22.3.1988 günlü, 1988/122 sayılı karar). Sanıklar, Yargıtaya başvurarak bu kararın bozulmasını istediler. Ancak bu istek de Yargıtay 5. Ceza Dairesinin, (28.12.1988 gün ve Esas: 1988/4525, Karar no: 1988/8173, Tebliğname: 5/3497 tarihinde) oybirliğiyle verdiği bir kararla geri çevrildi ve böylece mahkemenin kararı kesinlik kazanmış oldu.

Sudaki İz'in bu yeni basımının başına eklediğimiz İstanbul 2. Asliye Ceza Mahkemesinin kararında da görüleceği gibi, kitabın yalnızca (eski basımın) 29, 30, 31'inci (elimizdeki yeni basımın **40, 41**'inci) sayfalarında yer alan bir bölüm yüzünden kitabın zoralım ve imhasına karar verilmiştir. İkibuçuk sayfanın suçlu bulunarak bütün bir kitabın, sonsuza dek yok sayılmasına gönlümüz razı olmadığından ve bir gün hiçbir düşüncenin, hiçbir yazının yasaklanmadığı özgür bir düşünce ve yaratım ortamının geleceğine de inanarak, *Sudaki İz*'in suçlu bulunan satırlarının üzerini siyah utanç bantlarıyla örtüyor, yani suç ögesini ortadan kaldırıyor ve *Sudaki İz*'i yeniden yayımlıyoruz. Bitkisel hayata sokulmuş bir kitaba, biraz oyuncaklı da olsa, yeniden can vermenin sevinci içindeyiz.

Bilindiği gibi, yasalarımıza göre, kesinleşmiş mahkeme kararlarını yayımlamak yeni bir suç oluşturmuyor. Bu işlemi, *Henry Miller*'ın *Oğlak Dönencesi* adlı romanı için de yapmıştık. İşte bu güvenceyle, kitabın başına, kitabı sonsuza dek mahkûm eden mahkeme kararını da ekledik.

Ancak, kitap yeniden dizildiği için, sayfa numaraları eski basımın sayfa numaralarını tutmamaktadır. Oysa mahkeme kararında, suç aranan ve suç bulunan sayfalar, eski basımın sayfa numaralarıyla belirtilmiştir. Yeni bir karışıklığa meydan vermemek için, kararda belirtilen sayfa numaralarının yanına, ayraç içinde, siyah punto kullanarak yeni basımın sayfa numaralarını da koymayı uygun bulduk.

Sevgili *Ahmet Altan*'a ve yasaklar yüzünden kitapları yok edilen bütün yazarlara özgür ve yasaksız bir Türkiye diliyoruz.

CAN YAYINLARI

DÖRDÜNCÜ BASIM İÇİN ÖNSÖZ

İlk yazılarımın yayımlanmaya başlamasından itibaren birçok suçlamayla karşılaştım. Müstehcenlikle, devlet düşmanlığıyla, döneklikle, komünistlikle, dinsizlikle, yozlanmışlıkla suçlandım durdum. Mahkemelerde, gàzete sütunlarında, içki sohbetlerinde, edebiyat dergilerinde, broşürlerde, sağcı toplantılarda, solcu tartışmalarda yargılandım. Galiba her seferinde de mahkûm oldum.

Herkes bir başka nedenden beni yargılayıp mahkûm ediyordu, ama bütün bu değişik kesimlerin vardığı sonuç ortaktı: cezalandırılmam gerekiyordu.

Sağcıların, solcuların ve devletin şaşırtıcı bir ortaklık ve görüş birliğiyle hakkımda verdikleri mahkûmiyet kararı, *Sudaki İz* romanında billurlaşıp somutlaştı. Solcularla sağcılar bir arada suçladılar, devlet ve iktidar da son darbeyi vurup, kitabımı mahkûm ederek yaktı.

Birçok insanı, zindanlarda, sürgünlerde, darağaçlarında kavuran bir büyük cehennemden fışkıran o katranlı kıvılcımlardan bir avucu da benim kitabımın üstüne düşüp kavurdu geçti. İnsanları suçlamak için haykırarak birbirlerini çiğneyenler, her konuda fikir söylemek için yarışanlar, başka kitaplarla birlikte benim kitabım da yakılırken belki de alevlerden gözleri kamaştığından, suskunlaşıp sessizleştiler.

Genellikle bağırıp çağırmaktan hoşlanmayan, çoğunu hiç tanımadığım, görmediğim dostlarımız, her zaman olduğu gibi bir belâya direnebilmemiz için bize omuz verdiler. Ve biraz da onların sayesinde Erdal Öz, ben ve *Sudaki İz*, loş adliye koridorlarından, bizi bekleyen yakıcı bir karara doğru boynumuzu dik tutmaya çalışarak yürüdük.

Bu olayda benim payıma acı düştü. Bunun için, her şeye rağmen mutluyum. Bir kitabı yakanların, bir kitabın yakılması için yolu açanların, bir kitabın yakılmasını sessizce seyredenlerin payına düşen utanç benim üstüme düşseydi, sanırım acıyı taşıyabildiğim kadar kolay taşıyamazdım o yükü.

Doğrusu, kitap yakan bir toplumun suç ortaklarından olmaktansa kitabı yakılan bir yazar olmayı yeğlerim. Dün de bunu yeğlerdim, bugün de bunu yeğliyorum, yarın da bunu yeğleyeceğim. Kitapların yakıldığı bir toplumda, yazı yazan bir insana, cellatlar korosunun bir parçası olmaktansa suçlu olmanın daha çok yakışacağına inanıyorum çünkü.

Sudaki İz uzun yıllardan beri yasak. Sessiz bir ölü.

Sudaki İz'i yaşatmanın bir tek yolu vardı: kitabı yaralamak. Ben de öyle yaptım. Bu kitabın bazı paragraflarını kendi elimle karalayıp kendi yazdığım kitabı kendim yaraladım.

Elinizde yaralı bir kitap var şimdi.

Bunu yaptığım için belki de kimse suçlamayacak beni.

Ama bence, ilk kez gerçekten şimdi suç işliyorum. Bir kitabı yaralıyorum.

Ne yazık ki, kitabımı yaşatabilmek için bu korkunç suçu işlemekten başka hiçbir çarem yok.

Ahmet Altan

İSTANBUL 2. ASLİYE CEZA MAHKEMESİ

Esas No : 1986/309
Karar No : 1988/122
C. Sav. No : 1986/96

BASIN

KARAR

Hâkim : Osman ŞİRİN 17300
C.S.Y : Akören KANDUR 15119
Kâtip : Ayşe ÖZELER 6331

Davacı : K.H
Sanıklar : 1- ERDAL ÖZ: Şefik ile Mehcure'den olma, 1935 doğ. İstanbul, Şişli, Halâskârgazi Mah. veya köyü, C.014/02 S.57, Kütük Sıra No: 159'da nüf. kayıtlı olup Can Yayınları Sahibi, evli, 3 çocuklu, okur yazar, sabıkasız, T.C. İslâm.
Vekili : Av. Tayfun AKÇAY (İstanbul Barosu Avukatı)
2- AHMET HÜSREV ALTAN: Çetin ile Kerime'den olma, 1950 doğ. İstanbul, Kadıköy, Göztepe Mah. veya köyü, C.011-04 S.66, Kütük Sıra No: 367'de nüf. kayıtlı olup İstanbul, Ankara Cad. No: 40/2 Cağaloğlu adresinde bulunur, evli, 2 çocuklu, okur yazar, sabıkasız, T.C. İslâm.
Vekilleri : Av. Tayfun AKÇAY
Av. Çetin ÖZEK (İstanbul Barosu Avukatları)
Suç : Yayın Yolu ile TCK.nun 426. maddesini ihlâl.
Suç Tarihi : Ekim 1985-18.3.1986

İstanbul C. Savcılığının 29.5.1986 gün ve 118 sayılı iddianamesi ile sanıklar hakkında açılan kamu davasının İstanbul 2. Asliye

Ceza Mahkemesinde yürütülen aleni yargılaması sonunda:

GEREĞİ DÜŞÜNÜLDÜ

İDDİA

İddianame ile; yazarlığını sanık Ahmet Hüsrev Altan'ın yaptığı, Sanık Erdal Öz'ün temsil ve ilzama yetkili olduğu Can Yayınevi tarafından basılan SUDAKİ İZ isimli kitabın, Ekim 1985 ve Şubat 1986 basımlarında, 19, 29, 30, 31, 56, 57, 186, 187 ve 248 ile 249. (**32, 40, 41, 61, 62** ve **165, 166** ve **167** ve **216** ve **217.**) sahifelerinde halkın ar ve haya duygularını inciten, genel ahlâka aykırı nitelikte cinsel duyguları tahrik ve istismar eder yayınlar yapıldığı, sanıkların fiilinin TCK'nun 426 ve 80 ve 3266 sayılı yasa ile değişik 426 ve 80. maddelerine uygun olduğu belirtilerek, TCK'nun 2. maddesi uyarınca lehteki yasanın tatbiki ile sanıkların cezalandırılması, TCK'nun 426/2 maddesi uyarınca İstanbul 1. Sulh Ceza Mahkemesinin 9.5.1986 gün ve 116 Müt. sayılı kararı ile toplatılan kitapların zoralım ve imhasına karar verilmesi talep edilmiştir.

SAVUNMA

Sanıklar ve müdafiilleri; edebi bir eser olan SUDAKİ İZ kitabının müstehcenlik taşımadığını, eserin bütünü nazara alındığında gerçek amacın ortaya çıkacağını, bu amacın ar ve haya duygularını rencide etmek olarak değerlendirilmesinin hatalı olduğunu, uzman olmayanlardan oluşan Başbakanlık Küçükleri Muzır Neşriyattan Koruma Kurulunun raporunun isabet taşımadığını, kitaplarda belli bölümleri alarak bunları alt alta sıralamanın ve bu şekilde ortaya çıkartılmış metni kitabın tümü olarak yorumlamanın ve böylece o kitabı müstehcen saymanın akıl ve mantıkla bağdaşmayacağını, bu yargılama ile ülkemizin uygar ülkeler safında bulunduğu yerinde belgeleneceğini belirtmişler, beraat kararı verilmesini ve kitabın yayınının serbest bırakılmasını talep etmişlerdir.

Suç tarihinde mer'i TCK'nun 426. maddesinde hapis cezası ile birlikte asgari 3000 TL. ağır para cezası tatbiki gerektiğinden, sonradan yürürlüğe giren 3266 sayılı yasa ile değişik 426. madde metninde ise hapis cezası kaldırılarak ağır para cezası öngörüldüğünden ve yeni metindeki ağır para cezası fazla olması nedeni ile TCK'nun 2/2 maddesi uyarınca yapılacak değerlendirmede önceki metinde yazılı asgari 3000 TL. ağır para cezasının, lehte olmasından dolayı uygulanması icab ettiğinden, TCK'nun 119. maddesi uyarınca sanıklara asgari ağır para cezasını muhakeme masrafı ile birlikte ödemeleri halinde kamu davasının düşürüleceği ihtar edilmiş, ancak sanıklar ve müdafii eserin müstehcen olmadığı görüşünde ısrarla, asgari ağır para cezasını ve muhakeme masrafını ödeme önerisini kabul etmemişlerdir.

BAŞBAKANLIK K.M.N.K. KURULU GÖRÜŞÜ

Hazırlık soruşturmasında, C. Savcılığının talebi ile, 1117 sayılı yasanın 3266 sayılı yasa ile değişik 2/son maddesi uyarınca Başbakanlık Küçükleri Muzır Neşriyattan Koruma Kurulundan kitapla ilgili rapor istenilmiştir.

Kurul, 1.5.1986 gün ve 34-12 sayılı raporunda özetle (Ahmet Altan'a ait ŞUDAKİ İZ isimli romanın 19. (**32.**) sahifesinde bir kadın ile bir erkeğin sevişmelerine, özellikle kadının göğüslerinden duyduğu cinsel hazzın tasvirine, 29, 30, 31. (**40, 41.**)sahifelerinde bir kadın ile erkeğin cinsel münasebetinin açıkça anlatılışına, 56 ve 57. (**61** ve **62.**) sahifelerinde 23 yaşındaki bir genç erkeğin 68 yaşındaki bir kadınla sevişmesinin ve cinsel münasebette bulunmasının anlatılışına, 186, 187. (**165, 166** ve **167.**) sahifelerinde bir erkeğin kendi çıplak vücudunu okşayarak cinsi tatmine ulaşmasını ifade eden bölüme, 212 ve 213. (**187** ve **188.**) sahifelerinde bir erkeğin uyuşturucu aldıktan sonra iki ayrı kadınla cinsi münasebette bulunuşunun anlatılışına, 248 ve 249. (**216** ve **217.**) sahifelerinde yine bir erkekle isterik ruhlu bir kadının sevişmelerini ve cinsel münasebetini anlatışına dair pasajların, halkın ar ve haya duygularını incitir, cinsel arzuları tahrik ve istismar eder nitelikte TCK'nun 426. maddesi kapsamına girer nitelikte olduğunu) belirtmiştir.

GENEL DEĞERLENDİRME

TCK'nun gerek değişiklikten önceki metninde ve gerekse 3266 sayılı yasa ile değişik 426, 427 ve 428. maddelerinde, müstehcenlik suçları tarif ve müeyyide altına alınmış bulunmaktadır.

Bu suç kapsamına, 'Kitap' dahi dahil edilmiş ve müstehcenliğin tarifi yapılırken iki ana unsur üzerinde durulmuştur. Bunlardan ilki, 'Halkın ar ve haya dugularının incitilmesi', diğeri ise 'cinsi arzuları tahrik ve istismar eder nitelikte genel ahlâka aykırı' olmasıdır. Suçun oluşması için fiilde, bu iki unsurdan bir tanesinin gerçekleşmesi yeterlidir.

'Ar ve haya ve ahlâk kavramları', genel nitelikli olan ve kişiden kişiye değişen mahiyettedir. Kültürel ve sosyal yapıları farklı şahısların, bu kavramları birbiri ile çelişir mahiyette değerlendirmesi doğal olduğu gibi, aynı şahsın değişik zamanlarda, değişen ve gelişen kültürel ve sosyal yapısı itibariyle farklı bir değerlendirmeye tabi tutması mümkün bulunmaktadır.

Bu nedenle, bir fotoğraf, yazı veya romanı değerlendirirken farklı kişilerin, müstehcenlik yönünden değişik yorumlara varabilmesi ve birinin müstehcen telakki edebildiği bir bölümü, bir başkasının müstehcen değildir biçiminde yorumlaması, konunun soyut nitelikte bulunmasının gereği sayılmalıdır.

Yasa koyucunun belli bir ceza yaptırımına tabi tuttuğu bu genel kavramın kapsamını tayin, muhakkak ki kolay değildir.

Değerlendirmeyi yapma durumunda olan Yargıcın, 'Halkın ar ve haya duygusu kavramlarını', yargı konusu olan yapıta uygularken ortalama edep duygusunu belirlemesi, bu ortalama duyguyu saptarken de ne bozulmuş ve ifsat olunmuş olan ve bu halinin neticesi her zararlı davranışa serbesti tanıyan zihniyeti, ne de son derece hassas ve tutucu olan görüşü ölçü almaması icab eder. Ülke halkının, sosyal ve kültürel ortalamasının belirlenmesi, bu ortalama düzeyindekilerin 'ar, haya ve genel ahlâk' kavramlarının ölçü sayılması, sağlıklı bir sonuca varmak için zorunludur.

Davaya konu yapıtı değerlendirirken, Hüküm Yargıcının gözönünde tutacağı çok yönlü başka faktörler de olmalıdır.

Yargıç, ceza hükümlerini yorumlarken ve uygulamasını yaparken uygarlık ölçülerine ters düşmeyecek, toplumun eğitilme, iyiye yönlendirme ufkunun açılması bakımından etkin görevler icra eden edebi eserleri koruyucu ve bu eserlerin sahiplerini, daha mükemmele özendirici bir düşüncenin takipçisi olmalıdır.

Ancak, yine aynı Yargıç, bu yorumunda; toplumun ar, haya ve genel ahlâk ölçülerini sağlıklı bir saptama ile korumalı, yasa koyucunun amacına ters düşmemeli, bu kavramların zarar görmesi yollarını yasal ölçüler dahilinde kapatmalıdır.

Yargılamalarda Yargıçtan beklenen; 'bir dengeyi sağlamaktır.' Bu denge, edebi eserlerin uygar yorumlarla korunması ve halkın ar, haya ve genel ahlâk kavramlarının zarar görmemesidir.

Bir kitabın değerlendirilmesinde, tümünü nazara almak zorunludur. Belli pasajların altını çizmek, sonra bunları alt alta sıralamak sanki eserin tümü bu metinlerden ibaretmiş gibi bir yorumla bütününü müstehcen telakki etmek yanlıştır.

Kitabın bütününde farklı anlam taşıyan bölümleri, tek tek ele almak suretiyle genel yorumundan uzaklaştırmak doğru değildir. Yasa koyucunun amacı da bu yönde bir değerlendirmeye müsait bulunmamaktadır.

Eserin bütününde müstehcenlik ve genel ahlâk duygularını istismar kastı bulunmasa dahi eğer bazı bölümler gerek kendi içinde ve gerekse eserin tamamında müstehcen bir görünüş arzediyor ise o zaman bu bölümlere hasren tüm kitabı TCK'nun 426. maddesine muhalif telakki etmek zorunluluğu vardır. Kitabın genel anlamında eritilmesi mümkün olmayan müstehcen bölümlerin çıkartılması sureti ile kitabın zoralım ve imhadan kurtarılması ise, TCK'nun 426. maddesi kapsamına göre mümkün olmadığı gibi, istikrar kazanmış Yargıtay içtihatları da böyle bir uygulamayı mümkün saymamaktadır.

ÖZEL DEĞERLENDİRME

SUDAKİ İZ romanı, 286 sahifeden ibarettir.

Konu olarak, 12 Eylül öncesindeki anarşi ortamında, sol görüşe meyyal bir kısım gencin özel yaşamını, hücresel ilişkilerini, aşk, çatışma ve düşlerini edebi ölçüler içerisinde değerlendirmektedir.

CHUK'nun 66. maddesi 'Hâkimin genel ve hukuki kültürü ile değerlendireceği' konularda bilirkişi incelemesi gerekmediğini hükme bağlamış ve bilirkişi raporlarının bağlayıcı olmayacağı, tahlil ve değerlendirmesinin Hâkim tarafından yapılacağı görüşü benimsenmiştir.

Hâkimliğimiz bu düşünce ile SUDAKİ İZ yapıtını incelemiş ve aşağıdaki görüşe varmıştır.

1- Kitabın 29, 30 ve 31. (**40** ve **41.**) sahifelerinde yer alan:

"Adam gelip kadının karşısında durdu. Kadın uzun parmaklı zarif elini uzatıp parmaklarının ucuyla adamın bacaklarının arasında sarkan parçayı tuttu. Cansız duran parça kadının dokunmasıyla

birlikte, tanrısal bir emre boyun eğer gibi ağır ağır büyüyerek dikilmeye başladı.

Kadın, iki elini ensesine götürüp boynundaki kolyeyi çıkardı. Kolyeyi iki elinin arasında gererek ışığa tuttu. Sonra kolyenin ucundaki misinayı adamın bacaklarının arasında dimdik duran parçanın ucuna bağladı. İnci kolyeyi narin bileklerinin zarif kıpırtılarıyla adamın erkekliğine doladı. Üzerine inci bir kolye dolanmış olan etten sopa, kıllı adamın bacakları arasında bir noel ağacı gibi ışıl ışıl parlıyordu.

Kadın ellerini arkaya doğru uzatıp yere dayadı, bacaklarını da dizlerini kırarak iki yana açtı. Adam kadının bacakları arasına diz çöktü ve inci kolyenin ucu kadının içine girdi. Adamın her hareketinde pırıltılar saçan inci taneleri kadının içinde kayboluyor, kadının bedeni yükselerek bir yay haline geliyordu. Son inci tanesi de kaybolduğunda kadının bedeni de tam bir yay biçimini almıştı. Gövdesinin bütün ağırlığını elleriyle ayakları taşıyordu.

Kadınla erkek birlikte kalçalarına daireler çizdirerek sevişmeye koyuldular. Bir süre sonra birden durdular. Erkek kendini geriye çekip kadının içinden çıktı. Şimdi iki bedenin arasında incecik bir misina vardı. Görünmeyen bir yerden bir baterinin davuluna hızla vurdular. Davul sesiyle birlikte ilk inci tanesi çıktı kadının içinden. Kıllı adamın erkekliğine dolanmış olarak kadının içine giren kolye şimdi tokmağın her vuruşunda tane tane inciler halinde çıkıyordu. Kadınla erkek inciden bir bağla birbirlerine bağlanmış gibiydiler. Tokmak vuruyor, adam çekiliyor, ıslak bir inci tanesi daha çıkıyor ve iki insanı birbirine bağlayan kolye uzuyordu. Son inci tanesi de çıktıktan sonra adam kenara çekildi, kadın bir bacağını ileri uzatıp bir bacağını altına alarak oturdu, iki elini iki yanına dayadı ve çekik gözlerini seyircilere dikerek baktı. Gözlerinde, içinden çıkan ıslak inci tanelerinin pırıltısı vardı."

Şeklindeki bölüm; halkın ar ve haya duygularını inciten ve genel ahlâka aykırı nitelik arzeden mahiyettedir.

Bu bölümde ortaya konulan görüntü, pornotik ilişkinin sergilenmesi mahiyetindedir. TCK'nun 426. maddesinde tarifini bulan, 'ar ve haya duyguları ve genel ahlâk kavramlarını' incitici fiiller değerlendirilirken, bu kavramları en dar anlamda yorumlamaya meyyal görüş sahipleri bile, cinsel ilişkiyi pornografik bir anlatımla veren ifadeleri müstehcen olmaktan çıkaramaz. Başka bir deyişle, ar ve haya duygularını ve genel ahlâk kavramını inciten eylemlere her türlü yorum sahibinin bile ittifakla örnek göstereceği anlatımlar ya da görüntüler bu tip pornografik görüntülerdir.

SUDAKİ İZ romanında, bu bölüm esasen kendi içinde müstakil niteliktedir. Romanın genel anlamında eritilmesi ve farklı bir mahiyette telakki edilerek müstehcenlikten çıkarılması olanaksızdır.

Esasen bu bölümün, roman bütünlüğüne bir katkısı da yoktur. Bölümün yok farzedilmesinde romanda önemli bir eksilme olmadığı gibi varlığının dahi romanın genel değerine önemli bir katkısı da yoktur.

'Genel değerlendirme' bölümünde ifade edildiği üzere, bu bölümün çıkarılması suretiyle, SUDAKİ İZ kitabını, müsadare ve imha kararından kurtarmak mümkün değildir. Belki 'Özlenen hukuk' kuralı olarak böyle bir görüşü ortaya atmak mümkün olabilir, ama TCK'nun 426. maddesi kapsamı bu yönde uygulama yapılmasına imkân tanımamaktadır.

2- Kitabın:

a) 19. (**32.**) sahifesinde yer alan:

"Fazıla, ıslak paltoların arasına uzanıp Ömer'i üstüne çekti. Ömer elini Fazıla'nın kazağından içeri soktu. Avucunun içinde Fazıla'nın etini ovuşturuyor, ama başka bir şey yapmak aklına gelmiyordu. Fazıla iki eliyle kazağını yukarı çekti. Üst üste yığılmış nemli karaltılar halindeki ıslak paltoların arasında karnının beyazlığı parladı. Ten rengi ince sutyeninin altından uçları siyah siyah dikilmiş memeleri gözüktü. Ömer, Fazıla'nın karnını, memelerini öpmeye başladı. Palto yığınının en üstündeki palto Ömer'in üstüne kaydı. Ömer, bir yandan sırtındaki ıslak sıcaklığı hissediyor, bir yandan da Fazıla'nın göğüslerini öpüyordu.

İlk paltonun ardından bir iki palto daha kaymıştı Ömer'in üstüne. Paltoların ıslaklığı gömleğinden içeri geçiyordu. Yavaş yavaş bir palto tepeciğinin altında kayboluyorlardı. Fazıla, Ömer'in başını iki eliyle tutmuş, heyecanla göğüslerine bastırıyordu. Ömer, kendini paltolardan kurtarmak için kımıldadıkça üstüne kayan paltoların ağırlığı artıyor, Fazıla da başını daha sıkı tutup bastırıyordu. Ömer bütün yüzünü kaplayan bu güzel kokulu yumuşaklıktan hoşlanıyordu, ama soluk alması gittikçe zorlaşıyordu. Fazıla'nın göğüsleri ağzını ve burnunu tümüyle kapatmış sırtındaki paltoların ağırlığı da artmıştı..." bölüm,

b) 56 ve 57. (**61** ve **62.**) sahifelerde yer alan:

"Yaşlı kadının elleri Ömer'in kımıldamamasından da cesaret alarak, yavaş yavaş çok uzun yıllar önce edindiği ustalığı ve güveni kazanmaya başlamıştı. Arpın tellerinde dolaşan parmaklar, eski inceliklerini kazanarak Ömer'in bedeninde dolaşıyordu.

Giysisini çıkarmadan önce Misis Perkins abajurun düğmesine basıp söndürdü. Birbirlerine sarılmışlardı. Bir ana oğul gibi birbirlerini incitmeden öpüyorlardı.

–Sen bana bir armağansın, dedi Misis Perkins. Tanrının bir armağanı.

Odanın içi kapkaranlıktı. Hiçbir şey gözükmüyordu. Karanlığın içinde Misis Perkins'in iniltileri duyuluyordu.

–Çok güzel, çok güzel, Tanrım...

Zamanla Misis Perkins'in sesi de yükseliyordu.

–Ne kadar güzel, ne büyük zevk.

Sonunda büyük bir çığlığa dönüştü:

–Ölüyorum Tanrım... Çok güzel... çok güzel... Ömer, çok güzel... Ölüyorum...

Birden sesi kesildi. Ölmüştü." biçimindeki bölüm,

c) 186 ve 187. (**165, 166** ve **167.**) sahifelerde yer alan:

"Birbuçuk aydan beri bir başka canlının etine dokunmamıştı. Yaşayan canlı bir ete dokunma ihtiyacı her gün biraz daha artıyordu. Bedeninde rahatsız edici bir elektriğin biriktiğini, düğüm düğüm olduğunu duyuyordu. Bu düğüm ancak bir canlının etine dokunmakla geçecek, huzursuzluk o ete akarak kendi bedeninden gidecekti. O canlı etin kime ait olduğu hiç önemli değildi, bir kadına, bir erkeğe, bir hayvana ait bile olabilirdi. Etinde biriken bu huzursuzluk doyurulmamış bir sevişme isteği de değildi. Bir canlının bir başka canlıya dokunma ihtiyacıydı.

Elini omzuna dokundurdu. Sabun kokan yeni yıkanmış teni yumuşak ve pürüzsüzdü. Elinin altında bu teni duymak hoşuna gitti. Omzunu tuttu, sonra sıktı, bıraktı. Eliyle göğsünün üstünde küçük daireler çizmeye başladı. İki tenin birbirine değişini hissetmekten haz alıyordu. Elini göğsünün ucuna doğru kaydırdı, memesinin ucu mini-

cik, sert ve pütürlüydü.

Eliyle göğsünün üzerinde daha büyük daireler çiziyordu şimdi! Ne yaptığını düşünmüyordu bile, dalgın gözlerle bir sağa bir sola yatan tavana bakarak, kendi bedenini okşuyordu. Her hareketinde sabun kokusunu duyuyordu. Teninin yumuşaklığıyla birlikte bu sabun kokusu hücrelerinden içeri doluyordu.

Kolunu okşamaya başladı, sonra yeniden omzuna dokundu, oradan göğsüne kaydırdı elini. Tenin yumuşaklığı içini ferahlatıyordu. Elini durduramıyordu, durdurmak da istemiyordu zaten. Usul usul hareket ediyordu. Elinin altında yaşayan bir etin diriliğini hissetmenin hazzını hiç acele etmeden içine sindiriyordu.

Elini göğsünden karnına kaydırdı, karnı düz ve sertti. Elinin dokunuşuyla birlikte kasılmış ve iyice sertleşmişti. Parmaklarının ucuyla kaslarına dokundu. Sonra avucunun içiyle karnını okşadı. Şimdi sağ eli karnını okşarken sol eli de omzunda dolaşıyordu. Elleri bedeniyle sevişiyordu. Bu sevişmeden asıl büyük hazzı elleri alıyordu. Önemli olan ellerinin altında eti hissetmekti. Okşanmaktan çok okşamaya ihtiyacı vardı.

Tavan bir sağa bir sola yatıyordu. Büyük bir dalgaya rastlayan gemi bir an yerinde zıplar gibi oldu, sonra yeniden eski ritmini buldu. Ellerin hareketi de geminin ritmine uygundu. Ağır ağır kıpırdanıyorlardı. Gövdesi ise tümüyle hareketsizdi.

Eller karnından aşağıya kaydı, kasıklarına dokunmadan bacaklarına uzandı. Bacakları kalın ve güçlüydü. Teni de gövdesi kadar yumuşak değildi. Ellerini yukarı çekti. Bacaklarının arasına soktu. Bacaklarının arası sıcacıktı. Bacaklarını kapatıp sıktı. Kasıklarını ovalamaya başladı. Hareketleri hızlanmıştı. Geminin sallantısını pek fark etmiyordu artık." şeklinde kaleme alınan bölüm.

d) 212 ve 213. (**187** ve **188.**) sahifelerde yer alan:

"Yeniden yanına gelen kızıl saçlı kız Ömer'in elini tutup çekti. Uzun, çok uzun, karışık koridorlardan geçtiler, geniş bir odaya girdiler. Odanın ortasında kocaman bir yatak vardı. Kız yatağa yattı. Eteklerini beline kadar çekti. Altında bir şey yoktu. Ömer kızın yanına gitmek istiyordu, ama kız ona çok uzak gözüküyordu. Sonunda kız, Ömer'i tutup çekti.

Kızla ne kadar yattıklarını anlayamadı Ömer. Kız sonunda onu üstünden itti. Eteklerini indirdi. Elinden tutup salona götürdü.

Gitarlı kız saçlarını önüne dökmüş gitar çalıyordu hâlâ. Ömer kızıl saçlı kıza, gitarlı kızı gösterip,

–Onunla da yatmak istiyorum dedi.

Kızıl saçlı kız, gidip gitarlı kıza birşeyler söyledi. Gitarlı kız kafasını kaldırıp Ömer'e baktı, sonra omuzlarını silkip yeniden gitar çalmaya koyuldu.

Ömer'in yanına gelen kız,

–İstemiyor, dedi. Gitar çalacakmış.

Ömer gidip gitarlı kızın karşısında durdu. Kız, İspanyola benziyordu. Eğilip kızın elini tuttu.

Kız yeniden baktı Ömer'e, sonra gitarına baktı, yavaş hareketlerle isteksizce gitarını yanına bırakıp ayağa kalktı.

Kız, Ömer'in önünden yürüyordu, aldırmaz bir hali vardı. Kalçalarının salıntısına takılmıştı Ömer'in gözleri. Büyük, havası boşaltılmış, yerçekimsiz bir cam kürenin içinde uçar gibiydi. Her şeyi görüyor, duyuyor, ama bir türlü yaklaşamıyordu. Kızın kalçalarıyla birlikte, Ömer de boşluğun içinde sallanıyordu.

Biraz önce, kızıl saçlı kızla girdiği yatak odasına bu kez İspanyola benzeyen kızla girdi Ömer. Kız gidip yatağın üstüne yattı. Eteklişini çıkarıp attı. Ömer boşluğun içinde uçarak yaklaştı kıza. Başını kızın koltuk altına soktu, kır papatyası kokuyordu. Beyaz papatyalar rüzgârla dalgalanıyordu. Beline sıkı sıkıya sarıldı. Kızla birlikte bir o yana bir bu yana sallanıyordu şimdi. Çocukluğundaki gibi," biçimindeki bölüm.

e) 248 ve 249. (**216** ve **217.**) sahifelerde yer alan:

"*Kadın çıkıp gitti. Ömer şaşırmıştı. Kadının o gece kendisiyle kalacağını sanıyordu, bütün oyun boyunca bunu düşlemiş, buna hazırlanmıştı. Kadının gittiğine bir bakıma da sevinmişti, henüz pek iyi bilmiyordu bu işleri, kadınlardan ürküyordu biraz, alay edilmekten korkuyordu. Soyunup yattı, çarşaflar serindi.*

Tam uykuya dalarken kapı açıldı, kadın içeri girip ışığı yaktı. Üstünde beyaz, saydam bir gecelik vardı, içi çırılçıplaktı, bacaklarının arasındaki tüylü kabarıklar açıkça görülüyordu. Kadın, Ömer'e bakmıyordu. Garip bir biçimde gülümsüyordu, sanki kendinde değilmiş, ne yaptığını bilmiyormuş gibi bir hali vardı. Beyaz geceliğiyle odanın ortasında şöyle bir döndü, sonra odadan çıktı.

Ömer anlayamamıştı ne olduğunu. Dirseğini yastığa koymuş,

başını da eline dayamıştı. Öyle bakıyordu. Kadın yeniden geldi, bu kez üstünde siyah bir gecelik vardı. Bu da saydamdı. Gene şöyle bir döndükten sonra odadan çıktı. Biraz sonra bu kez kırmızı bir gecelikle geldi. Kendi çevresinde bir döndü.

–Hangi geceliğimi beğendin?

–Siyah olanını.

Kadın gitti. İki üç dakika sonra siyah geceliğiyle döndü. Hiçbir şey söylemeden Ömer'in koynuna girdi, yatağa girerken gecelik karnına kadar sıyrıldı.

–Haydi bakalım bir oyun daha oynayalım." biçimindeki bölüm Hâkimliğimizin değerlendirmesine göre, halkın ar ve haya duygularını incitir ve genel ahlâka aykırı nitelikte cinsel arzuları tahrik ve istismar eder nitelikte görülmemiştir.

Zira bu bölümlerde kullanılan özenli ifade, ar ve haya duygularını incitmeye ve cinsel arzuları sömürmeye yönelik, tahrik edici mahiyete ulaştırılmamış, yaşamın bir parçası olan cinsel duygu ve davranışlar genel bir anlatımın konusu yapılmış ve sadece bu hudutta kalınmıştır.

Bu nedenlerle Başbakanlık Küçükleri Muzır Neşriyattan Koruma Kurulunun konuya ilişkin 1.5.1986 gün ve 34-12 sayılı raporunun ilgili bölümüne itibar edilememiştir.

Sonuç olarak Mahkememizin kanısı,

SUDAKİ İZ isimli yapıtın 29, 30 ve 31. (**40** ve **41.**) sahifelerinde yer alan anlatımın TCK'nun 426. maddesine muhalif olduğu, 19, 56 ve 57, 186 ve 187, 213, 248 ve 249. (**32, 61** ve **62, 165, 166** ve **167, 187** ve **188, 216** ve **217.**) sahifelerinde yer almış bulunan bölümlerin ise müstehcen nitelikte bulunmadığı doğrultusundadır.

HÜKÜM

1-Yazarı sanık Ahmet Hüsrev Altan, Yayınlayıcısı sanık Erdal Öz olan ve 1. basımı Temmuz 1985, 2. basımı Ekim 1985, 3. basımı Şubat 1986 tarihlerinde yapılan SUDAKİ İZ isimli kitap ile halkın ar ve haya duygularını incitir ve genel ahlâka aykırı nitelikte yayın yapıldığı görüşüne varıldığından yayın tarihleri itibarı ile TCK'nun 2. maddesi kuralı nazara alınarak sanıklar Ahmet Hüsrev Altan ve Erdal Öz'ün fiiline uyan TCK'nun 426. maddesi uyarınca 15 TL. ağır para cezası 5435 sayılı yasanın 2790 sayılı yasa ile değişik 2. maddesi uyarınca 90 misline artırılarak ve ağır para cezasının asgari haddi ile sınırlı kalınarak 3000'er Bin Lira (ÜÇ'ER BİN LİRA) AĞIR PARA CEZASI İLE CEZALANDIRILMALARINA,

Aynı kast altında yapılan baskılar itibarı ile TCK'nun 80. maddesi uyarınca cezalarının taktiren 1/6 artırımı ile 3500'er Yüz Lira (ÜÇ BİN BEŞ'ER YÜZ LİRA) AĞIR PARA CEZASI İLE CEZALANDIRILMALARINA,

Sanıklar yasal ihtarata rağmen asgari para cezasını ödemeyi kabul etmediklerinde TCK'nun 119. maddesi uyarınca cezalarının taktiren yarı nispetinde artırılarak 5250'şer lira (BEŞ BİN İKİ YÜZ ELLİ'ŞER LİRA) AĞIR PARA CEZASI İLE CEZALANDIRILMALARINA,

2- Gerekçeli kararda yazılı olduğu üzere cezasının ertelenmesinin bir daha suç işlemekten alıkoyacağı görüşüne varılmakla 647 sayılı yasanın 6. maddesi uyarınca CEZALARININ ERTELENMESİNE, TCK'nun 94. maddesi uyarınca SANIKLARA İHTARATA (İHTARAT YAPILDI),

3- İstanbul 1. Sulh Ceza Mahkemesinin 9.5.1986 gün ve 116 Müt. sayılı kararı ile toplatılan Ekim 1985 baskı tarihli SUDAKİ İZ kitabının TCK'nun 427. maddesi uyarınca ZORALIM VE İMHASINA,

4- Hüküm kesinleştiğinde 5680 Sayılı yasanın Ek 3. maddesi uyarınca işlem yürütülmesine,

5- (2100) TL yargılama giderinin suçu birlikte işleyen sanıklardan müteselsilen alınmasına dair isteme uygun olarak C. Savcısı Akören Kandur'un huzuru ile verilen karar, sanıklar Ahmet Hüsrev Altan ve Erdal Öz'ün yüzüne karşı, sanıklar müdafii Av. Tayfun Akçay'ın yüzüne karşı Ceza Hükmü yönünden CHUK'nun 305. maddesi uyarınca KESİN OLMAK, Zoralım ve İmha yönünden Temyiz Yolu açık olmak üzere usulen ve alenen okunup anlatıldı. 22.3.1988

Kâtip 6331 — Hâkim 17300

(İmza)

Ahmet Altan
SUDAKİ İZ

ROMAN

CAN YAYINLARI LTD. ŞTİ.
Hayriye Caddesi No. 2, 80060 Galatasaray, İstanbul
Telefon: 252 56 75 - 252 59 88 - 252 59 89 Fax: 252 72 33

1. basım: Temmuz 1985, Can
2. basım: Ekim 1985, Can
3. basım: Şubat 1986, Can
4. basım: Ocak 1992, Can
5. basım: Şubat 1994, Can

ISBN 975-510-343-0

1

Karanlık sınıfın kapısı birden açıldı, iri bir gölge girdi içeri. Necip'in her yanını ateşler bastı. Bacakları titriyordu, ağzı kurumuştu. Soğuğu da karanlığı da unutmuştu, üstüne gelen iri gölgeye bakıyordu. Koridorun ışığı içeri vuruyordu. Gölge yaklaştıkça büyüyüp irileşiyordu. Başını önüne eğdi. Sırtı terlemişti.

Ortaokulun müdürü, Necip'in alnına düşen bir tutam saçı tutup çekti.

–Biz seni okuldan atmadık mı? Hâlâ ne arıyorsun burada yüzsüz herif?

Necip karşılık vermedi. Başını kaldıramıyordu. Müdürden nefret ediyordu, ama ondan korkuyordu da, bir türlü kendini toparlayıp konuşamıyordu.

–Sana söylüyorum serseri herif, hâlâ ne arıyorsun burada?

Necip cılız bir sesle,

–Eve gidecek param yok, dedi.

–Bunları daha önce düşünseydin. Atın bu iti dışarı!

Biraz önce sakin sakin yağan kar birden tipiye çevirmişti. Necip'in yüzüne çarpan sivri uçlu kar taneleri değdikleri yeri zehir gibi yakıyordu.

Bir dağın eteğine kurulmuş olan ortaokul, en yakın kasabadan üç kilometre uzaktı. Necip arkasından kapanan koca kapıya bakınca, artık bu gece onu okula almayacaklarını anladı.

Kasabaya doğru yürümeye koyuldu. Soğuktan ve öfkeden kuduracak gibi oluyordu. Okuldan uzaklaştıkça rüzgâr daha da hızlanıyordu sanki. Soluk aldıkça soğuk hava ciğerlerini yakıyordu. Ayakları sırılsıklam olmuştu. Pantolonunun paçaları da ıslanmış, bacaklarına yapışmıştı. Karların içinde zorlukla yürüyordu. Rüzgârdan yüzünü koruyabilmek için iki büklüm olmuştu. Ağzından çıkan buharlar buz damlacıkları halinde yüzüne yapışıyordu.

Köpekler birdenbire çıktılar. Birbirlerine sokulmuşlardı. Havlamıyorlardı. Hırlayarak, dikkatli adımlarla yaklaşıyorlardı. Necip telâşla yerden bir avuç kar alıp köpeklere doğru attı. Köpekler şöyle bir duraladıktan sonra yeniden yürümeye başladılar. Karların içinde simsiyah gözüküyorlardı.

Necip korkudan kıpırdayamıyordu. Ağlamaya başladı. Hıçkıra hıçkıra ağlıyordu. Avazı çıktığı kadar bağırıyordu, ama rüzgârın içinde sesi kayboluyordu. Kendi sesini kendisi bile duyamıyordu. Köpekler adım adım yaklaşıyordu.

Birden arkasına dönüp deli gibi koşmaya başladı. Ne kadar hızla koşmaya çalışırsa, adımları da o kadar derine saplanıyordu. Kar taneleri, gözlerine giriyor, önünü görmesine engel oluyordu. Dönüp hızla yaklaşan köpeklere bakıyordu.

Birden tipinin arasında siyah birşeyler gördü. Daha ne olduğunu anlayamadan bütün hızıyla, okulun adam boyundaki dikenli tellerine takıldı. Bedenine dolanan paslı tellerin arasında bayılıp kaldı.

–Sağ kaşımın üstündeki izleri görüyor musun? Yüzüme giren dikenli tellerin izleri. Göğsümde de var. Çenemin altında da var, ama onlar pek fark edilmiyor.

Fazıla, Necip'in yüzündeki izleri görmek için öne doğru eğildi. Yüzleri birbirine yaklaştı. Öne doğru eğilince Fazıla'nın basma entarisinin bollaşmış yakasından, göğüslerinin üstü gözükmüştü. Birbirlerinin kokusunu duyuyorlardı.

Gecekondunun küçük odasında yalnızdılar. Birbirleri hakkında çok az şey biliyorlardı.

Necip kıpırdamaktan bile çekiniyor, en küçük bir harekette Fazıla'nın yok olmasından korkuyordu. İkisi de şaşırmıştı. Necip'in alnı hafifçe terledi. Fazıla hareket etmiyor, Necip'in kokusundan uzaklaşmak istemiyordu.

Gaz lâmbasının solgun ışığı, odanın içine hüzünlü bir titreklikle yayılıyor, Necip'in üstünde oturduğu geniş karyolayı, ortadaki muşamba kaplı masayı, kapkacağın durduğu duvardaki tahta rafı, penceredeki basma perdeyi, duvarların çatlamış mavi badanasını aydınlatıyor, köşeleri ise karanlıkta bırakıyordu. Odada çıt çıkmıyordu.

Fazıla yavaşça çekilip uzaklaştı. Bacakları titiyordu. İskemleye oturup kolunu masaya dayadı.

–Çok yakından bakmadıkça fark edilmiyor izler.

Necip kasılıp kalmıştı. İlk kez bir kadının kokusunu bu kadar yakından duymuştu. Yaşadığı o birkaç saniyenin gerçek olup olmadığını anlamaya çalışıyordu. Necip'in yüzündeki çocuksu şaşkınlığı gören Fazıla, bir an uzanıp elini tutmayı geçirdi içinden. Sonra ayağa kalkıp soğuk bir sesle,

–Artık yatalım, dedi. Geç oldu.

Necip ayağa fırladı.

–Sen yatakta yat, ben yerde yatarım.

Battaniyeyi yere serdiler. İkisi de ayakta duruyor, öbürünün önce yatmasını bekliyordu. Birbirlerine bakamıyorlardı. Daracık odada önlerine bakıp duruyorlardı. Fazıla yer tahtalarının arasından çizgileri görüyordu. Kıpırdamak, gittikçe daha zorlaşıyordu. İkisi de önce öbürünün hareket etmesini, bu gerginliği öbürünün bozmasını istiyordu.

Kapı vurulunca ikisi birden irkildi. Necip, hiç düşünmeden tabancasını çekip namluya mermi sürdü. Fazıla bembeyaz kesildi. O saatte kimseyi beklemiyorlardı. Kapıya gitti.

–Kim o?

Sesinin titremediğini fark edince sevindi.

–Benim, ben. Bülent.

Fazıla kapıyı açınca Bülent hızla girdi içeri. Necip'in elindeki tabancaya şöyle bir baktıktan sonra hemen konuşmaya başladı:

–Burayı bugünlerde basacaklarını duyduk. Hemen evi terk etmemiz gerekiyor. Necip'le biz gideceğiz.

Durdu, sonra yavaşça,

–Sen burada kalacaksın Fazıla dedi. Gelmezlerse, boşuna evi boşaltmış olmayalım. Burayı elimizde tutmalıyız.

Necip, "Fazıla yalnız başına mı bekleyecek?" diye sormak istediyse de cesareti yetmedi. Böyle bir soru yanlış anlaşılabilirdi.

Fazıla hiç düşünmeden,

–Tabii kalırım, dedi.

Ona geceleyin bir gecekonduda tekbaşına polisleri beklemesi emrediliyordu, beklerdi. Fazıla için emirler kutsaldı, tartışılmazdı.

İki erkeğin arkasından kapıyı kapattı. Gidip battaniyeyi yerden kaldırdı, yatağın üstüne serdi. Dışarda yağmur başlamıştı. Özenle düzeltti battaniyenin kenarlarını. Ortada kalan kırışıklıkları eliyle bastırdı. Bütün dikkatini battaniyeye vermişti. Sanki en küçük bir kırışıklık olursa her şey ters gidecekti. Yağmurun sesini duyuyordu.

–Beni bıraktılar.

O kadar uğraşıp düzelttiği battaniyenin altına girdi giysileriyle. Üşüyordu. Oda çok loştu. Dışarda yağmur yağıyordu. Rüzgâr esiyordu. Ayaklarını altına topladı. Bir gürültü duydu, çıplak ayaklarıyla koşarak kapıya gitti, kapının kenarındaki çatlaktan dışarı baktı. Damarlarının içi karıncalanıyordu. Kimse yoktu dışarda.

Yeniden yatağa dönüp battaniyenin altına girdi. "Gitmekte haklıydılar. Onlar benden daha önemli. Ev de önemli."

Öfkesini bastırmaya çalışıyordu. Öfkelenmeye hakkı yoktu. Öfkelenmek, partinin emirlerine saygısızlıktı. Bir broşür aldı eline. "Sorguda bir militan ne yapmalı?" Gaz lâmbasını yanına koyup broşürü okumaya başladı. "Gitmekte haklılar." Ama ne yaparsa yapsın "beni bıraktılar," düşüncesi aklından çıkmıyordu.

Bahçe kapısının açıldığını duydu. Ateş bastı her yanını, yüreği yeniden çırpınmaya başladı, gırtlağı kurudu. Koşarak kapının yanına gidip dışarı baktı. Kimseler yoktu. Yeniden yatağa dönüp broşürü eline aldı. "Gitmeleri gerekliydi. Partinin emri böyle." Görevi bu evi beklemekti, bekleyecekti. Ayakları üşüyordu. Broşürü tutan elleri üşüyordu. Okumaya çalıştı. Gaz lâmbasını yatağın yanına koyunca, odanın öbür yanı iyice kararmıştı. Kutsaldı emirler. Sesleri dinledi. Kötü, kızgın bir yağmur yağıyordu. Yağmur damlaları adım seslerine benziyordu. Yağmur, bahçede, duvarlarda, çatıda yürüyordu; hızlı hızlı, koşar gibi yürüyordu. Rüzgâr, pencerelerin kenarından sızıp perdeleri oynatıyordu. Onu almaya geldiklerinde sakin ve soğuk davranacak, her şeye dayanacaktı. Görevinin gereğini yapacaktı. Korkmayacaktı. Ama korkuyordu. Her şeyden korkuyordu. Odanın loşluğundan, rüzgârdan, yağmurdan, gelecek olanlardan, soğuktan, yalnızlıktan, korkmaktan...

Bahçeden yine gürültüler geldi. Kalkmamaya karar verdi. Kapıya her gittiğinde korkusu daha çok artıyordu. Fırlayıp kapıya gitti. Geldiklerini görmek istiyordu. Ansızın basılmak, hazırlıksız yakalanmak istemiyordu.

Kimse yoktu dışarda. Yatağa döndü. "Beni bıraktılar." Böyle düşünmemeli, öfkelenmemeli, korkmamalıydı.

Broşürü okumaya başladı. Bütün sesleri, olmayanları bile duyarak, yatağın içinde broşürü okuyordu.

Hava aydınlanırken, dizlerini karnına çekip elinde broşürüyle uyuyakaldı. Evi o gece basmamışlardı.

2

Fazıla'yla Ömer çimenlerin üstüne yan yana yatmışlardı. Atkestanesinin gölgesi ikisini de kaplamıştı. Bir parça güneş düşmüştü Ömer'in elinin üstüne. Fazıla, ensesinden içeri giren serin çimenleri, dirseğine değen Ömer'in dirseğini, kulağının kenarındaki papatyanın baharatlı kokusunu hissediyordu. Ömer'in boynundan çenesine doğru bir uçuçböceği tırmanıyordu. Ormanın geniş sessizliğine bırakmışlardı kendilerini.

– Bisikletlerle ormana pikniğe giderdik, dedi Ömer.

– Ne kadar uzun zaman geçti aradan değil mi?

Ömer gözlerini kapadı.

– Bir yaşam geçti.

Fazıla da yavaşça tekrarladı:

– Bir yaşam, evet.

Birden hızlı hızlı ekledi:

– Hayır, hayır, bir yaşam değil, yalnızca çocukluğumuz geçti.

– Bir yaşam işte.

Fazıla doğrulup oturdu, bir ot kopardı, dizlerini kendine doğru çekip kollarıyla dizlerine sarıldı.

– Bazan, geceyarısı, ben otuz üç yaşında bir kadınım, diye uyanıyorum. Uykuda düşünüyorum bunu herhalde, uyandığımda bu cümleyi kafamda hazır buluyorum. Düşünüyorum. Birçok şey yaptım, ama hiçbirini sonuna kadar yapmadım. Ben otuz üç yaşında bir kadınım. Bu gerçeğe inanmak ne kadar zor, biliyor musun. Artık genç bir kız değilim ben, bir kadınım. Evli, çocuklu bir kadın. Ama şikâyetçi de değilim, bu yaşımı da seviyorum. Yalnızca otuz üç yaşında olduğumu anlamakta güçlük çekiyorum. Bunu biliyorum, ama anlamıyorum. Bu yaş da çok güzel, bedenim hâlâ diri, birçok şey öğrendim.

Gülümseyerek Ömer'e döndü,

–Ama beni daha çok şaşırtan ne, biliyor musun? Senin otuz beş yaşında olman. Benim büyümem her şeye karşın doğal geliyor da, senin büyümene akıl erdiremiyorum. İnsan çocukluk aşkının hep çocuk kalacağını sanıyor.

Ömer ayağa kalktı.

–Kalk hadi, ormanı gezelim.

Fazıla elini uzattı, Ömer tutup kalkmasına yardım etti. Fazıla ayağa kalkar kalkmaz Ömer onun elini bıraktı. Ağaçların arasında, birbirlerine değmeden yürümeye başladılar. Çimenlerin üstünde gölgelerle ışıklar iç içe geçmişlerdi. Işıklardan gölgelere, gölgelerden ışıklara geçerek yürüyorlardı. Yürüdükçe, zamandan uzaklaşıyorlar, sakin ve saydam bir sonsuzluğun içine kayıyorlardı. Zaman ağaçların arasından geriye doğru akıyordu. Birbirlerine değmeden, birbirlerinin ılıklığını duyarak, yürüyorlardı.

Göl birden çıktı karşılarına. Koyu, gizemli sularının üstünde beyaz çiçekleriyle ıssız nilüferler yüzüyordu. Birden karşılarına çıkan göl onları ürkütmüştü. Belli belirsiz birbirlerine sokuldular. Gölün çevresinde yürümeye devam ettiler.

Gölün öte yakasında kayalıklar vardı. Delik deşik ve pürtüklüydüler. Hiç konuşmadan kayalıkların arasından kıvrılarak geçen kumlu patikadan yürüdüler. İki yanlarında yaşlı kayalar yükseliyordu. Biraz ileride bir kayalığa oyulmuş basamaklarla karşılaştılar. Basamakları çıktılar.

Bir mağara gördüler. Mağaranın kapısına demirden bir parmaklık takılmıştı. Parmaklığın üstüyle mağaranın tavanı arasında bir boşluk vardı.

Kafalarını parmaklığa dayayıp içeri baktılar. Girişte iki metrelik bir boşluk vardı, sonra mağara bir dirsek yapıyor, öbür yanı gözükmüyordu. Ömer, parmaklıklara tırmanıp içeri atladı. Fazıla'nın da içeri atlamasına yardım etti.

Dirseğin öbür yanına dolandılar. Mağara orada bir uçurumla bitiyordu. Uçurumun dibinde küçük, karanlık bir göl ve bu gölü dışardaki göle bağlayan bir yeraltı ırmağı vardı.

Uçurumun kenarında durup aşağıya baktılar. Siyah hareli nefti suların üstünde beyaz köpükler dolaşıyordu. Çatlak duvarlarından içeri sular sızan mağara kaygan bir karanlıkla parlıyordu. Yalnızca Fazıla'nın yüzünün aydınlık beyazlığı ve gözlerinin ışıltısı fark ediliyordu; kaygan karanlığın içinde, ince pırıltılı beyaz bulutçuklardan yapılmış yarı saydam bir ruha benziyordu, her an mağaranın kalın duvarlarından geçip göğe yükselecek gibiydi. Bir tutam ışıktozu gibi bakıyordu Ömer'e.

Ömer dayanamadı,

–Kutsal bir ruha benziyorsun, dedi.

Fazıla gülümseyince, parlak ışıktozları dalgalandı.

–Bizden önce buraya kimler geldi acaba?

Sesleri mağaranın içinde yankılanarak çoğalıyordu.

–Bilmem, dedi Ömer. Üşüdün mü?

–Üşümedim. Ürperdim biraz.

Mağaranın girişine geri döndüler. Aydınlık, gözlerini kamaştırdı. Kayalardan birinde, kerevete benzer bir çıkıntı oluşmuştu. Yan yana oturdular. Serindi içerisi.

Ömer'e sokulan Fazıla, gizli bir sesle fısıldadı:

–Yaşamımızın sonuna kadar burada hapis kalsak, hiç kimse bizi kurtarmasa. Ama kurtarırlar. Bizi kurtarmaya gelecek biri mutlaka çıkar.

3

Kervan bir vadiye girdi. Vadinin iki yanında keskin yamaçlı tepeler yükseliyordu. Sağrılarını sallayarak ağır ağır yürüyen atların tok nal sesleriyle, araba tekerleklerinin gıcırtıları duyuluyordu yalnızca. Bir çakal uludu. Kervanın önünde giden geniş şapkalı adam huzursuz, dağlara baktı. Alabildiğine yakıcı bir güneş, kayaların kahverengisini sarı bir parıltıyla ısıtıyordu. Adam şapkasını çıkarıp alnını sildi.

Önce tepelerden birinin üstünde tek bir Kızılderili göründü. Sonra binlerce Kızılderili çıktı ortaya. Beyaz, uzun tüyler takmışlardı. Yüzlerindeki kırmızı boyalar açıkça görülüyordu. Kımıltısız durmuşlar, kervana bakıyorlardı.

Öndeki adam,

–Çember yapın! diye bağırdı.

Körüklü arabalar bir çember yaptılar. Tüfeklerini alan adamlar arabaların altına yatıp savaşa hazırlandılar. İlk önce ortaya çıkmış olan Kızılderili, elini kaldırdı. Her şey bir an durdu sanki. Kadınlar çocuklarına sarılıp dua etmeye başladılar.

Reis elini indirince binlerce Kızılderili yamaçlardan aşağıya bıraktılar kendilerini. Beyaz tüyler uçuşarak geliyordu. Hepsi birden bağırıyordu:

–Allahümme salliâlâ, Muhammedin seyyidine...

Tüfekler patlarken bütün sesler madeni bir sessizliğin içine hapsoldular. Sesler hem duyuluyor hem de duyulmuyordu. Savaşın gürültüsü büyük bir sessizliğin içinde hissediliyor, ama duyulmuyordu. Vadideki gürültüler hem duyulur hem duyulmaz bir hale gelirken, tepelerin ardından Tanrı, davudi bir sesle şiir okumaya başladı:

–Beyaza boyayın geceleri.

Tanrının sesi bütün dünyayı sarmıştı. Şiirin gerisi de duyuluyor, ama anlaşılmıyordu. Atıyla, çember yapmış arabaların arasına dalan bir Kızılderili, yerde yatan Suat'ın üstüne atlayıp boğazını sıkmaya başladı.

Suat ölürken hâlâ Tanrının sesini duyuyordu.

Güneş ışınları, sandalyenin üzerine gelişigüzel atılmış giysilerin üstüne düşmüştü. Suat yattığı yerden giysilerine baktı. Çok ufak gözüküyorlardı.

Yataktan kalktı. Kalkar kalkmaz da boyunun kısalığını yeniden fark etti. Her sabah uzun boylu bir adam olarak kalkacağını sanıyor, her sabah da boyunun kısalığını yeniden keşfedip şaşırıyordu. Duvardaki aynanın önüne gidip yüzüne baktı. Çok yakışıklı bir yüzü vardı. "Çok yakışıklıyım. Ama neye yarar?"

İçerden Necip'in sesini duydu, annesiyle konuşuyordu:

–Suat kalktı mı Fahimanım Teyze?

Biraz sonra Necip kapıyı açıp odaya girdi. Suat'ın yarı çıplak, aynanın önünde durmasına hiç şaşmadı. Çocukluğundan beri Suat'ın hiçbir hareketine şaşmamaya alışmıştı.

–Hadi çabuk ol, dedi. Memleketten çocuklar geldi. Bizi bekliyorlar.

–Beklesinler. Bir şiir yazacağım. Nasıl başlıyor biliyor musun?

–Nasıl başlıyor?

–Beyaza boyayın geceleri.

–Nerden buluyorsun böyle şeyleri?

–Rüyamda görüyorum.

Necip güldü.

–İyi. Hadi sallanma. Bekliyorlar. Gidelim de köyde ne var ne yok öğrenelim.

Suat, Necip'in telâşına aldırmadan aynada yüzünü inceliyordu.

–Ne olacak köyde. Geçen yıl ne varsa bu yıl da o vardır. Sen bizim köyde ne olacağını sanıyorsun? Peri padişahının kızı gelecek değil ya.

–Babamlardan bir haber getirmişlerdir.

Suat, pantolonunu giymeye başladı.

–Ben sana babandan haber vereyim. Kahvede pişti oynuyor. Durup durup, "Deyyuslar bizim tütünü gene yok fiyatına kapattılar," diyor. Senin baban başka şey konuşur mu?

Suat giyinmişti.

–Köydeyken, bir kente gitsek, diye tuttururdun, buraya geldin, burda da köyden bir haber alsak diye tutturuyorsun. Hadi gidelim bakalım, onlara bir şiir okuyayım.

Necip, Suat'ın kolunu tuttu.

–Deli misin? Sakın ha, şiir falan okumaya kalkma. Tefe koyarlar seni.

–Boşver.

Tavandan yere inen kalın perdeler çekilmişti. Hafif bir parfüm kokusu, müziğin yumuşak ritmiyle birlikte salonun içinde dalgalanıyor, salonu hoş kokulu bir loşlukla dünyadan ayırıyordu. Loşluğun içinde, birbirlerine sarılmış genç karaltılar, belirsiz hareketlerle kımıldayarak dans ediyorlardı.

Fazıla'yla Ömer birbirlerine sarılmışlardı. Fazıla'nın kısa kesilmiş sarı saçlarıyla Ömer'in uzun kıvırcık saçları birbirine karışıyordu. Uzun uzun öpüştüler. Öpüşürken kımıldamıyorlardı. Öbür çocuklar çevrelerinde dans ediyorlardı. Fazıla'nın tırnakları Ömer'in ensesine battı.

Fazıla, parmaklarının ucuna yükselerek, Ömer'in kulağına fısıldadı:

–Gel.

Fazıla önde Ömer arkada salondan çıktılar, basamakları ağır ağır tırmandılar. Merdivenin tam karşısına gelen kapıyı açtı Fazıla.

Geniş pencerelerden içeri yağmurlu bir aydınlık giriyordu. Aydınlıkla karşılaşınca bir an utanıp korktular. Fazıla hızla yürüyüp perdeleri kapattı.

Odanın ortasındaki geniş yatağın üstü, partiye gelen sınıf arkadaşlarının ıslak paltolarıyla doluydu. Islak paltolardan bir dağ oluşmuştu yatağın üstünde. Fazıla, paltoları ittikten sonra oturup elini Ömer'e uzattı. Ömer yaklaşıp elini tuttu. Fazıla onu çekip yanına oturttu, yavaşça pazusuna dokundu, sonra sırtını okşayarak elini ensesine götürdü. Ömer'in ensesinden taşan uzun kıvırcık saçlarını parmaklarına dolayıp çekerek, başını kendine çevirdi. Çenesinden tutup yüzünü yüzüne yaklaştırdı.

Ömer birden uzanıp Fazıla'yı öpmek istedi, hızını ayarlayamayınca dişleri birbirine çarptı. Canları acıdı, ama bir şey olmamış gibi öpüşmeye başladılar. Ömer utancından kızarmış, ter içinde kalmıştı.

Fazıla, ıslak paltoların arasına uzanıp Ömer'i üstüne çekti. Ömer elini Fazıla'nın kazağından içeri soktu. Avucunun içiyle Fazıla'nın etini ovuşturuyor, ama başka bir şey yapmak aklına gelmiyordu. Fazıla iki eliyle kazağını yukarı çekti. Üst üste yığılmış nemli karaltılar halindeki ıslak paltoların arasında karnının beyazlığı parladı. Ten rengi, ince sütyeninin altından uçları siyah siyah dikilmiş memeleri gözüktü. Ömer, Fazıla'nın karnını, memelerini öpmeye başladı. Palto yığınının en üstündeki palto Ömer'in üstüne kaydı. Ömer, bir yandan sırtındaki ıslak sıcaklığı hissediyor, bir yandan da Fazıla'nın göğüslerini öpüyordu.

İlk paltonun ardından bir iki palto daha kaymıştı Ömer'in üstüne. Paltoların ıslaklığı gömleğinden içeri geçiyordu. Yavaş yavaş bir palto tepeciğinin altında kayboluyorlardı. Fazıla Ömer'in başını iki eliyle tutmuş, heyecanla göğüslerine bastırıyordu. Ömer, kendini paltolardan kurtarmak için kımıldadıkça üstüne kayan paltoların ağırlığı artıyor, Fazıla da başını daha sıkı tutup bastırıyordu. Ömer, bütün yüzünü kaplayan bu güzel kokulu yumuşaklıktan hoşlanıyordu, ama soluk alması gittikçe zorlaşıyordu. Fazıla'nın göğüsleri ağzını ve burnunu tümüyle kapatmış, sırtındaki paltoların ağırlığı da artmıştı.

Ömer kendini ıslak paltolardan, başını da Fazıla'nın göğüslerinden kurtarmak için kıvrandıkça Fazıla onu daha sıkı tutuyordu. Kendini bir denizin dibine doğru iniyormuş gibi hissediyor, Fazıla'yı kırmaktan korktuğu için de sert bir hareketle kendini kurtarmaktan kaçınıyordu. Bütün yüzünü kaplayan yumuşak göğüsler ise hem heyecen hem de acı veriyordu artık.

–Allahım, çok güzel, ama boğuluyorum.

Fazıla, yatağın içinde birden doğruldu. Tek bir düşünce vardı beyninde:

–Otuz üç yaşındayım.

Bunu uyandıktan sonra düşünmemişti, bu cümleyi uyandığında düşünülmüş olarak bulmuştu. Tek bir cümleydi bu:

–Otuz üç yaşındayım.

Korku yoktu içinde, ürküntü, kızgınlık, pişmanlık yoktu. Yalnızca bir ses, saatin kaç olduğunu söyler gibi, sakin ve donuk bir tonla ona otuz üç yaşında olduğunu söylüyordu.

Fazıla karşısındaki duvara bakıyordu ve hep aynı cümle yineleniyordu. Daha doğrusu, yinelenmiyordu, aynı cümle orada kımıldamadan duruyordu. Düşünceleri yaratan o gizli derinlik sakin ve sessizdi. Kımıltısız, kül rengi bir su gibiydi. Bir gölün üzerinden geçerken kanadıyla durgun sulara dokunan bir kuşun ardında bıraktığı iz gibi, bu tek cümle de Fazıla'nın içindeki durgunluğun üstünde küçük bir su izi bırakıyordu. Durgunluk bozulmuyor, ama iz de silinmiyordu.

Bahar sabahının alacakaranlığı tül perdelerin arasından odaya sızıyor, içerdeki eşyaların biçimlerini koyu gölgeler halinde belirliyor, ayrıntıları ise saklıyordu.

–Sabah oluyor.

Düşünceler peş peşe akmıyor, seyircileri selâmlamak için sahneye tek tek gelen artistler gibi, birer birer gelip orada bir süre duruyorlardı.

–Sabah oluyor.

Sonra o küçük su izi yeniden belirdi.

–Otuz üç yaşındayım.

Fazıla, her türlü tonlamadan, renkten, kişilikten uzak olan bu sakin, sade ve donuk cümlenin ardında ne olduğunu, bu cümlenin köklerinin nereden çıktığını anlamaya, cümlenin arkasını görmeye çalıştı. Ama ardında bir şey yoktu. Kül rengi, sakin ve derin sudaki küçük su iziydi bu.

Geniş suyun üzerinde duran iz ne kadar yalnızsa, bu küçük cümle de o kadar yalnızdı. Ve cümle kımıltısız dururken yalnızlığı gizli bir zehir gibi yayılıyordu. Fazıla, birden içindeki kül rengi durgunluğun yalnızlık olduğunu fark etti.

Fazıla, bu cümlenin peşinden korkuların, tedirginliklerin gelmesini bekledi, ama içindeki dinginlik bozulmuyor, gittikçe büyüyordu. Çocukluğundan beri gördüğü düş aklına geldi. Minicik, madeni pırıltılı bir topluiğnenin başı yavaş yavaş büyüyüp Fazıla'ya doğru geliyordu. Büyüme hep aynı hızla ve kesintisiz sürüyor, Fazıla'yı renksiz bir duvarın dibinde sıkıştırıp üstüne geliyor, bütün dünyayı kaplayıp onu boğuyordu. İçindeki durgun yalnızlık da, madeni pırıltılı iğne başı gibi, sessiz bir dehşetle, hiçbir engel tanımadan, inatla şişiyordu.

Ayrıntıları gizlenmiş koyu gölgeli eşyaların arasında pembemsi grilikte bir alacakaranlık dolaşıyordu.

Yanında yatan Bülent'e baktı. Sakin ve sessiz uyuyordu. Sekiz yıldan beri bu yatakta sessiz ve sakin uyuyordu zaten. Hiçbir zaman bu yatağın içinde kasırgalar esmemişti. Fırtınalar salonda kopardı, yatakta ise dinginlik sürerdi. Tam bir evlilik, diye düşündü Fazıla, salon hareketli, yatak durgun.

Eşyalar gibi Bülent de karanlık bir nesneydi; ayrıntıları fark edilmiyordu. Bülent'in gelip o yağmurlu gecede Necip'i götürmesini, kendisini tekbaşına bırakmasını bağışlamıyordu bir türlü. Unutmadığı ve bağışlamadığı çok şey vardı, ama onların hepsi gelip o geceye bağlanıyor ve kızgınlık tek bir olayın üstünde yoğunlaşıyordu. Sanki o yağmurlu gece bir çığ oluşturmak için yuvarlanan ilk taştı, her şey onun çevresinde birikiyor, o ilk hareketi büyütüyordu.

"Kapanmamış, altına bir çizgi çekilmemiş hesaplaşmalarla dolu yaşamımız," diye düşündü. "Çirkin bir bıçak yarası gibi gittikçe büyüyüp derinleşen, sonunda bizi kendi karanlığının içine çekip yutan hesaplaşmalarla."

Griliği azalırken pembeliği çoğalan ışık içinde Bülent kımıldayıp yan döndü, yüzü ortaya çıktı. Işığın içinde yüzü daha ağarmış, biçimli çizgileri daha da biçimlenmiş, çektiği acıların geniş alnında bıraktığı üç ince çizgi, uykunun koruyuculuğu içinde silinmişti.

"İyi bir adam benim kocam. İyi bir adamda bulunan bütün zaaflara ve kötülüklere sahip." Kötü bir adam olsaydı, daha iyi sevişirlerdi, daha heyecanlı bir mutsuzlukları olurdu hiç olmazsa.

Bülent, mırıldanır gibi inledi. Dikkat kesildi Fazıla, bir yerinin ağrıyıp ağrımadığını anlamak için eğilip yüzüne baktı; acı çekmesine, üzülmesine dayanamazdı. Kocasını sevmiyordu, ama acı çekmesine de dayanamıyordu. Bülent'in çok acılar çektiğini, hepsine de dayandığını görmüştü.

Yıllarca önce de iyi bir çocuktu, biraz daha katıydı yalnızca, kendi iyiliğine biraz daha tutsaktı. Hiç unutmadığı o korkunç gece de aynı odada kalmışlar, ama ayrı yataklarda yatmışlardı. O zamanlar henüz evli değillerdi. O gece hastaydı Bülent, Fazıla da onu odadaki tek sedire yatırmış, kendisi de pencerenin önüne serdiği şiltenin üstüne yatmıştı. Bülent'in ateşi yükselmişti. Dudakları kurumuştu, sesi biraz hırıltılı çıkıyordu. Karanlığın içinde sessizce yatarken, ateşli sesiyle şiirler okumaya başlamıştı. Lisede ezberlediği dizeleri, ateşin yoğunlaştırdığı tutkulu bir sesle okuyordu. Toplantılarda konuştuğu zaman da bu tutku hissedilirdi sesinde. Fazıla yattığı yerden sesini çıkarmadan dinliyordu. Bülent, 'Annabel Lee' şiirini okumuştu. Kendisine âşık olduğunu hissettiği bu sert, iyi kalpli, yalnız ve suskun çocuğun bu şiirleri niye okuduğunu anlayamamıştı. "Aşktan mı, karanlıktan mı, hastalıktan mı?" Başladığı gibi birden susmuştu Bülent; ayrı yataklarda uykuya dalmışlardı.

Kırılan kapının büyük bir çatırtıyla menteşelerinden fırlayıp yere devrilmesiyle birlikte ışıldaklar da yanmıştı. Şangırtıyla kırılan pencereden içeri atlayan bir adam, havada uçuşan cam parçacıklarıyla birlikte tam Fazıla'nın üstüne düşmüştü. Soluğu kesilen Fazıla doğrulmaya çalışırken, Bülent'in terden parlayan yüzünü, güçsüz bir hareketle yastığın altında duran tabancayı almak için uzanışını, kapıda beliren bir karaltının elindeki makineliden fışkıran alevlerle birlikte yataktan havalanıp duvara çarpışını ve tostoparlak yıkılışını görmüştü. Işıldakların cıvalı soğuk aydınlığıyla oda bir anda beyaz bir cehenneme dönmüştü.

Fazıla bir çığlıkla yerinden fırlayıp Bülent'e doğru atılmış, ancak havadayken bir el saçlarına yapışıp onu odanın öbür köşesine fırlatmıştı. Fazıla, yıkıldığı köşeden, Bülent'in kan içindeki delik deşik bedenini, o acımasız ışıkta bitmeyen bir iştahla onu tekmeleyişlerini izlemişti.

Sonunda tekmelemekten bıkıp kargatulumba götürmüşlerdi Bülent'i. Odaya doluşan kalabalıktan biri, Fazıla'yı kolundan tutup ayağa kaldırmış, hiç beklemediği sırada suratına bir yumruk vurup onu kaldırdığı yere yeniden yıkmıştı. Fazıla burun kemiğinin bir kâğıt gibi hışırdayıp kırıldığını duymuştu.

Genzinden içeri akan kanın kokusu ciğerlerine dolarken ayağa kalkıp bütün adamları öldürmek istemişti. Yerinden kalkmaya davranırken karnına yediği bir tekmeyle yeniden yıkılmıştı. Tekmeler arka arkaya iniyordu. Artık neresinin acıdığını anlamıyordu. Bir acı yumağına dönmüştü bedeni. Acıyla birlikte ağır ağır havalandığını, tekmelerden, küfürlerden uzaklaşıp yükseldiğini hissediyordu. Beynini kaplayan karanlığın içinde erimeden önce Bülent'in baskın sırasında hiç sesini çıkarmadığını düşündü. Ne bağırmış, ne de inlemişti, yalnızca terden parıldayan yüzünü buruşturmuştu.

4

Denizin üstünde biriken sis, insanları karanlıkta boğan sapık bir katil gibi, sessizce yayılıyordu kentin sokaklarına. Gemicilere kadın etinin en beceriklisini, en akılalmaz gösterilerle sunan küçük kapılı barların önünde yanan kırmızı ışıklar, ağır ağır kıpırdanan ıslak sisin içinde asite düşmüş gibi eriyip yok oluyorlardı. Rastladığı her şeyi içine alan bu nemli duman, bir büyücünün kazanı gibi içindeki her şeyi kaynatıp birbirine karıştırıyordu. Bu sisin içinde ne olduğu belli değildi, her şey vardı bunun içinde, bir kadın bacağı bulmak da olasıydı, madeni bir yılan gibi tıslayarak uçan bir bıçak da...

Islatılmış dev bir çarşaf gibi bedenlerine dolanan sisin içinde yürüyordu Dominquez'le Ömer.

–Allahın belâsı sis, dedi Dominquez. İnsan bunun içine girdi mi bir daha çıkıp çıkamayacağını bile bilmiyor. Sanki ölmüşüm gibi geliyor, ama ölmekten de korkuyorum. Boktan bir durum kısacası Anibal. Biraz hızlan bakalım.

Önlerini görmeden yürüyorlardı. Arada bir, kör bir adamın çığlığı gibi paramparça bir gemi düdüğü, sisi yırtmaya çalışıyor, ama sisin içinde boğulup kalıyordu. Yavaş yavaş şişerek, bulduğu her şeyi yutan bu nemli kurşunilik, sanki içine aldıklarını bir daha bırakmayacak gibiydi.

Duvar diplerinden yürüyorlardı. Birden iki kişiyle karşılaştılar. Kısacık etek giymiş bir kadın, duvara yaslanmış, boş gözlerle bakıyordu. Karşısında duran adam da kadının dar bluzundan dışarı çıkan çıplak memesini bir eliyle tutmuştu. Kesik kesik cümlelerle öksürür gibi konuşuyorlardı. Birileriyle karşılaşmak, Ömer'le Dominquez'i şaşırtmıştı. Farkında olmadan, bu sisin içinde hiçbir canlının bulunmadığına inanmışlardı.

Dominquez,

– Hızlı yürü biraz, dedi. Kör gibi gidiyoruz, buraları tehlikeli yerler.

Ömer'in belkemiğinden yukarı bir titreme yayılıyordu. Bu bilinmezlikten tuhaf bir haz alıyordu. Bu sisin içinde her şey olabilirdi, başına her şey gelebilirdi, ama başına her şeyin gelebileceğini kabul eden bir insan, istediği her şeyi yapmakta da özgür olurdu. Bir yokluğun içinde yürüyorlardı. Ölüme benzer bir şey vardı bu yoklukta. Her zamanki gibi ölüm düşüncesi heyecanlandırıyordu Ömer'i.

– Başkaları bizim için tehlikeyse, biz de başkaları için tehlikeyiz, dedi.

Midesi kasılıyor, dişleri kamaşıyordu. Aslında gizliden gizliye birilerinin kendisine saldırmasını bekliyordu. Sırt kasları kasılmış, saplanacak bir bıçağa karşı hazırlanmıştı. Malezya'daki arsız suratlı gemiciden aldığı kemik saplı bıçak avucunun içindeydi, elinin bir parçası gibi duruyordu cebinde.

Ortada belirli bir tehlike yoktu, ama bu mazot kokulu karanlık duman ölüme benziyordu. Mazot kokusu da sanki ölüm kokusuydu. Burun delikleri açılıp açılıp kapanıyordu. Çevresinde ölüm olmasından, bu ölüm gerçek bir ölüm olmasa bile, hoşlanıyordu. Ölümün kokusu ona yaşamı hissettiriyordu. Bedeni, koparılmaya hazırlanan bir çiçek gibi yapraklarını açmış bekliyordu. Seviyordu ölümün çevresinde olmasını. Kimin ölümü olursa olsun, ister kendi ölümü, ister başkasının, ölüm onu yaşam çizgisinin kıyısına getiriyordu ve ancak o zaman, heyecanla titreyen kaslarında hissediyordu yaşadığını.

Yanında Dominquez'in olmasından sıkılıyordu. Tehlikenin karşısında dostlarıyla birlikte durmak, giysilerini çıkarmadan sevişmek gibi bir şeydi. Oysa çırılçıplak olmak istiyordu Ömer, her dokunuşu teninde duymak istiyordu.

Birden durdu Dominquez,

– Geldik, dedi.

Boşalıverdi Ömer'in bedeni. Hiçbir şey olmamıştı. Bir sahtekârın suratına tükürür gibi tükürdü sisin içine. Aldatmıştı bu sis onu; bayağı bir sisti işte; sabaha yok olup gidecekti. Ne ölümle ne yaşamla ilgisi vardı. Pis pis mazot kokan ıslak bir dumandı, o kadar. Biraz önceki gerginliğinden, sisi ölüme benzetmesinden, bıçağını tutup tehlikelere hazırlanmasından utanmıştı. Sisin ölümcül büyüsünü yitirmesiyle birlikte insanlar çıkmıştı ortaya, yanlarından adamlar geçip gidiyordu.

Sonunda geldikleri için rahatlayan Dominquez,

– Ne o? dedi, kimse bizi öldürmedi diye üzüldün mü yoksa?

– Yoo, biz kimseyi öldürmedik diye üzüldüm.

Dominquez, Ömer'in kolunu tuttu.

– Biliyor musun Anibal, senin içinde bir yamyam var.

Üstünde parlak neonlarla 'Kırmızı Ceketli Orangutan' yazılı dar kapıdan girerken Ömer dişlerini göstererek güldü.

– Bir tane olur mu hiç. Bir kabile var içimde, bir kabile.

Tahtadan yapılmış helezon biçimindeki gıcırtılı merdivenlerden inerek, küçük bir salona girdiler. İçerdeki duman, dışardaki sisten de beterdi. Her şey kırmızıydı salonda, yerdeki halılar, koltuklar, minik tahta masalar, duvarlar, masalardaki küçük abajurlar.

– Niye her yer kırmızı?

Dominquez, kalabalık salonda oturacak bir yer ararken,

– Bunlarda kırmızı erkeklik rengidir de ondan, dedi.

Diplerde nasılsa boş kalmış bir masa buldular. Tam oturdukları anda ışıklar söndü. Bir an her şey zifiri bir karanlığın içine gömüldü. Ağır ağır açılan bir perdenin hışırtısını duydular.

Dominquez, zevkle arkasına yaslandı.

– Başlıyor.

Arkalarda bir projektör yandı. Sahne aydınlandı. Üç duvarı ve tabanı siyah kadifeyle kaplanmıştı. Üstüne vuran güçlü beyaz ışığın altında tüylü bir yumuşaklıkla parlayan sahne, bir mücevher kutusuna benziyordu.

Sahnenin tam ortasında çırılçıplak bir kadın oturuyordu. Bir bacağını ileri uzatmış, öbür bacağını altına almıştı. Ellerini zarif bir biçimde iki yana açmış, ince parmaklarının uçlarını kadife zemine dayamıştı. Gür siyah saçlarını arkada toplayıp topuz yapmıştı. Boynunda inci bir kolye vardı.

Ömer'in yaşamında gördüğü en güzel kadındı bu. Sedeften yapılmış bir heykel gibi ışıl ışıldı. Sanki projektör, kadını aydınlatmıyor, kadının teninden fışkıran ışık projektöre yansıyordu.

Salonda çıt çıkmıyordu, herkes susmuştu. Ömer, Dominquez'in kulağına fısıldayarak,

–Çok güzel, dedi. Bir insan olamaz bu.

Gerçekten kadının güzelliğinde insanlığa aykırı birşeyler vardı. İnsan bedenine şehveti ekleyen hiçbir kusur yoktu bu kadının etinde. Güzelliği insanı çekmiyor, aksine itiyordu.

Bedeninin kusursuzluğunun bir eksiklik olduğunu kadın da biliyordu herhalde. Ve gözleriyle tamamlıyordu bedenini. Çekik gözlerinde öylesine feleğin çemberinden geçmiş bir aşiftelik vardı ki, bu her şeye hazır olduğunu ortaya koyan bakışları bedeniyle birleşince, istenen eksiklik tamamlanıyor ve çevresindeki her şey bu kadına doğru sürükleniyordu.

Sahnenin yanındaki bir kapıdan uzun boylu, çırılçıplak bir adam girdi. Gövdesi bir kıl dalgasıyla kaplıydı. Seyredenler, bir an bu kıl dalgasının geri çekilmesini, bu kılların altından normal bir insan teninin çıkmasını beklediler.

Adam, güvenli adımlarla ortadaki kadına doğru yürüdü.

Dominquez,

–Kulübe adını veren orangutan herhalde bu herif, ama kırmızı ceketi eksik, dedi.

Adam gelip kadının karşısında durdu. Kadın uzun parmaklı zarif elini uzatıp parmaklarının ucuyla adamın bacaklarının arasından sarkan parçayı tuttu. Cansız duran parça, kadının dokunmasıyla birlikte, tanrısal bir emre boyun eğer gibi ağır ağır büyüyerek dikilmeye başladı.

Kadın, iki elini ensesine götürüp boynundaki kolyeyi çıkardı. Kolyeyi iki elinin arasında gererek ışığa tuttu. Sonra kolyenin ucundaki misinayı adamın bacaklarının arasında dimdik duran parçanın ucuna bağladı. İnci kolyeyi narin bileklerinin zarif kıpırtılarıyla adamın erkekliğine doladı. Üzerine inci bir kolye dolanmış olan etten sopa, kıllı adamın bacakları arasında bir noel ağacı gibi ışıl ışıl parlıyordu.

Kadın ellerini arkaya doğru uzatıp yere dayadı, bacaklarını da dizlerini kırarak iki yana açtı. Adam kadının bacakları arasına diz çöktü ve inci kolyenin ucu kadının içine girdi. Adamın her hareketinde pırıltılar saçan inci taneleri kadının içinde kayboluyor, kadının bedeni yükselerek bir yay haline geliyordu. Son inci tanesi de kaybolduğunda kadının bedeni de tam bir yay biçimini almıştı. Gövdesinin bütün ağırlığını elleriyle ayakları taşıyordu.

Kadınla erkek birlikte kalçalarına daireler çizdirerek sevişmeye koyuldular. Bir süre sonra birden durdular. Erkek kendini geriye çekip kadının içinden çıktı. Şimdi iki bedenin arasında incecik bir misina vardı. Görünmeyen bir yerden bir baterinin davuluna hızla vurdular. Davul sesiyle birlikte ilk inci tanesi çıktı kadının içinden. Kıllı adamın erkekliğine dolanmış olarak kadının içine giren kolye şimdi tokmağın her vuruşunda tane tane inciler halinde çıkıyordu. Kadınla erkek inciden bir bağla birbirlerine bağlanmış gibiydiler. Tokmak vuruyor, adam çekiliyor, ıslak bir inci tanesi daha çıkıyor ve iki insanı birbirine bağlayan kolye uzuyordu. Son inci tanesi de çıktıktan sonra adam kenara çekildi, kadın bir bacağını ileri uzatıp bir bacağını altına alarak oturdu, iki elini iki yanına dayadı ve çekik gözlerini seyircilere dikerek baktı. Gözlerinde, içinden çıkan ıslak inci tanelerinin pırıltısı vardı.

Dominquez,

–Eğer ben bunu denemezsem ölürüm, dedi.

Işıklar söndü, karanlıkta birlikte kadının büyüsünden

kurtulan salon kıpırdanmaya başladı.

Sis kalktı, altından aydınlık bir ova çıktı. Geniş ovayı kaplayan tütün yapraklarının balrengi, sarhoş kokusu, ağustos güneşinden akan sıcak aydınlıktan yayılıyordu sanki. Ovanın üstüne ağır ağır dökülen bu kıvamlı aydınlık, ovayı sarhoş ve sıcak bir buğuyla örtüyordu.

İlkbahardaki taşkınlarını çoktan unutup aklıbaşında olgun bir adam gibi sakin sakin akan, suyu azalmış ırmağın serinliği de bu sıcak buğunun içinde yok olup gidiyordu.

Necip, çıplak sırtının altında pütürlü toprağı duyarak yatıyordu ırmağın kıyısında. Islak saçları alnına düşmüştü. Arada bir sarhoş kokulu sıcaklığın içinden zorlukla geçen yorgun bir esinti göğsüne dokunuyordu.

Avucuna aldığı toprak parçalarını farkına varmadan öfkeyle ovalayıp toz haline getiriyor, toz haline getirdiği toprağı atıp yeni bir parçayı ovalamaya başlıyordu. Yanında küçük bir kum tepeciği oluşmuştu. Bedeni güneşin altında kıpırtısız yatarken, sağ eli kasılıp kasılıp açılıyor, pütürlü toprağı toz zerreciklerine dönüştürüyordu. Gittikçe daha kızışan gökyüzüne bakarak hareketsiz yatan bu bedenin içinde delice bir öfkenin çırpındığını gösteren tek belirti, sürekli açılıp kapanarak toprağı ufalayan bu sağ eldi. Bu el, bağımsız bir canlı gibi, sarhoşluğu ve sıcaklığı gittikçe artan kızgın toprakları avuç avuç parçalıyordu.

Tütün yapraklarının kokusu, koyu sarı bir aleve benzeyen sıcakla birlikte Necip'in içine sızıp başını döndürüyordu. Öfke de bu başdönmesini artırıyordu. Her şey buğulu ve uzak görünüyordu. Hiç durmadan toprak keseklerini ufalayan eline baktı. Parmakları açılıp açılıp kapanıyordu. Eli kendisinden çok uzaklardaydı. Bir an elinin kendisini bırakıp gideceğini, tütün yapraklarının arasında kaybolacağını sandı. Elini sımsıkı kapadı. O an'a kadar, açılıp kapanan parmaklarının ucundan toprağa akan öfkesi, bu kapalı parmaklara çarparak, bir çıkış yolu bulamadan, daha da büyümüş olarak geri döndü. Öfke, şimdi akış yönünü değiştirmişti, artık bu sımsıkı kapalı huzursuz elden gövdesine doğru akıyordu.

Orada öyle yatıyor, öfkenin içini delik deşik edişini hissediyor ve bir türlü karar veremiyordu. Karar veremediği, öfkesini kesin bir kararın sınırları içine alıp uysallaştıramadığı için, bu delice kızgınlık kendini durduracak hiçbir engele rastlamadan içine dalbudak salıyordu. Bir karar verse, öfkesini bir hedefe yöneltebilse rahatlayacak, bu başdönmesinden, içini parçalayan öfkenin hışmından kurtulacaktı. Ama karar veremiyordu. Korkuyordu. Kararsızlığı, korkusu ve çaresizliği, ateşe atılan yağlı kütükler gibi öfkenin yangınını büyütüyordu.

Killi bir toprak tabakası gibiydi içi; bedenini parçalayan öfke dalgaları bu tabakanın altına sızamıyor, üstünde birikip gittikçe büyüyerek şiddetleniyordu. Üstünde öfkenin biriktiği bu tabakanın altı ise bir köy görüntüsü gibi durgundu. Öfke, bu altta kalan bölgeye ulaşamıyordu. Orada küçük ve mutlu umutlar, temiz bir ev, saygılı bir eş ve okumuş bir köylünün dingin gülümseyişi vardı. Köylünün hareketsiz düşleri altta, kentlinin fırtınalı öfkesi üstte kalmış, Necip'in içini eski Mısır mezarları gibi katlara ayırmıştı.

Bir yıl olmuştu üniversiteye başlayalı, koca bir yıl geçirmişti kentte. Bir yıl boyunca okula gitmiş, sokaklarda dolaşmış, vitrinlere bakmış, sinemaların önünden geçmiş, otobüslere binmiş, denizi seyretmiş, geceleyin kentin ışıklarından ürkmüş, kadınların güzel koktuğunu öğrenmiş, öğrenci kahvelerinde oturmuş ve bütün bu yerlerde bir insan gibi değil de toz rengi pis bir bulamaç gibi dolaşmıştı. Bir tek kadın bile ona gülümsememiş, bir tek kızla el sıkışmamış, hiç kimse hiçbir konuda düşüncesini sormamış, parasız kaldığında kimse ona yemek vermemiş, onun da o kentte yaşadığını kimse fark etmemişti. Başka insanları için Necip'in kentte olup olmaması, yaşayıp yaşamaması, üzülüp üzülmemesi hiçbir önem taşımıyordu. Küçücük, minnacık bir ayrıntı bile değildi kentte. Yoktu. Var olamamanın acısı, çaresizliği, damla damla öfkeye dönüşmüştü. İlk başlarda bir tek gülümsemenin yok edebileceği kadar güçsüz, köksüz ve yapay olan bu öfke, o tek gülümsemenin olmaması yüzünden gittikçe büyüyüp güçlenmişti.

Yalnızca bir tek kişi fark etmişti onu. Bir sabah dersanenin açılmasını kalabalıktan uzakta, pencerenin kenarında tekbaşına beklerken, bir öğrenci gelmişti yanına.

–Ne o? demişti, seni hep böyle yalnız görüyorum, kimseyle arkadaşlık etmiyorsun.

–Arkadaşım yok.

Çocuk, Necip'e bir sigara vermişti.

–Kimseyle konuşmazsan tabii arkadaşın olmaz. Herkes, arkadaşın burada, birisiyle konuştun da sana arkasını mı döndü? Niye uzak duruyorsun herkesten?

–Bilmem.

Çocuk, Necip'in omzunu tutup gülümsemişti.

–Ben de senin gibiydim ilk geldiğimde. Böyle oluyor insan kente ilk geldiğinde. Sen akşamüstü dersten sonra beni bekle. Benim adım Fikret.

Akşamüstü birlikte çıkmışlardı üniversiteden. Mayıs sonunun ılıklığı vardı kaldırımlarda. Birlikte bir kır kahvesine gitmişlerdi. Bodur meyve ağaçlarının altına serpiştirilmiş kırık dökük tahta masalardan birine oturmuşlardı. Köylerinden, kent yaşamının tatsızlığından, ailelerinin fakirliğinden, parasızlıktan söz etmişlerdi. Fikret, köyleri, köylüleri, kimsenin tekbaşına yalnızlıktan ve çaresizlikten kurtulamayacağını anlatmıştı. Anlattıklarının hepsi de Necip'in aklına yatmıştı. Birden her şeyi başka türlü görmeye, kendisinin güçlü bir insan olduğuna inanmaya başlamış, hemen önünde duran yepyeni bir dünyayı keşfetmenin coşkusuyla sevinmişti. Fikret, bu yeni dünyada Necip'e de yer olduğunu, ona da önemli görevler düştüğünü söylemişti. Ertesi gün okulda buluşmak üzere neşeyle ayrılmışlardı.

Ertesi gün gelmemişti Fikret, onun yerine ölüm haberi gelmişti. Fikret'i vurdular, demişlerdi. Necip, yalnızca bir tek akşamüstünü birlikte geçirdiği bu en iyi arkadaşının ölüm haberini duyduktan sonra bahçeye çıkmış, bir taşın üstüne oturup tekbaşına bir sigara içmişti. Bir titreme gelmişti üstüne; sigarayı tutan elleri, bacakları, gövdesi her yanı titremeye başlamıştı. Fikret'in ölümüne hem üzülmüş, hem de dehşete kapılmıştı. Sınavları bile beklemeden o akşam ilk otobüsle köye dönmüş, bir hafta boyunca sokağa bile çıkmamıştı. Hep Fikret'in anlattıklarını ve onun vurulduğunu düşünüyordu. Kendisini yalnızlıktan, fakirlikten, sıkıntılardan kurtaracak olan kurtarıcıyı son anda yitirmiş gibiydi. Necip, ne yapması gerektiğini bir türlü bilemiyordu. Deli gibi bir öfkeyle büyük bir korku, içinde çarpışıp duruyordu. Necip ikisinden birini seçmek zorunda olduğunu biliyor, kendini karar vermek zorunda hissediyordu.

Öfkeyle ve korkuyla kıvranan Necip birden kalktı. Burada tekbaşına kalmaya daha fazla dayanamayacağını anlamıştı. Gömleğini alıp köye doğru yürüdü. Kente dönüp Fikret'in arkadaşlarını bulmaya karar vermişti. Korkuyordu, ama yapacak başka bir şey de yoktu artık.

5

Çırılçıplak ve âşık bir kadın yürüyor. Altın renkli ışıklar fışkırıyor etinden. Altın tozundan saçları dalga dalga omuzlarına dökülüyor.

6

Arkasında duran kızın eli omzuna dokununca Fazıla radyodan duyduğu İngilizce sözleri hızla önündeki kâğıda yazmaya başladı. Beyni, bir telsiz âleti gibi çalışıyor, bir tek sözcük bile kaçırmamak için, radyonun konuşma hızına uygun bir hızla işliyordu. Yazdıklarının anlamlarına dikkat etmiyor, yalnızca sözcükleri ardı ardına kâğıdın üstüne sıralıyordu. Bütün bedeni kasılmış, gücü tümüyle kulaklarında ve ellerinde toplanmıştı, radyodan yayılan sözcükler kulaklarına, oradan da ellerine geçiyordu.

El, omzuna bir kez daha dokununca durdu. Yanında oturan kız, onun bıraktığı yerden yazmayı sürdürdü. Bu yazıları daha sonra çoğaltıp erkekler kısmına göndereceklerdi.

Fazıla, oturduğu iskemleden kalktı, kendini kasmaktan her yanı ağrımıştı. Bir sevinç vardı içinde, görevini yapmıştı ve yaptığının önemli bir iş olduğuna inanıyordu.

Yan yana dizilmiş ranzaların arasından geçip demir parmaklıklı pencerenin yanına geldi. Gri bir duvar gözüküyordu karşıda, üstüne kırık şişe parçaları dizmişlerdi. Yorgunluğu geçmişti, dingin bir mutluluk sarmıştı her yanını; bedenini yumuşacık hissediyordu. Hapisanede olmak bunaltmıyordu onu, aksine sevindiriyordu. Günahlarını bağışlatmak için inzivaya çekilmiş bir münzevi kadar rahat ve mutluydu.

İnandığı bir dava uğruna hapse girmek, acılar çekmek, onu mutlu ediyor, inançlarına olan bağlılığını artırıyordu. Çektiği acılar, inançlarının üzerinde en küçük bir çizik bile oluşturmuyordu. Çektiği acılardan dolayı inançlarından vazgeçmesi olanaksızdı, kişiliği bu inançlarla bütünleşmişti. İnançlarından vazgeçmek, kendinden vazgeçmek, yok olmak anlamına gelecekti. Var olabilmek için kutsal birşeylere gereksinimi olan insanlardandı o. Kendi kişiliğiyle bütünleştirebileceği bir inanç, uğrunda acı çekeceği bir ideal olmadığı zaman kendini değersiz, amaçsız ve güçsüz buluyor, kendinden nerdeyse iğreniyordu. Yaşayabilmesi için bir kutsallığın kölesi olması, hem de onun uğrunda acı çekmesi gerekiyordu. İçindeki yaşam isteğini harekete getirecek, onu ortaya çıkaracak iradesi ve gücü yoktu. Fünyesi olmayan bir bomba gibiydi, inançları onun fünyesi oluyor, tembelliğini parçalayarak, derinlere saklanmış gücünü ortaya çıkarıyordu.

Ona emirler veren, onu yöneten bu kutsal inanç olmadı mı, harekete geçemiyor, kendine güvenemiyor, yaşayamıyordu. İradesi ve tutkusu yoktu, bir başka gücün iradesine ve gücüne muhtaçtı. Bir yere gitmek istiyordu, ama tekbaşına nereye gitmek istediğini bilmiyordu. Karar veremeyecek kadar da tembeldi. İnançları ise onu alıp bir hedefe doğru götürüyordu, tek istediği de alınıp götürülmekti zaten. Her yere, her şeye gitmeye hazırdı, hiçbir şeyden kaçınmazdı, yeter ki onu alıp götürecek bir inanç olsun.

Fazıla'nın güçsüzlüğünün ve kararsızlığının nedeni, birbiriyle çelişen çok sayıda isteğinin olmasıydı. On iki yaşındayken, Fransız Lisesine girdiği yıl, hem dansöz hem de rahibe olmaya karar verdiğini annesine söylemiş, kadını dehşete düşürmüştü. Ondan sonra da, en basit konularda bile birbirleriyle çelişen istekleri olmuştu. Bu istekler birbirleriyle çatışıyor, birbirlerini suçluyor ve birbirlerinin gerçekleşmesini önlüyorlardı. Birbiriyle çelişen şeyler istediği için hiçbiri gerçekleşemiyordu. Hiçbir isteği de öbürlerine baskın çıkacak kadar güçlü değildi. Gerçekleşemedikleri için istekleri parça parça ve güçsüz kalıyor, ancak her istek için duyulan suçluluk duygusu halinde Fazıla'yı sıkıştırıyorlardı. Çok şey istemeyi, hiçbirini gerçekleştiremeyerek ödüyor, gerçekleşemeyen çelişik isteklerin geride bıraktığı suçluluk duygusunu ise kutsal inançlar için kendini feda ederek bastırmaya çalışıyordu.

Rahatça dayandı pencerenin kenarına, karşıdaki duvara

baktı. Duvarın öte yanında olanlar ilgisini çekmiyordu. Bedenini kendi haline bıraktı, duyduğu huzur içini yumuşatıyordu. O anda duyduğu huzuru yıllarca hep anımsayacaktı.

Duyduğu huzur ve rahatlık, onun kendisine ördüğü yasaklar barikatını hiç sezdirmeden yumuşatıp yıkıyor, kendisinden bile gizlediği bazı özlemlerin ortaya çıkmasına yol açıyordu. Ne söylediğinin bile farkına varmadan, etinin içinden gelen bir sesle bir türkü söylemeye başladı.

Odam kireçtir benim
Yüzüm güleçtir benim
Soyun da gir koynuma
Terim ilaçtır benim

Ranzaların üzerinden gelen sert bir uyarı böldü Fazıla'nın türküsünü.

–Bu ne biçim ses Fazıla? Ne biçim türkü söylüyorsun?

Başına bir tülbent bağlayıp ranzanın üstüne bağdaş kurmuş bir kız, kaşlarını çatarak Fazıla'ya bakıyordu. Bu haliyle bir felsefe öğrencisinden çok bir cadıya benziyordu. Fazıla kıpkırmızı kesilip sustu. Suçüstü yakalanmış gibiydi. Sesi, bir an bedeninin kendisini bırakmasından yararlanarak ta içinden çıkan bu dişi ses, Fazıla'nın o an bir erkeğe duyduğu özlemi ele vermişti. Koğuşta seslerin kesildiğini, herkesin kendini dinlemek için susmuş olduğunu da fark etti. Kızların içindeki bastırılmış özlemler Fazıla'nın sesiyle dirilip başkaldırmıştı. Herkes hapisaneyi falan unutmuştu. Yalnızca başı tülbentli felsefe öğrencisi, kendisini bırakmamış, bunu bir zayıflık sayarak Fazıla'yı susturmuştu.

–Ne kadar utandım bilemezsin, sanki sevişirken üstümden yorganı çekmişler gibi oldu. Düşün, tam sevişirken bir bakıyorsun çırılçıplak ortadasın ve herkes sana bakıyor. Çıplaklığımı saklamak ister gibi sesimi sakladım hemen. Çok kızdım. Kızdığımı çok sonraları fark ettim, o gün kızdığımı anlayamadım; belki de kızma hakkı tanımıyordum kendime.

Ama sonraları çok kızdığımı anladım ve hiç bağışlamadım. Zaten öyle küçük küçük birçok kızgınlık birikip patladı sonunda.

Fazıla, yanındaki sütun başlığına dayandı. Serin, gölgeli bahçenin içine mermer sütunlar, kırık heykeller, oymalı lâhitler dağılmıştı. Sütunların arasında yükselen, lâhitler kadar eski, iri gölgeli ağaçların sık yaprakları güneşin ve zamanın bu bahçenin serinliğine sızmasına izin vermiyordu. Yaprakların arasına saklanan bu loş bahçede tarih, koyu gölgeli bir masal gibiydi. Rüzgârın kımıltılarıyla birlikte masal da biçim değiştiriyor, bir neşeli bir hüzünlü oluyordu. Kenarları kırık lâhitlerin üstündeki kabartmalar kâh gülümsüyorlar, kâh ağlıyorlardı. Rüzgârın dallara her değişinde hışırdayarak sallanan yapraklarla birlikte kabartmaların duyguları da değişiyordu.

Ömer, bir lâhtin dibinde oturuyordu. Başını, lâhtin üstündeki bir cengâver kabartmasının kenarına dayamıştı. Kıvırcık sakallarıyla lâhtin kararmış bir parçası gibi duruyordu.

İncecik, eski bir rüzgâr dolaşıyordu bahçede. Ağaçların altına sığınmış yaralı bir savaşçının mermerden pelerini hafifçe dalgalanıyor, bir başka köşede oynamak için bekleyen bedenini kaybetmiş yalnız bir çocuğun uzun saçları dağılıyor, başını mantosunun altında saklamaya çalışan bir genç kadın, hiç durmadan ağlıyor, kısa kılıcını havaya kaldırmış asık suratlı bir gladyatör, arkadaşını öldürmek için imparatoriçenin buyruğunu bekliyordu. Rüzgâr hepsini tek tek okşuyor, hepsine minik fısıltılarla geçmişten ve gelecekten haberler veriyordu.

Ömer'le Fazıla da, ağır hareketlerle uçuşan küçük, beyaz tüyler gibi bu masalın içinde uçuyorlar, hafif rüzgâr darbeleriyle bir o yana bir bu yana dönerek, kendi tarihlerini yaşıyorlardı.

–Seni hiç bağışlamadım, diyordu Fazıla. Senin yüzünden oldu her şey. Bırakıp gittin diye.

–Sana mektuplar yazdım, diyordu Ömer.

–Ben hiç almadım, diyordu Fazıla.

–Hiç göndermedim ki, diyordu Ömer.

Bir yaprak süzüle süzüle gelip lâhtin kenarına çarptı, oradan da Ömer'in kucağına düştü. Ömer alıp uzun uzun baktı yaprağa, sonra Fazıla'ya uzattı. Henüz yeşilliğini yitirmemiş olan yaprağın üstündeki damarlar kahverengileşmişti, uçlarında batan bir güneşin kızıllığı vardı. Taze yeşillik kokusuna, kuru kızıllığın buruk kokusu karışıyordu.

–Bir oyun oynardık, hatırladın mı? dedi Fazıla. Pautus'la karısı hani. Çarşafları üstümüze dolayıp eski Romalılar olurduk...

Gölgeler daha da koyulaşmıştı.

–Evet.

–Hadi gene oynayalım.

Lâhtin arkasından, kenarları sırma işlemeli mor bir harmaniye giymiş, ayaklarında bağları dizlerine kadar çıkan sandaletler olan, parlak tolgalı bir subay çıkıp Ömer'in önüne bir bıçak bıraktı.

–Senato, imparatoru devirmek için komplo hazırlamak suçundan sizi ölüme mahkûm etti saygıdeğer Pautus. Kendinizi öldürmenizi bekliyorlar.

Makedonya işi, süssüz, sağlam bir bıçaktı. Ömer bıçağı eline alıp baktı, ucunu parmağına bastırıp denedi. Güvenilir bir bıçaktı, usta işiydi.

Karşıdaki kadın heykelinin yanında duruyordu şimdi Fazıla. Arkasında, Ömer'in annesiyle babası vardı. Onların arkasında da birileri vardı, ama gölgede kaldıklarından yüzleri pek seçilmiyordu. "Kendimi öldürmemi bekliyorlar." Kendisini öldürmesini bekliyorlardı. Babasının yüzü biraz sararmıştı. Annesi heykele dayanmıştı, yorgun gibiydi. Heykel hâlâ ağlıyordu. "Az daha imparator olacaktım." Fazıla'nın kıpırdandığını fark etti. Huzursuzlanıyor, Ömer'in korktuğunu sanıyordu. "Korktuğumu sanıyor." Hava serinlemeye başlamıştı. Toprak ve ağaç kokuyordu bahçe. Yanda, biraz ötede, ölüm buyruğuyla birlikte bıçağı getiren subay duruyordu.

Yaprakların arasından nasılsa sızan bir güneş damlası, tolgasının siperliğine vuruyordu. Subay, Ömer'in kendisini öldürmesini bekliyordu. Gidip imparatora haber verecekti. Bekleyenler kıpırdanıyorlardı. Ömer'in korktuğunu düşünüp utanıyorlardı. Bir Romalı soylu nasıl olur da ölümden korkardı? "Korktuğumu sanıyorlar. Ölümle yaşamı bir arada kendi bedenimde hissettiğim şu birkaç dakikanın tadını çıkarmama izin vermiyorlar. Ey Romalılar, yaşamı ve ölümü aynı elimde taşıyorum. Hiçbir el benimki kadar güçlü ve zengin değil şu anda. Ey ölüm, seni yaşamdan ayıracağım biraz sonra. Birbirinizden kopacaksınız. Biriniz olmayınca öbürü de olmayacak. Ey yaşam, güzelsin ve güzelliğini ölüme borçlusun. Ey Roma, senin kaderini elime geçirmek istedim, ama şu anda elimde yalnızca kendi kaderim var. Roma'nın kaderinden daha heyecanlı ve güzel." Daha fazla dayanamayan Fazıla'nın hızla kendisine doğru geldiğini gördü. Fazıla masanın önünde durdu. Eğilip bıçağı aldı. Sol elini göğsüne bastırıp sağ elindeki bıçağı sapına kadar karnına sapladı. Sonra yavaşça çıkardığı kanlı bıçağı Ömer'e uzattı.

–Pautus, non dole, dedi. Pautus, acımıyor.

–Niye yaptın bunu?

–Senin için. Acı vermediğini sana göstermek için.

–Acı vermediğini biliyordum.

–Niye yapmadın öyleyse?

–Ölümü elimde tutmanın tadını çıkarıyordum.

–Demek korkmadın. Gene de senin uğruna kendimi öldürdüğüm için mutluyum. Hiç canım acımadı. Bundan sonra da hiç acımayacak. Bütün acılar bitti. Senin için ölmenin sevincini yaşayarak ölüyorum.

Bıçağı, gülümseyerek Ömer'e verdi.

El ele tutuşarak çıktılar bahçeden.

7

Demir parmaklıklı dar pencereden vahşi bir pırıltıyla giren güneş ışınları, elmas bir kılıç gibi kesiyordu karanlığı. Işığın parlak beyazlığı, karanlığın koyu siyahından kesin çizgilerle ayrılıyordu.

Karanlığın içinde iki kişi doğruldu. Karanlıkta kalan bacakları görülmüyor, yalnızca ışığın içinde duran gövdeleri ve başları gözüküyordu. Bu halleriyle, ışığın havada tuttuğu yarım bedenli iki kuklaya benziyorlardı. Alınlarındaki çamur lekeleri de aydınlıkta daha belirginleşiyordu.

İki adam aynı anda öne eğilince yüzleri karanlığa gömülüp kayboldu, ışığın içinde yalnızca sırt çizgileri kaldı. Şimdi iki küçük kambur gözüküyordu. Adamlar yeniden doğruldular. Bacakları kesik iki gövde oldular. Sanki ışık olmasa bu iki gövde havada duramayıp yere düşecekti. Adamlar, dizlerinin üstüne çöküp secdeye varınca, tümden yok oldular. Işık çok parlak olduğu için karanlıkta kalan kısımlar hiç gözükmüyordu.

Işığa bakan Bülent, iki gövdenin yeniden ortaya çıkmasını bekliyordu. Karanlığın içinden dua sesleri geliyordu. Arada bir tespih şıkırtıları duyuluyordu. Hücrenin içinde çamur kokusu vardı. Toprak zemin ıslak olduğundan hücrenin içindeki çamur kokusu da hiç kaybolmuyordu.

Bülent'in yaraları hâlâ iyileşmemişti, sık sık kendinden geçip kâbuslar görüyordu. Kendine geldiğinde, pencereden giren bu ışığa bakıyordu. Geceleri uyandığında ise, hücre iyice karanlık olduğundan, uyanıp uyanamadığını anlayamıyor, kâbusun sürüp sürmediğini kestiremiyordu.

Adamlar yeniden ışığın içinde belirdiler. Alınlarındaki çamur lekeleri çoğalmıştı. Secdeye vardıklarında ellerini ve başlarını yere dayadıklarından, elleriyle alınları çamurlanıyordu. Kendilerini çamurdan korumak için yere serecek birşeyleri yoktu.

Bülent, sık sık görüyordu bu adamları. Değişik adamlar hep aynı yerde namaz kılıyorlardı. Kim olduklarını öğrenmişti Bülent. Dincilerdi bunlar. Yukardaki salona çıkarılmadan önce, işkenceye dayanabilmek için namaz kılıp dua ediyorlar, güç toplamaya çalışıyorlardı.

Adamlar gene karanlığın içinde kayboldular. Bülent, içinin kaydığını, kendinden geçmek üzere olduğunu hissetti. Yaralarının üstündeki sargılar eskimiş, yer yer çamurlanmıştı. Bülent, kâbuslarında hep çamur görüyor, hep çamur kokuları duyuyordu.

Adamlar yeniden ışığın içinde gözükmeden, Bülent'in baktığı ışık bulanıklaştı. Kendinden geçen Bülent, yeniden kâbuslarına dalmıştı. Duman gibi, hiçbir şeyi aydınlatmayan titrek ve donuk bir ışık görüyordu. Her yer çamurdu, yaralarından çamur akıyordu. Su içiyor, su çamur oluyordu.

Titrek, dumana benzer ışığın içinde tonlarca çamur biçim değiştiriyor, taşbaskısı eski plaklar haline geliyordu. Çamur kokulu eski plaklar Caruso'nun aryalarını çalıyordu. Üç plaktı bunlar. Üçünde de Caruso söylüyordu. Kocaman kocaman cızırtılı plaklardı. Ağır ağır, çamurdan yapılmış eski bir gramofonun üstünde dönüyorlardı. Bir tavan arasında çalınıyordu bu plaklar. Eski püskü eşyalar vardı. Bir de küçük bir bisiklet. "Hayır," diyordu annesi, "dışarı çıkamazsın." Annesi de çamur kokuyordu. Bülent sürekli olarak aynı sözleri sayıklıyordu:

–İyiyim, çok iyiyim.

Otelin önünde, dümdüz, kesintisiz uzanan geniş çimenliğin üzerinde tek tük, tepesindeki yaprakları yelpaze gibi dalgalanan, gövdeleri tıraşlı palmiye ağaçları vardı.

–Yeşillik meğerse ne güzel şeymiş, dedi Dominquez. Bir süre mavi görmek istemiyorum.

Ömer,

–Hâlâ sallanıyorum, dedi. Bu kadar kötü fırtına görmemiştim. Bir ara batacağız sandım.

–Neyse boşver artık. Bir hafta tatilimiz, tonla da paramız var. İyi bir tatil yapalım. Tatil dedim de, karım da bayılır tatile biliyor musun?

Ömer güldü.

–Biliyorum, biliyorum. Tatile bayılır. Çok güzeldir. Sana, paramız olunca bütün dünyayı dolaşalım, der. Sen para biriktirip dünya turuna çıkartacaksın. Zengin olunca karının yanından hiç ayrılmayacaksın. Artık ezberledim bunları dinleye dinleye.

Elinde küçük bir içki listesiyle gelen garsona Ömer,

–Bana bir viski lütfen, dedi. İçine bol buz atın.

Dominquez, içkisini ısmarlamadan önce arkasına yaslanıp derin derin temiz havayı soludu. Sonra, iri ellerinin geniş hareketleriyle desteklediği şehvetli bir sesle içkisini ısmarlamaya koyuldu.

–Bana bir bloody mary getirin. Tuzu ve limonu bol olsun. Ama barmene söyleyin, domates suyunu çok koyup içkiyi salçaya çevirmesin. Votkası da biraz bolca olsun.

Garson gidince Dominquez Ömer'e döndü,

–Biliyor musun, bu içkiyi kimse karım gibi...

Ömer sözünü kesti:

–Biliyorum, onu da biliyorum. Kimse bu içkiyi karın gibi yapamaz, karının ellerinde bir büyü vardır. Bütün yemekleri de harika pişirir. Senin karın gibisi yoktur. En güzel, en yetenekli, en harika kadın senin karındır.

Dominquez güldü.

–Sen de her şeyi biliyorsun.

Masaların arasından kendilerine doğru gelen bir kadın gördü Ömer. İnce, uzun bir kadındı. Dümdüz, bileklerine kadar inen, lacivert ketenden bir giysi giymişti. Adım attıkça bacakları giysinin içinde görülmüyor, ama hissediliyordu. Kısa kesilmiş saçları gümüş rengindeydi. Biçimli yüzünde yılların çizdiği çizgiler vardı.

–Şu kadına bak, ne kadar zarif!

Biraz ötede tekbaşına oturan sarışın bir kadına gözlerini diken Dominquez, isteksizce dönüp masaların arasından geçen yaşlı kadına baktı.

–Anneanneni mi özledin?

–Ama çok zarif değil mi?

Dominquez, karşılık vermeden sarışın kadına döndü. Ömer yaşlı kadını gözleriyle izledi. Kadın biraz ötelerindeki bir masaya oturdu, Zenci garsona bir içki ısmarladıktan sonra bir kitap çıkarıp okumaya başladı.

Ömer heyecanla,

–Şiir okuyor, dedi.

Sarışın kadından ilk gülücüğü koparmayı beceren Dominquez sinirlendi:

–Sana ne be, ne isterse okur.

Ömer yeniden yaşlı kadına dikti gözlerini. Kendisine birinin baktığını hisseden kadın, başını kitaptan kaldırdı. Bakışları Ömer'le karşılaşınca, komşunun oğluna gülümseyen bir büyükanne gibi, mesafeli bir nezaketle gülümsedi, sonra başını kitabına eğdi.

Ömer kadına inatla bakıyordu. Biraz sonra kadın yeniden başını kaldırdı, Ömer'in inatçı bakışlarını görünce, bu kez kuşkuyla baktı. Ömer bütün şirinliğiyle gülümsedi. Kadın kısa bir gülümseyişten sonra başını çabucak önüne eğdi.

Baktıkça kadının güzelliğini daha iyi görüyordu. Çizgilenmiş, eskimiş, yıpranmıştı, ama gene de çok güzeldi. Güzelliğini gençliğine borçlu olan kadınlardan değildi, gençlik gitmiş, ama çizgilerindeki güzellik ve incelik kalmıştı. Gözleriyse çok parlak ve zeki bakıyordu. Bedeni hâlâ inceydi, hareketleri uyumlu ve zarifti. Elleri dikkati çekecek kadar biçimliydi. Ellerinde garip bir güç vardı sanki, çevresindeki her şeye egemendi. Tuttuğu her şeyi, hem zarafetle, hem de güvenle tutuyordu.

Kadın yeniden başını kaldırdı, bu kez bakışlarında bir soru işareti vardı, bu genç çocuğun niye kendisine ısrarla baktığını merak ediyordu. Uzun zamandan beri erkekler kendisine böyle dikkatle bakmamışlardı.

Dominquez de sarışın kadınla bakışarak anlaşmıştı herhalde. Ömer'le Dominquez aynı anda ayağa kalktılar. İkisi de öbürünün kalkmasına şaşmıştı. Dominquez kocaman bıyıklarının arasından homurdandı:

–Sen niye kalkıyorsun, otursana.

–Sen otur.

Bir an birbirlerine bakmadan şaşkınca durdular, sonra ikisi de ters yönlerdeki masalara doğru yürüdüler. Sarışın kadın da, yaşlı kadın da, erkeklerin bu şaşkınlığını gülümseyerek izlemişlerdi.

Ömer, yaşlı kadının masasına geldiğinde kadın hâlâ gülümsüyordu.

–Oturabilir miyim efendim?

–Buyurun, dedi yaşlı kadın.

Ömer oturdu. Kadın iki eliyle bardağını tutmuş dikkatle Ömer'in yüzüne bakıyordu. Ömer ne söyleyeceğini şaşırmıştı. Gözünün ucuyla Dominquez'e baktı. Elleriyle kollarıyla birşeyler anlatıyor, sarışın kadın da gülüyordu.

Yaşlı kadın ses çıkarmadan sabırla bekliyordu Ömer'in konuşmasını. Genç oğlanın şaşkınlığına belli belirsiz gülümsüyor gibiydi.

–Çimenler çok güzel değil mi? dedi Ömer.

–Evet, güzel.

Ömer içki bardağıyla oynuyordu. Gökyüzünün laciverdi çoğalmış, tek tük yıldızlar belirmişti.

Yaşlı kadın şefkatli bir sesle,

–Niçin geldiğini söylemeyecek misin? dedi.

–Kızarsınız diye korkuyorum.

–Kızsam bile söylemek zorundasın. Öyle değil mi?

Ömer, birdenbire,

–Çok güzelsiniz, dedi.

Yaşlı kadın kitabını kapatıp masanın üstüne koydu.

–Kaç yaşındasın sen?

–Yirmi üç.

–Ben kaç yaşındayım biliyor musun?

Birden Ömer, yaşlı kadın kendisini geri gönderecek diye çok korktu. Kadının yanından ayrılmak istemiyordu. Mahzunlaştı, boynunu büktü.

–Ama hiç önemli değil. Yani yaşınız hiç önemli değil. Çok güzelsiniz. Bakın bir işiniz yoksa... Yapacak bir şeyiniz yoksa yani... Benimle yemek yer misiniz?

–Yavrucuğum, altmış sekiz yaşındaki bir kadınla yemek yemekten daha eğlenceli şeyler yapacak yaştasın. Üstelik yakışıklısın da. Ne diye benimle yemek yemek istiyorsun?

Ömer gözlerini bardağına dikip inatçı bir sesle,

–Sizinle yemek yemek istiyorum, dedi.

Yaşlı kadın gülmeye başladı. Ömer'in dirençli isteği kadını gençleştirmişti. Hava iyice kararmış, bitki kümelerinin içindeki lâmbaların çimenlere vuran ışıkları genişlemişti. Yaşlı kadın, lacivert giysisiyle gecenin bir parçası haline gelmişti.

–İnşallah pişman olmazsın.

–İçerde mi yiyelim? dedi Ömer.

Yaşlı kadın birden parlak ışıkların altına gitmekten, yaşlılığının ortaya çıkmasından korktu.

–Burada yiyebiliriz. Üşüyor musun?

–Ben üşümüyorum.

Ömer, Dominquez'in oturduğu masaya baktı. Masa boştu.

–Sizin adınız ne?

–Misis Perkins.

İçki bardaklarını almaya gelen Zenci garsona yemeklerini bahçede yemek istediklerini söyledi Misis Perkins.

–Tabii efendim, dedi garson.

Misis Perkins gülümseyerek Ömer'e döndü:

–Çoktandır genç bir beyle yemek yememiştim. Bari bunu kutlayalım. Şampanya içmeye ne dersin?

–Bayılırım.

Garson gittikten sonra Ömer'e,

–Peki Karayipler'de ne yapıyorsun? dedi. Tatile mi geldin?

–Hayır efendim. Gemiciyim. Buraya mal getirdik. Bir hafta iznim var.

–Gemici misin? Çok gençsin ama... Ailen ne diyor? Kızmıyorlar mı? Benim oğlum olsan seni bırakmazdım.

Ömer, aldırmaz bir sesle, sıradan bir şey söyler gibi,

–Ailem yok efendim, dedi. Annemle babam dört yıl önce öldüler.

–Yaa. Çok üzüldüm. Soru sormak bunun için kötüdür işte, insan beklemediği yanıtlar alabilir.

Garson, tekerlekli bir masayla yemeklerini getirdi. Şampanyayı patlatarak kadehlere koydu. Öbür masalar boşalmıştı. Neşeyle yemek yemeye koyuldular. Ömer gördüğü yerleri anlattı, uzun uzun Dominquez'den söz etti:

–O bir şey söylemiyor, ama ben onun bir İspanyol kontunun oğlu olduğuna inanıyorum. Karısına âşık, biliyor musunuz? Hep karısını anlatır. Para biriktirip karısını dünya turuna çıkaracak. Ama böyle giderse hiç para biriktiremeyecek, paralarının hepsini harcıyor çünkü.

Misis Perkins de kendi yaşamından söz etti. Gençliğinde çok ünlü bir arp virtüozuymuş.

–Arp nedir biliyorsun, değil mi?

–Biliyorum tabii. Şu küçük meleklerin çaldığı alet. Hani resimlerde, heykellerde falan vardır ya.

Misis Perkins güldü.

–Hayır, senin söylediğin 'lir'. Arp, daha büyüktür.

Ömer kızardı.

Misis Perkins, kocasıyla İkinci Dünya Savaşının sonunda Viyana'da tanışmış.

–Savaşın acılarını müzikle yatıştırmaya çalışıyorduk. Art arda konserler veriyordum. Kocam da, o zamanlar kocam değildi tabii, Avrupalı kadınlara makyaj malzemesi satmak için Avrupa'yı dolaşıyordu. Küçük bir fabrikası vardı Amerika'da. İnanmazsın nasıl satıyordu. İşte orada, Viyana'da tanıştık. Yakışıklı değildi, ama çok hoştu.

Daldı bir an.

–Nedense, acıların, yıkıntıların arasında aşk daha hızlı gelişiyor. İnsanlar sığınacak bir yer arıyorlar belki. Normal koşullar altında birbirine âşık olmayacak çok insan, o günlerde çılgınlar gibi âşık olup evlendiler.

On yıl önce ölmüş kocası. Fabrikayı şimdi çocukları yönetiyormuş.

–Ben de yalnız başıma gezilere çıkıyorum. Çocuklarımı pek görmüyorum. Kocaman, yaşlı başlı adamlar oldu hepsi. Onları görmek bana kocadığımı anımsatıyor. Sıkılıyorum. Uzun yıllardan beri arp da çalmıyorum.

Zenci garsona işaret edip yeni bir şampanya daha getirtti.

–Gençliğimde de şampanya beni çok heyecanlandırırdı. Her konserden sonra şampanya içerdim.

Sesine belli belirsiz bir şuhluk gelmişti. Gülümsemesi daha ışıklı, elleri daha hafifti.

–Acaba burada bir arp var mıdır? Sana arp çalardım. Eskisi kadar iyi çalamıyorum tabii, istediğim gibi sahip olamıyorum alete, ama gene de çalardım. Yoktur burada değil mi? Nerden olsun?

Ömer, sessizce Misis Perkins'in yüzüne bakıyordu. Yaşlı kadının neşesi Ömer'e güven veriyordu. Yalnız hissetmiyordu kendini.

–Ne bakıyorsun yüzüme? dedi Misis Perkins. Anneni mi anımsatıyorum sana? Daha doğrusu anneanneni mi?

–Çok güzelsiniz.

–Sen çok iyi bir çocuksun, biliyor musun?

Misis Perkins, çok neşeli olmaktan, şampanyalar içmekten utandı. Yeniden araya bir uzaklık koyarak, yaşlı bir kadın sesi edindi.

–Artık kalkalım, geç oldu.

Birlikte kalktılar. Odasının kapısına kadar götürdü Ömer, Misis Perkins'i.

Misis Perkins,

–Bir kahve içer misin? dedi.

Ömer, Misis Perkins'in nezaketen sorduğunu biliyordu, ama ondan ayrılmak istemediği için bu öneriyi hemen kabul etti.

Kahvelerini içerken Misis Perkins,

–Peki bundan sonra ne yapacaksın? Yaşamın boyunca denizci mi kalacaksın?

–Denizciliği seviyorum. Dünyayı dolaşıyorum. Çeşitli yerlerde, çeşitli insanları izleyerek yaşamın ne olduğunu anlamaya çalışıyorum.

–Anlıyor musun bari?

–Hayır.

Misis Perkins güldü.

–Senin gibi bir oğlum, oğlum değil de torunum olsaydı, yaşlılığım daha eğlenceli geçerdi.

Ömer'in gözleri doldu. Aslında heyecanlanmasını gerektiren bir şey yoktu. Ama birden şefkatli bir ilgi onu heyecanlandırmıştı. Çok uzun zamandan beri görmediği, tatmadığı, özlediğinin bile farkına varmadığı bir duyguydu bu. Uzanıp Misis Perkins'in elini tuttu. Yanına yaklaşıp dudaklarından öptü.

–Ne yapıyorsun?

–Sizi seviyorum.

Misis Perkins, yavaşça itmeye çalıştı Ömer'i.

–Çok teşekkür ederim. Ama artık gitsen iyi olur. Benim yaşımdaki kadınlar çabuk yorulurlar. Ben de yoruldum, yatacağım.

–Yanınızda kalayım. N'olur. Bu gece burada kalmama izin verin.

Misis Perkins gülümsedi.

–Bak Ömer, çok hoş bir çocuksun. Söylediklerini de çok güzel bir kompliman olarak kabul ediyorum. Eğer genç bir kadın olsaydım zaten ben seni göndermezdim. Ama ben çok yaşlıyım yavrucuğum.

–Lütfen.

Misis Perkins, Ömer'in saçlarını okşadı.

–Yavrucuğum, gerçekten çok tatlısın. Ama bu olanaksız. Ben bir erkeğin ne olduğunu bile unuttum.

Ömer, Misis Perkins'e sokulup sarıldı.

–N'olursunuz, bırakın kalayım. Hiçbir şey yapmam. Yalnızca yanınızda yatarım.

Misis Perkin'in sesi birden sertleşti:

–Ama anlamıyorsun!

Sonra sesi yumuşayıp acılaştı:

–Ben altmış sekiz yaşındayım. Anlayamazsın tabii, nasıl anlayacaksın. Yavrucuğum, ben bedenimden utanıyorum.

–Çok güzelsiniz. Sizi seviyorum. Sıcacıksınız.

Misis Perkins'in Ömer'in ensesinde dolaşan elleri ürkek ve acemiydi. Dokunuyor, aynı anda da yaptığından korkup çekiliyordu. Ömer ise yaşlı kadına sarılmış, başını göğsüne dayamış, kımıldamadan duruyordu.

Yaşlı kadının elleri Ömer'in kımıldamamasından da cesaret alarak, yavaş yavaş çok uzun yıllar önce edindiği ustalığı ve güveni kazanmaya başlamıştı. Arpın tellerinde dolaşan parmaklar, eski inceliklerini kazanarak Ömer'in bedeninde dolaşıyordu.

Giysisini çıkarmadan önce Misis Perkins abajurun düğmesine basıp söndürdü. Birbirlerine sarılmışlardı. Bir ana oğul gibi birbirlerini incitmeden öpüyorlardı.

–Sen bana bir armağansın, dedi Misis Perkins. Tanrının bir armağanı.

Odanın içi kapkaranlıktı. Hiçbir şey gözükmüyordu. Karanlığın içinde Misis Perkins'in iniltileri duyuluyordu.

–Çok güzel, çok güzel, Tanrım...

Zamanla Misis Perkins'in sesi de yükseliyordu.

–Ne kadar güzel, ne büyük zevk.

Sonunda büyük bir çığlığa dönüştü:

–Ölüyorum Tanrım... Çok güzel... Çok güzel... Ömer, çok güzel ...Ölüyorum...

Birden sesi kesildi. Ölmüştü.

8

Korku, kasıklarında saklanıyordu, sonra birden saldırıp midesini ve ciğerlerini yakalıyor, buruştura buruştura eziyor, mide bulantısı ve titreme haline dönüyordu. Yüreği gürültüyle çarpıyor, ter içinde kalan elleri, soğuyup ıslak denizanaları gibi iki yanında sarkıyordu.

Çevreden geçenlerin, içinden taşan korkunun kokusunu duyacaklarını sanıyordu. Nereye, ne yapmaya gittiğini ve korktuğunu herkesin bildiğini sanıyordu. Yanından geçen herkes kendisine düşmandı.

Yollar kalabalıktı, ilkbaharın ılıklığı vardı kaldırımlarda. İlk kez böyle bir göreve gidiyordu Necip. Üşüyordu. Üşüdükçe daha bitkinleşiyor, adımları ağırlaşıyordu. Beyninin içinde, sanki kafasına kalın bir sopayla vurmuşlar gibi, uğultulu bir boşluk vardı. Başı dönüyor, uyumak istiyordu.

Gideceksin, paraları alıp çıkacaksın demişlerdi. Gittiği yerde korkmaktan, şaşırmaktan korkuyordu. Bir süre sonra korkuyu izlemesini öğrendi. Bedeni, hızla gelen korku dalgalarıyla çalkalanıyor, bir süre titredikten sonra korkmaktan yoruluyordu. O zaman, korku kasıklarına saklanıyor, bedenin biraz dinlenip kendisini toparlamasını bekliyor, sonra yeniden saldırıyordu.

Bu kısa dinlenme anlarında, korku yerini çok dikkatli, çok hassas bir aldırmazlığa bırakıyordu. Korkudan kurtulduğu anlarda, biraz daha rahatlayarak yürüyor, kendini biraz sonra gelecek yeni korku dalgasına hazırlıyordu. Korku, "ya gittiğim yerde korkarsam," düşüncesiyle geri geliyordu. Korkabileceğini düşündüğü anda yeniden elleri terliyor, midesi kasılıyor, soluduğu hava ciğerlerini doyurmuyor, daha sık soluyor, üşümeye başlıyordu. Korkunun kaynağı, "ya korkarsam?" düşüncesiydi. Gittiği yerde gerektiği gibi davranabileceğine inansa, şu andaki korkusu da yok olacaktı.

Yanında yürüyen arkadaşı da kendisi gibi ilk kez göreve gidiyordu. Necip, arkadaşının da korktuğunu hissediyordu. Korkan herkes gibi, o da çevresindeki korkunun kokusunu çok çabuk alıyordu. Adının Hakan olduğunu sonradan öğrendiği arkadaşı da herkesin kendilerini izlediğini sanıyordu.

Hakan, çevrelerinden geçen insanları kandırmaları gerektiğine inanmıştı. Yanlarına birisi yaklaştığında, olmayan bir filmi anlatmaya başlıyor, böylece biraz rahatlıyordu:

–...sonra esas oğlan herife bir çakıyor, herif de tabancasını çekip...

Yanlarına yaklaşan adam geçince birden susuyor, bir başkasının yaklaştığını görünce yeniden başlıyordu:

–...esas oğlan da esas kıza, o zaman ben giderim diyor...

Kalabalık bir caddede yürüdükleri için, kopuk film cümleleri birbiriyle ilgisiz bir biçimde peş peşe geliyordu. Gerçi yaptıklarından utanıyorlardı, ama başka türlü de davranamıyorlardı. Korku, bütün yapılarını altüst ediyor, yaşamlarının korkuyu en iyi bilen parçasını, çocukluklarını ortaya çıkarıyordu. Acemiliğin bütün şaşkınlığını ve utancını yaşıyorlardı. Tek avuntuları, bu yolculuğa kahramanca bir amaçla çıkmış olmalarıydı. Kahramanlık uğruna korkmaları, korkaklığa dayanmalarını, her şeyi bırakıp kaçma isteğini bastırmalarını sağlıyordu. Kahramanlık uğruna korkuyorlar, kahramanlığın bedelinin korku olduğunu öğreniyorlardı.

Gidecekleri yere yaklaştıkça Hakan'ın birbirini tutmayan cümleleri daha sıklaşmıştı. Anlamsız cümleleri birbiri ardına sıralıyor, böylece çevreden geçenlerin kendi niyetlerini anlamalarını engellediğine inanıyordu.

–...sonra oradan bir araba geçiyor... Kız da oğlana ben seni seviyorum diyor... O sırada adam bara giriyor, barmene bir çakıyor... Uçaklar kenti bombalıyorlar...

Sonunda gidecekleri yere vardılar. Büyük bir araba galerisiydi burası, ışıklar içindeki salona son model arabalar dizilmişti. Necip, bu arabaların salonun içine nasıl girdiğini merak etti bir an. İçeri girdiler. İkisinin de gırtlağı kurumuştu. Patronu görmek istediklerini söylediler. Sesleri pürüzlü çıkıyordu. Üst katta bir odaya götürdüler onları. Necip'le Hakan ceplerindeki tabancaları sıkı sıkı tutuyorlardı. Galerinin sahibi onları bekliyordu zaten.

–Bizi Kenan gönderdi, dediler.

Galerinin sahibi hiçbir şey söylemeden çekmeceden bir zarf çıkarıp verdi. Necip zarfı alıp cebine koydu, birlikte merdiveni inip galeriden çıktılar. Hızla yürüyorlar, her an arkalarından birinin gelmesini bekliyorlardı. Birbirlerinden utandıkları için koşamıyorlardı, ama adımları gittikçe sıklaşıyordu. Bir yan sokağa sapıp arkalarına baktılar. Gelen giden yoktu. Adımları ağırlaştı. İlk görevlerini başarıyla sonuçlandırmışlardı. Biraz önceki korkularını unuttular. Sanki hiç korkmamışlardı, böyle bir duyguyu anımsamıyorlardı artık. Bu iş sandıklarından çok daha kolay olmuştu.

Necip, havanın ılıklığını fark etti. İlerde hoş bir kız yürüyordu. Kendisini büyümüş hissediyordu Necip, her işin üstesinden gelebilirdi artık. Adamlar ses çıkarmadan parayı vermişlerdi. Korkmuşlardı Necip'le arkadaşından. Necip, korkacak değil korkulacak adamdı... Başkalarının korkusu ona güç veriyordu. Daha önce hiç tatmadığı bir duyguydu bu. Eskiden korkan, itilip kakılan, başkalarının emirlerini dinleyen kendisiydi. Birdenbire durum tam tersine dönmüştü, şimdi emirleri o veriyor, başkalarının kendisinden korkmalarını, sözlerini dinlemelerini izliyordu. İçinde birşeylerin değiştiğini somut bir biçimde hissediyordu. Korkular, ezikliklikler, çekingenlikler parçalanıyor, onların altından yeni bir Necip çıkıyordu. Yürümesini yeni öğrenen bir çocuk gibi, hem yaptığına şaşıyor, hem de bu yeni eğlenceyi kesintisiz sürdürmek, durmadan yürümek istiyordu. Artık bu büyük zevkten vazgeçemeyeceğini, bu yeni gücünü kaybetmemek için her türlü tehlikeyi göze alacağını biliyordu. Zaten tehlike, bu yeni deneyden sonra anlamını kaybetmişti. Başkalarının tehlike diye gördüğü şey, Necip'in kendisiydi. İnsanların onu tehlikeli bulması, ondan korkması, kendisini farkına varmadan küçümseyen Necip'in tehlikeyi de küçümsemesini sağlıyordu. Birden sevinçle Hakan'ın sırtına vurdu. Hakan şaşkınlıkla durup Necip'e baktı. Necip gülüyordu. Hakan da gülmeye başladı. Kahkahaları atıyorlardı. Sokağın ortasında durmuşlar, hiç kimseye aldırmadan birbirlerinin sırtlarına vurarak kahkahalarla gülüyorlardı. Yeni bir yaşamın başlamasını sevinçle kutluyorlardı. Yoldan geçenler, bu iki gence çekinerek bakıyorlar, yanlarına sokulmadan, uzaktan geçiyorlardı.

Sokakların ılıklığı evin içine sızıyordu kapalı pencerelerden. Eşyalar gelişigüzel boş evin içine konulmuştu. Henüz açılmamış denkler, valizler duruyordu duvar diplerinde. Perdesiz pencerelerden yumuşak bir aydınlık giriyordu. Güneş ışıklarıyla tozları kabaran tahta döşemeler evin çıplaklığını artırıyordu. Bir kenarda, çift kapılı, aynalı, tahtaları oymalı geniş bir dolap duruyordu. Aynalarından biri çatlamıştı, tahtalarında kurt yenikleri vardı. Bütün kışı tekbaşına geçirmiş olan bu eski dolap, dağınık eşyalarla lekelenmiş boş evin içinde, yaşlı bir kör gibi, gözleri kapalı, yalnızca kurt yeniklerinde saklanmış gizli tarihi yaşayarak, sessiz ve sağır, çıplak aydınlığa aldırmadan, son demlerini geçiriyordu.

Anahtarın kilitte dönerken çıkardığı ses, boş evin içinde yankılandı. Kapının açılmasıyla birlikte, evin içi genç seslerle doldu. Çocuklar evin içine dağıldılar, herkes bir eşyanın üstüne çıktı. Yere bir pikap koydular, plaklar çalınmaya başladı.

Ömer'le Fazıla geniş dolabın kapaklarını açıp içine oturdular. Öbürlerinin arasına karışmak istemiyorlar, aşklarını herkesten ayrı yaşamak istiyorlardı. Yaşadıkları duyguları kimsenin anlayamayacağına, kimsenin böyle şeyler hissetmediğine inanıyorlardı. Yeryüzünde ilk kez böyle bir aşk yaşanıyordu onlara göre. Kendilerinden başka her şeyi küçümsüyorlardı. Başkaları kendileri gibi âşık olamayan zavallılardı, onlara biraz da acıyorlardı.

Fazıla, cebinden kocaman bir ahahtar çıkardı.

-Bak ne buldum yolda? Eski bir anahtar.

Ömer, anahtarı alıp inceledi. Sarı metalden yapılmış, üstünde kaba işlemeler olan, uzun, eski bir anahtardı.

-Bu bizim evimizin anahtarı olsun, dedi Fazıla. Al sakla bunu. Bu anahtarı kaybedersen, aşkımız da bitmiş olur.

-Bunu hiç kaybetmeyeceğim, dedi Ömer. Boynuma asacağım. Hayatım boyunca da hiç çıkarmayacağım.

Fazıla, Ömer'in elini tutup sıktı. Bakışıp gülüştüler. Ömer bacaklarını dolabın içine çekti, Fazıla da onu taklit etti. Biraz ötede bir valizin üstünde oturan bir oğlan koşup dolabın kapaklarını kapattı. Ömer kapakları açmak için içerden itti, ama öbür çocuklar da kapıyı kapatana yardım ettiklerinden açamadı.

Açmaya uğraşmaktan vazgeçip Fazıla'ya döndü:

-Yalnız kaldık.

Dolabın kapaklarının arasından içeri aydınlık sızıyor, Fazıla'nın saçlarıyla yüzünün bir parçasını aydınlatıyordu. Birbirlerine sokuldular. Öpüşmeye başladılar. Uzun uzun öpüşüyorlar, öpüşürken titriyorlardı. Solukları kesiliyordu. Kımıldadıkça karanlık dolabın kenarlarına çarpıyorlardı. Sıcaktan ve heyecandan ter içinde kalmışlardı.

Bir ara, Ömer farkına varmadan kapıya biraz fazla abandı ve kapı açıldı. Salondaki çocukların hepsi dönüp Fazıla'yla Ömer'e baktılar. Öpüşmekten dudakları şişmişti, dudaklarının kenarlarında ve boyunlarında pembemsi mor lekeler vardı. Birbirlerine sarılmışlardı. Herkesin kendilerine baktığını görünce utandılar.

-Niçin itiyorsunuz kapıyı? dedi Ömer.

Salonda kahkahalar patladı. Herkes gülüyordu. Çocuklar, birbirlerine bakıp şaşırmış gibi kaşlarını kaldırıp dudaklarını büzüyorlardı.

-Kim itiyor kapıyı? Bir saattir kimsenin dolaba yaklaştığı bile yok.

Fazıla kaşlarını çattı.

– Gerçekten, ne oldu o anahtar?

Ömer gülerek omuzlarını silkti.

– Bilmem, kaybettim herhalde.

Fazıla'nın yüzü asıldı.

– O, bizim uğurumuzdu. Onu kaybettiğin için oldu bunlar. Ben artık uğura inanıyorum, biliyor musun. İnsanları yöneten bir başka güç olduğuna inanıyorum. O anahtar bizim uğurumuzdu, onu kaybetmeyeceğine söz vermiştin.

Ömer dikkatle baktı Fazıla'nın yüzüne. Gözlerinin kenarlarında kırışıklıklar vardı, sarı saçlarının arasından tek tük beyazlar gözüküyordu. Fazıla, genellikle o eskiden tanıdığı, âşık olduğu genç kıza çok benziyordu, ama bazan Ömer' in hiç tanımadığı bir kadın oluyordu, Ömer'in duymayı beklemediği şeyler söyleyip onu şaşırtıyordu. Fazıla'nın şu anda, anahtarın kaybolmuş olmasına çok üzüldüğünü, bunu gerçekten bir uğursuzluk belirtisi kabul ettiğini anlamıştı.

– Ben sana yeni bir anahtar bulurum, dedi. Ömer. Daha güzel, daha uğurlu bir anahtar.

Fazıla, dalgın bir sesle,

– Bir çocuk vardı, bize, hiçbir zaman evlenemeyeceksiniz, demişti, hatırladın mı?

– Salağın tekiydi.

– Salağın tekiydi, ama onun dediği çıktı. Sen o anahtarı kaybetmemeliydin. Bazı küçük şeyler çok önemlidir.

9

Duman rengi, soğuk, puslu bir sabahtı. Daha ortalık iyice aydınlanmamıştı. Fabrikanın kapısındaki uzun kuyrukta bekleyen adamlar, ayaklarını yere vurarak ısınmaya çalışıyorlardı. Kimse konuşmuyordu. Ceketlerinin yakalarını kaldırmışlardı.

Suat uzun kuyruğun arasında kaybolmuştu. Arkasında duran adam, bir sigara yaktı. Adamların hepsi yaşlı ve yorgun görünüyordu. Suat da bir sigara yaktı.

Soğuktan ve uykusuzluktan nefret ediyor, öfkeleniyordu. "Hepsine göstereceğim." Hepsi dediği kimdi bilmiyordu, ama böyle sabah sabah üşüyerek fabrika kapılarında beklemenin acısını birilerinden çıkarmak istiyordu. İlerde yapacaktı tabii bunu, bugün burada bekleyecekti.

Sabah zorla kalkmıştı yatağından, annesi zorla uyandırmıştı. Yataktan kalkmıştı, ama uykuda gördüğü düş, kalktıktan sonra da sürmüştü. Bir kız görmüştü, sarışın, uzun boylu, güzel bir kız. Işıl ışıldı bacakları. Kız çırılçıplaktı. Suat önce bacaklarına dokunmak istemiş, elini uzatmıştı. Değdiği anda kızın bacakları kaybolmuş, bir balık kuyruğu haline gelmişti; bir denizkızı olmuştu. Balık kuyruğuna benzeyen kuyruğu iri pırlantalardan yapılmıştı, soğuktu. Suat korkup elini geri çekmişti. Elini çekince kızın bacakları bütün ışıltısıyla geri gelmişti. Gene elini uzatmıştı, gene bacaklar pırlanta kakmalı bir balık kuyruğu olmuştu. Dayanamamış, iki eliyle kuyruğa yapışıp çekmişti. İri ve soğuk pırlantalar ellerini kesmişti. Kanayan ellerini çekmişti hemen. Kız da normal bir kız olmuştu. Ama Suat artık kıza âşıktı. Bacakları balık kuyruğu olsa da, ellerini kesse de kızı seviyordu. Çok hızlı davranırsa, kızın bacaklarını değişmeden tutabileceğine inanmıştı. Tam hızla elini uzatmaya çalışırken annesi uyandırmıştı. O kızı kaybetmek istemiyordu. Şimdi fabrikanın kapısında beklerken, hafiften gözlerini yumup aynı düşün devamını görmeye çalışıyordu.

Sessizce bekleşen kalabalığın sayısı gittikçe artıyordu. Aydınlandıkça griliği artan sabahın buruşuk parçalarına benzeyen bu insan kalabalığının griliği Suat'ın üzerine yapışıyordu. Kirli ceketleri, yorgun yüzleriyle bu gri ve puslu adamların kendi derisine kazınacağını, bir daha da çıkmayacağını düşünüyordu. Sabahın griliğiyle kaynaşan adamların arasında, düşündeki kızın ışıltılı bacakları ve sürekli değişen pırlantalı balık kuyruğu geziniyordu. Gözlerini hafifçe kısmıştı. İnsanlar kısılmış gözlerinin içine titrek görüntülerle sızıyorlar, biçimlerini kaybedip bulanık bir sise dönüşüyorlardı. Suat bu bulanıklığın içine kızın bacaklarını yerleştiriyordu.

Eve gidip uyumak istiyordu. "Hiçbir isteğim gerçekleşmiyor," diye düşündü. Uzun boylu olmak, ünlü şair olmak, zengin olmak ve hemen eve gidip uyumak istiyordu. İstediği hiçbir şeyi yapamıyor, istemediği her şeyi yapmak zorunda kalıyordu. Annesi onu her sabah zorla kaldırıp iş ilanlarından adreslerini kestiği fabrikalara gönderiyordu. Suat her sabah ayazda titreyerek, bir sürü adamla kapılarda bekleşiyordu. Hiçbir yerde iş bulamıyordu. İş bulamayacağını bile bile, sırf evdekilerin homurtularını duymamak için kalkıp gidiyordu fabrika önlerine. Ama iş yoktu. Sabahları yorgun yüzlü adamlarla birlikte iş kuyruklarında bekliyor, öğleden sonraları da mahalledeki kahveye gidip şiirler yazıyordu. Kimse onu işe almıyor, kimse de şiirlerini okumuyordu. Arada bir Necip geliyordu kahveye. Şiirlerini ona okuyordu. Necip de sessizce dinliyor, sonra da "iyi," diyordu. Suat, Necip'in hiçbir şey dememesini yeğliyordu aslında. Daha sonra, Necip de ona ülkedeki işsizlikten, yoksulluktan, açlıktan söz ediyor, Suat'ın bu konularda şiir yazmasını istiyordu. Suat da o zaman öcünü alıyor, aynı Necip'in ses tonuyla "iyi," diyordu. Yakın arkadaştılar, ama birbirlerini anlamıyorlardı.

Birden bulanık kalabalık kımıldanmaya başladı. İnsanlar fabrikadan içeri giriyorlardı. Girenler hızla dışarı çıkıyorlar, omuzlarının içine çektikleri kafalarını kaldırmadan ayaklarını sürüyerek uzaklaşıyorlardı. Sonunda Suat da fabrikanın demir kapısından içeri girdi. Kapının hemen yanındaki soğuk bir odaya soktular onu. Odada yalnızca tahta bir masa vardı, masanın arkasında da dışardaki insanlara benzeyen bir adam oturuyordu.

– Necisin? dedi adam.

– Elektrikçiyim efendim.

– Kaç yıldan beri elektrikçilik yapıyorsun?

– Sekiz yıl, üç ay, dört gün, altı saat efendim.

Adam, başını kaldırıp şaşkınlıkla baktı Suat'a.

– Nerelerde çalıştın?

Suat, yolda ilanlarını gördüğü üç fabrikanın adını söyledi.

– Bonservisin var mı?

– Var efendim.

– Peki. Hemen işe başlayabilirsin.

Adam, fabrikanın kapıcısını çağırdı:

– Kapıdaki adamlara söyle gitsinler. Aradığımız adamı bulduk. Bu bizim yeni elektrikçi. Al, trafo merkezine götür...

Suat ne olduğunu anlayamamıştı bile. Bütün söyledikleri yalandı ve işe alınmıştı. Üstelik yalan söylediğini de saklamaya çalışmamış, aksine bu yalanları abartarak adamı kızdırmaya çalışmış, sabah sabah ayazda beklemenin hıncını adamla dalga geçerek çıkarmaya kalkışmıştı. Yalanın bu beklenmedik etkisini hiç hesaplamamıştı. Adamın niye kendisini işe aldığını çözemedi. Adam ona inandığından mı, yoksa işe almanın daha iyi bir ceza olduğunu düşündüğünden mi işe almıştı? Bunun yanıtını hiçbir zaman bulamadı.

Suat'ı içi şalterlerle, tuhaf aletlerle, göstergelerle dolu bir salona götürüp yalnız başına bıraktılar. Kimse bir şey göstermemişti. Sarı, kırmızı, yeşil ışıklar yanıp yanıp sönüyor, makinelerden çıkan gürültüler hiç kesilmiyordu. Suat dehşet içinde kalmıştı. Korkudan hiçbir şeye el süremiyor, şaşkın şaşkın makinelerin arasında dolaşıyordu. Gürültüler kulaklarında patlıyordu.

Gürültüler her limanda aynıydı, bütün limanların gürültüsü birbirine benziyordu. Gemilerden mallar boşaltılıyor, portakal rengi vinçler kocaman sandıkları oradan oraya savuruyor, kamyonetler sandıkları alıp uzaklaşıyor, antrepoların raylı demir kapıları gıcırtılarla açılıp kapanıyor, liman işçileri bütün bu karışıklığın içinde oradan oraya koşuşturuyordu. Geminin küpeştesinden bakınca hepsi minicik görünüyordu.

Ömer, Dominquez'e döndü:

–Bütün limanlar birbirine benziyor, dedi.

Dominquez, gülümseyerek bıyıklarını sıvazladı, alaycı bir sesle,

–Limanlar kadınlar gibidir Anibal, dedi. Hepsine aynı duygularla yanaşırsın, ama hepsinden başka duygularla ayrılırsın.

–Her şeyi de biliyorsun. Sen benimle gelmiyor musun bugün?

–Akşama nöbetim var, gemiden çıkamam.

Ömer, hazırlanıp tekbaşına çıktı gemiden. Kalabalık caddelerde yürürken insanlara çarpıp duruyor, bir yandan da vitrinlere bakıyordu. Sonunda aradığı dükkânı buldu. Vitrini tüfeklerle, tabancalarla, çeşit çeşit bıçaklarla dolu bir silâhçı dükkânıydı bu. Dükkâna girip bir tabancayla iki şarjör aldı. Tabancayı sağ cebine, şarjörleri de sol cebine koydu. Tehlikelerle dolu olduğu bilinen bu büyük kentte dolaşmaya hazırdı şimdi. Cangılda avlanmaya hazırlanan bir avcı gibi hissediyordu kendisini.

Silâhçıdan çıktıktan sonra bir İtalyan lokantasına girdi. İyi bir yemek yiyip hasır kaplı şişedeki buruk İtalyan şarabını keyifle içti. Lokantadan çıktığında ortalık kararmaya başlamıştı, hava oldukça soğuktu. Gemici arkadaşlarının söylediği caddeyi buldu. Yolun kenarına sıra sıra kadınlar dizilmişler, soğuğa karşın kısacık yırtmaçlı etekler giymişlerdi. Bazılarının üstünde kürk vardı, ama arasıra kürklerinin önünü açtıklarında içlerinin çıplak olduğu görülüyordu. Önlerinden geçen erkeklere bakmadan kendi aralarında konuşuyorlardı. Ömer, bir kadın beğendi, birlikte küçük bir otele gittiler.

Gece koyulaşmıştı otelden çıktığında, paltosuna sarınıp yakalarını kaldırdı. Cadde, ışıklardan yapılmış dev bir körük gibi genişleyip daralıyordu. Hiçbir insan tekbaşına solumuyordu. Evler, dükkânlar, lokantalar, arabalar, kaldırımlar, ışıklar, hep birlikte soluk alıp veriyordu.

Ömer yürümeye başladı, caddeden ayrıldı. Ona kesinlikle arka sokaklarda dolaşmamasını söylemişlerdi. Kendi kendine gülümsedi. Yürüdükçe ışıklar azalıyordu. Arka sokaklara doğru gidiyordu. Nereye gittiğini, ne aradığını biliyordu, ama bunu kendisine bile söylemiyordu. Işıklarla birlikte insanlar da azalıyordu. Kentin içinde insanlarla ışıkların müthiş bir ortaklığı vardı, ışıklar azaldıkça insanlar da azalıyordu.

Işıksız ve insansız sokaklara vardı sonunda. Birbirine benzeyen karanlık suratlı yapıların önünde devrilmiş çöp tenekeleri duruyordu. Çöp ve sidik kokuyordu sokaklar. Yapıların arasında ıssız ve karanlık girintiler vardı. Rüzgâr hızla, hiçbir engele rastlamadan esiyor, arada bir hâlâ ayakta duran bir çöp tenekesine rastlarsa onu da ürkütücü bir gürültüyle deviriyordu. Bazı kapıların önünde soluk lâmbalar yanıyor, sönük ışıkları karanlık kaldırıma vurup küçük ışık lekeleri oluşturuyordu. Ömer, ellerini ceplerine sokmuş yürüyordu. Önünde uzanan pis kokulu, karanlık sokak tam bir cinayete benziyordu.

Biraz ilerdeki bir girintide bir kıpırtı gördü. Daha doğrusu görmeden sezdi kıpırtıyı. Derin bir soluk aldı, gövdesini dikleştirdi, biraz daha yavaşladı. Beş adım sonra kıpırtıya varacağını hesapladı. Solukları sıklaştı, ağzının sulandığını hissetti. Üçüncü adımı attığı sırada iki uzun karaltı çıktı girintiden. Yan yana, Ömer'in yolunu kesecek biçimde durdular. Ömer de bir adım daha attıktan sonra durdu.

Kafalarında yün bereler olan iki Zenciydi bunlar. Birinin elinde bir zincir olduğunu fark etti. Bir 'klik' sesi duyuldu. İkinci Zencinin elindeki sustalı da açılmıştı. Ömer hiç kıpırdamadan bakıyordu Zencilere. Burun delikleri bildik bir kokuyu arar gibi açılıp açılıp kapanıyordu. Dudakları kurumuştu Ömer'in; yapacağını bir an önce yapmak için sabırsızlanan gergin kaslarına söz geçirmeye çalışıyordu.

Elinde zincir olan Zenci,

– Şu cebindekileri çıkar bakalım, dedi.

Öbür Zenci, bıçağını Ömer'in gözlerinin önünden hızla geçirdi. Bıçak aynı hızla bir de ters yönde geçti. Ömer, önce zincirli olanını gözüne kestirmişti, ama düşüncesini değiştirdi, önceliği bıçaklıya verdi. Karşısındakilere sezdirmeden yarım adım sağa kaydı. Şimdi tam karşısında eli bıçaklı olan Zenci duruyordu.

– Hadi sallanma, işimiz var, kızlar bizi bekliyor.

Ömer elini cebinden çıkardı. Karanlıkta elinde ne tuttuğu görülmüyordu. Bıçaklı Zencinin karnına ateş etti, tabancanın namlusundan kısa bir alev parçası fışkırdı. Tabancanın sesi top gibi patlamıştı karanlık sokakta. Şaşkınlıktan Zenciler kımıldayamamışlardı. Bıçaklı Zenci elini karnına bastırıp öne doğru eğilirken, bir daha ateş etti. Elinde zincir olanı birden hızla geri dönüp kaçmaya başladı. Vurulan Zencinin bıçağı düştü önce, sonra ağır hareketlerle, yavaş yavaş öne doğru eğilip yıkıldı. Biraz ilerideki bir yapının önünde yanan lâmbanın cılız ışığı Zencinin yüzüne vurdu. Yüzü aydınlıkta, bedeni karanlıkta kalmıştı. Ömer bir adım attı. Şimdi Zenci iki bacağının arasında yatıyordu. Yüzüne baktı. Genç bir Zenciydi, dudakları beyazlaşmış, yüzü acıdan buruşmuştu. Şaşkınca bakıyor, ne olduğunu anlamaya çalışıyordu. Ömer tabancasını doğrultup Zencinin tam şakağına ateş etti. Zencinin kafası olduğu yerde şöyle bir kalkıp yeniden betonun üstüne düştü. Yüzünün bir yanından kanlar boşanıyordu. Ömer koyu kahverenginin üstünde kırmızının iyi durmadığına karar verdi.

Hızla yürümeye başladı. Birkaç sokak sonra cebindeki

tabancayla şarjörleri bir çöp tenekesine attı. Sonunda insanların ve ışıkların daha bol olduğu bir caddeye vardı. Köşebaşında, floresant lâmbalarıyla aydınlatılmış ışıklı bir kahve vardı. Kahveye girdi. Lâmbaların çiğ ışığı formika masaların yüzüne vurup yansıyordu. Cam kenarındaki bir masaya oturup içki söyledi.

Lokantanın içi, floresant lâmbaların parlaklığıyla birlikte olduğu gibi camlara yansımıştı. İçeriyi ve dışarıyı bir arada gösteren camda, arabalar masaların arasında dolaşıyor, Ömer'in içinden insanlar geçiyor, garson caddenin ortasında servis yapıyordu. Gecenin karanlığıyla kahvenin aydınlığı camlarda birbirine dokunmadan üst üste duruyordu. Üst üste duran iki gerçekten, gerçek olmayan bir görüntü oluşmuştu. Bütün gerçek cisimler vardı camda, hepsi birbirinin içine geçmişti, ama hiçbiri gerçek değildi. Ömer camdaki karışıklığın arasında, karanlık sokağı ve yerde yatan Zencinin hayalini görüyordu. Yalnızca üç kere parmağını oynatmış ve bir adam öldürmüştü. Üstelik bu iş bir anda olmuştu. Bir adam öldürmüş olduğuna inanamıyordu. Zencinin canlısıyla ölüsü arasında büyük bir fark olmamıştı, yalnızca yüzü biraz kararlanmıştı. Adamı öldürmüş olduğuna bir türlü inanamıyordu. Camdaki görüntüler gibi gelmişti ölüm. Görmüştü ölümü, ama gerçekliğine inanamamıştı.

Gerçekten böyle bir olay oldu mu, gerçekten adam öldürdüm mü, yoksa hayal mi gördüm, diye düşünmeye başladı. Üç kere oynayan bir parmakla birazcık kanın, geri dönüşü olmayan bir sonuç yaratması inandırıcı gelmiyordu ona. Yeniden o karanlık sokağa gidip Zenciye bakmak istiyordu. Gerçekten bir insan öldürmüş olduğunu bir kez daha görmek istiyordu. Ölümün basitliği ve çabukluğu, inandırıcılığını azaltıyordu.

Hesabı ödeyip çıktı. Zenciyi öldürdüğü karanlık sokağa doğru yürümeye başladı. Gidip o ölü Zenciyi orada görmezse, yaşamı boyunca, bu olayın gerçek mi yoksa düş mü olduğunu bilemeyecekti. Karanlık yollarda hızla yürürken, katillerin cinayet işledikleri yere niçin döndüğünü daha iyi anlıyordu. Onu cinayet yerine geri götüren şey, inanmazlık ve meraktı. Ömer, bir insanı öldürdüğüne inanamıyor, gidip bir daha görmek istiyordu. Öldürdüğü adam hep öldürüldüğü yerde kalsa, yaşamı boyunca her gün gidip o cesede bakabilir ve her sabah bu cinayeti gerçekten işleyip işlemediğini yeniden merak ederek uyanabilirdi.

Sokağa girince önce kapıları açık iki polis arabasının üstlerinde çakıp sönen mavi lâmbaları gördü. Zenciyi vurduğu yerde birileri vardı. Duvar diplerinden yürüyerek kalabalığa yanaştı. Polis arabalarının açık kapılarından polis telsizinin mekanik ve ürkütücü çıtırtısı duyuluyordu. Kalabalık, cesedin çevresinde bir halka oluşturmuş, bakıyordu. Polislerin olay yerine yeni geldikleri anlaşılıyordu; henüz duruma hâkim olamamışlardı. Halkanın önüne doğru sokuldu. Yerde yatan Zenciyi gördü. Üstüne, kâğıt mı bez mi olduğu anlaşılmayan bir şey örtmüşlerdi. Beresi ve ayakları örtünün dışında kalmıştı. Yüzü görünmüyordu. Ömer, Zencinin yüzünü görmek istiyordu. Halkanın en önüne geçti. Çevresindekilere belli etmemeye çalışarak örtünün üstüne bastı. Tehlikeyi göze alarak ayağının ucuyla örtüyü açmaya çalıştı. Ter içinde kalmıştı. Yüzüne bakan biri her şeyi anlayacak korkusuyla kimsenin yüzüne bakamıyordu. Ayağının ucuyla oynaya oynaya sonunda örtüyü sıyırdı. Zencinin yüzü ortaya çıktı. Vurduğu adamın yüzüydü bu. Ölmüştü. Gerçekten öldürmüştü demek. Zencinin yüzüne, bir ambülans gelip cesedi götürene kadar uzun uzun, bir daha o yüzü hiç unutmamak istercesine baktı. Ölüyü ambülansa koydukları anda da Zencinin yüzünü unuttu. Ceset ortadan kaybolunca, işlediği cinayetin gerçek olduğuna inancı da yeniden kaybolmuştu.

Cinayet yerinden ayrıldıktan sonra bir süre yürüdü. Sonunda gemiye dönmek için bir taksiye bindi. Gemiye giderken, ölümü gözünde fazla büyüttüğünü, gerçek olup olmadığı bile kolayca anlaşılamayacak kadar basit bir gerçeği fazla ciddiye aldığını düşünüyordu.

10

Çırılçıplak ve âşık bir erkek yürüyor. Gümüş rengi ışıklar fışkırıyor etinden. Gümüş tozundan saçları rüzgârla dalgalanıyor.

11

Çalarsaat çalmadan önce uyandı. İçinde bir saat vardı aslında, sabahleyin erken kalkacağı zaman beynindeki bu saati kurar, sabahleyin de geceden programladığı gibi istediği saatte uyanırdı. Şimdi de çalarsaat çalmadan on dakika önce uyanmıştı. Çalarsaatin sesi Bülent'i uyandırmasın diye düğmesine basıp alarmını durdurdu.

Hava aydınlanmamıştı daha. Geceliğinin üstüne sabahlığını giyip mutfağa gitti. Çocukken, annesi, ona kalkar kalkmaz giyinmesi gerektiğini, yatak kılığıyla ortalarda dolaşmamasını öğretmişti, ama Fazıla annesinin öğrettiklerinin çoğunu iyi kötü diye ayırmadan isteye isteye unutturmuştu kendine.

Çayı koydu ocağa, kahvaltıyı hazırlamaya başladı. Reçel tabaklarını, peyniri, zeytini masaya taşıdı, yumurtaları suya koydu, masanın ortasına önceki gece aldığı küçük menekşeyi yerleştirdi. Çiçeği, masaya bir reçel tabağı koyar gibi alışkanlıkla koymuştu. Bu çocukken öğrendiği ve unutamadığı alışkanlıklarındandı. Yemek masasında bir çiçek olmalıydı.

Bütün hareketleri mekanikti. Her sabah yapa yapa ezberlemişti. Yaptıklarından nefret ettiği için de, hareketlerini alışkanlığın otomatiğine bağlıyor, kendisi aradan çekiliyordu. Sofrayı hazırladıktan sonra çocukları uyandırdı. Ellerini yüzlerini yıkadı, giydirdi, sofraya oturttu, yedirdi. Kapıya gelen servis arabasına bindirip okula gönderdi. Döndü. Sofradaki kirli tabakları topladı. Yerlerine yenilerini koydu. Bülent'i uyandırmaya gitti. Uyandırdı. Onu giydirmedi. Salona döndü. Bülent'in hazırlanmasını beklerken bir çay koyup içti.

İkinci çayını içerken Bülent geldi. Tıraş olmuş, giyinmişti. Gelip karısını öptü. Sonra sofraya oturup kahvaltısını etmeye başladı. Fazıla kalkıp Bülent'e çay koydu. Yüzüne baktı. Bülent işini düşünüyordu. Çok bağlıydı işine. Yaptığı her işe bağlandığı gibi bu işe de bağlanmıştı. Fazıla, Bülent'in işine böyle bağlanmasını salakça buldu.

– Boyunbağın, üstündekine uymamış.

– Kahvaltıdan sonra değiştiririm.

– Sen tekbaşına giyinmesini beceremeyecek misin hiç? Bir boyunbağı bile seçemiyorsun.

– Kahvaltıdan sonra değiştiririm.

– Gene gider yanlış boyunbağı takarsın. Sen giyinmesini bilmiyorsun. Alışık değilsin boyunbağı takmaya.

– Ben beş yaşından beri boyunbağı takarım.

– Ben seni tanıdığımda takmıyordun.

– O zaman koşullar değişikti.

– Hiç olmazsa rüküş değildin o zaman.

Bülent çay bardağını masaya bıraktı, arkasına yaslandı.

– Canın mı sıkılıyor?

– Hayır. Senin rüküşlüğünden hoşlanmıyorum.

– Geç kaldım. Gidiyorum.

Bülent kaçar gibi gitti. Fazıla bir çay daha koydu kendisine. Öğleden sonra çocukların okuluna gidecekti. Veliler toplantısı vardı. Bu yüzden Ömer'le buluşamayacaktı bugün. Yarın buluşacaklardı. Pişman olmuştu buluşmayı yarına bıraktığına. Ömer'i görmek istiyordu. Ama yarına kadar beklemek zorundaydı. Gidip Suat'ta bir sabah kahvesi içeyim, diye düşündü. Suat'tan başka dostu yoktu zaten. Suat anlardı. Hiçbir şey anlamasa bile, insan onun anladığına inanırdı. Bu da rahatlatırdı insanın içini.

Kalkıp Suat'a telefon etti. Biraz sonra geleceğini söyledi. Yakın oturuyorlardı. Suat'ı göreceğini düşünmek rahatlatmıştı Fazıla'yı.

Suat, boyunun iki katı, etekleri yerde sürünen samur bir kürkle karşıladı Fazıla'yı. Kürkün üstünü kaplayan kumaşta sandık lekeleri vardı, rengi solmuştu. Kürk de yer yer yırtılıp delinmişti.

–Deliye benziyorsun, dedi Fazıla.

–Kürkle deliliğin ne ilgisi var?

–Bilmem. Ama deliye benziyorsun.

Küçük bir salona girdiler.

–Son şiirimi beğendin mi?

–Beğenmedim. Belki başkası yazsa iyi denebilirdi, ama senin çapında birinin yazacağı bir şiir değil.

Suat suratını buruşturdu.

–Her zamanki can sıkıcı açıkyürekliliğin sürüyor. Neyse. Nasılsın?

Fazıla, kocaman eski bir koltuğa oturdu.

–Sen bu koltuğun içinde kaybolmuyor musun?

–Kayboluyorum. Sonra biri beni buluyor. Koltuğun içinden çıkartıyor. Sana ne be! Kaybolurum, kaybolmam. Boyum küçük, bunu bilmeyen var mı? Sen nasılsın?

–Canım sıkılıyor.

Suat, yarısı yerde sürünen kocaman kürkünün içinde zorlukla yürüyerek, gitti bir plak koydu. Oda müziğinin ağır ritmi duyuldu.

–Oda müziği mi dinliyorsun?

–Evet, artık hep böyle şeyler dinliyorum.

–Niye?

Suat, geçip Fazıla'nın karşısına oturdu.

–Hâlâ o ucuz minibüs şarkılarını seviyorum, biliyor musun? Kendi zevkimi beğenmiyorum, ama ne yapayım onları seviyorum. Rezalet bir şey bu. O şarkıları beğenmemem gerektiğini öğrendim, ama gene de o şarkıları seviyorum. Zevkim, zevksiz olduğumu anlayacak ölçüde gelişti. Bu da beni mahvediyor.

–Madem onları seviyorsun, niye böyle şeyler dinliyorsun?

–Kendimden öç almak için. İnadımdan, sevilmesi en zor parçaları dinliyorum. Senin niye canın sıkılıyor?

–Kendini rahat bırak. Sevdiğin şeyi dinle, dedi Fazıla ve bir sigara yaktı.

–Olur. Senin niye canın sıkılıyor?

–Kahve içmeyecek miyiz?

Suat birden bağırmaya başladı:

–Niye canın sıkılıyor? Niye canın sıkılıyor? Niye canın sıkılıyor?

–Ömer geldi.

Suat şaşırdı.

–Ömer kim?

Fazıla da birden şaşırdı. Yeryüzündeki bütün insanlar Ömer'i tanıyormuş, herkes onun kim olduğunu, Fazıla'yla çocukken birbirlerini sevdiklerini biliyormuş gibi geliyordu ona. Şimdi Suat, Ömer'in kim olduğunu sorunca, sanki bunun kabahati Ömer'deymiş gibi Ömer'e kızdı.

–Hani sana anlatıyordum ya, çocukluk aşkım.

Suat ayağa kalktı.

–Senin boyun otururken de ayaktayken de aynı galiba, dedi Fazıla.

–Kahve mi içeceksin?

–Evet.

Suat içeri gidip kahve koydu.

–Peki niye canın sıkılıyor?

–Bilmiyorum.

–Bülent biliyor mu Ömer'in burada olduğunu?

–Hayır, söylemedim. Aslında söylememem için hiçbir neden yok, gene de söylemedim. Birşeyler saklamaktan da hoşlanmıyorum.

Suat gidip kahveleri getirdi.

–Peki nasıl bir adam olmuş senin kara şövalye?

Fazıla şefkatle gülümsedi:

–Bana kalırsa hiç değişmemiş. Ama değişmiş tabii. Büyümüş, yalnızlaşmış. Gene yakışıklı. Biraz ürkütücü ama. Benim bir parçam o. Gençliğim sanki.

Suat plağın öbür yüzünü koydu.

–Âşıksın galiba.

–Bilmiyorum. Âşık mıyım, âşık mı olmak istiyorum,

yoksa âşık olmamak mı istiyorum. Hiçbir şey bilmiyorum. Hiçbir şey bilmek de istemiyorum. Kendimi kendime bırakmak istiyorum. Hesap vermeden, utanmadan, başkaları acı çeker mi diye düşünmeden kendimi bırakmak istiyorum.

– Canın niye sıkılıyor peki?

– Kendimi bırakamıyorum. Sen o kürkün içinde bir deliye benziyorsun.

– Boşver, kürkümü çıkarınca akıllanırım. Tanıştırsana bana Ömer'i.

– Tanıştıracağım. Bilmiyorum birbirinizi sever misiniz? Ondan hoşlanmayabilirsin. Hem çok yakışıklı, hem de, dediğim gibi, biraz ürkütücü. Onu kıskanabilirsin.

Suat güldü.

– O beni kıskanabilir. Çoktandır ben insanları kıskanmıyorum, insanlar beni kıskanıyor. Ünlü bir şairim ben. Hem de çok ünlü bir şair. Boyu uzun yakışıklıların beceremeyeceği şeyler beceriyorum.

Fazıla, ayaklarını altına topladı, bir süre sessizce düşündü.

– Öyle şeyler onun umurunda bile değil. Yazıyla çiziyle ilgilenmiyor bile.

Suat sinirlendi. Onun bütün yaşamını koyduğu bir işe başkasının aldırmadığını duymaktan hoşlanmamıştı.

– Umurunda olan ne peki?

– Bilmem, belki de hiçbir şey umurunda değildir.

– Niye geri dönmüş?

– Sormak aklıma gelmedi. Dönmesini bekliyormuşum demek. Ama yarın buluşunca sorarım niye döndüğünü.

Merdivenden indi. Koridorların sessizliği hoşuna gidiyordu, onun için asansörü beklemeden merdivenden inmişti. Lobiyi geçip bara girdi. Sabahın bu saatinde barda kimsecikler yoktu. Havalandırmadan serinlik yayılıyordu içeri. Barın sokağa bakan pencereleri duman rengindeydi, barın içi loştu. Dışarda ısı elli dereceye yaklaşmıştı. Daha öğlen olmamıştı, ama ekvator sıcağı dışarısını cehenneme çevirmişti.

Barın önündeki taburelerden birine oturdu. Müthiş bir sessizlik vardı içerde. Bir içki istedi barmenden. Barmen içkiyi verip ortadan yok oldu. Uzun bir yudum oldu ilk yudum. Sabahleyin yorgun uyanmıştı. Alışık olmadığı bir yorgunluk vardı üstünde.

Kafasını kaldırınca barın arkasındaki koyu dumanlı aynada kendini gördü. Bakışları yorgundu, yüzünde çizgiler vardı. Şaşırdı birden. Bu kendisiydi, biliyordu bunu. Ama bu kendisi değildi. Kendini tanımla deseler, tanımlayacağı yüz, dumanlı aynanın içinde rengi soluk, uzak bir gezegen gibi duran bu yüz olmazdı. Kendisine benzemiyordu bu adam. Çoğalmıştı bir bakıma. Yeni bakışlar, yeni çizgiler edinmişti. Bir bakıma da eksilmişti, tanıdık bakışlar, tanıdık pırıltılar kaybolmuştu. Asıl kendisi yok olmuş, yerine bir başkası gelmişti. Kendisi olmayan bir kendisiydi bu adam. Bu yorgun bakışlı adam gizlice Ömer'in yerini almıştı. İki Ömer vardı şimdi, dumanlı aynada görünen Ömer ve artık görünmeyen, bir yerlerde unutulmuş, terkedilmiş asıl Ömer. En kötüsü bu yabancının kendisi olmasıydı. Artık kendisi tanımadığı, yadırgadığı dumanlı bir çizgiler yumağıydı.

"Ben bu adam değilim, ama bu adamdan başka da ben yok artık," diye düşündü. Karanlık dumanın içindeki yüzünden ayırmıyordu gözlerini. O yüze de acıyordu, o yüz de sahipsiz bir yüzdü, kimin olduğu belirsiz, yorgun bir yüz olarak dolaşacaktı dünyayı. Ömer, yüzünü kaybetmiş bir adamla, sahipsiz bir yüz olarak ikiye bölünmüştü ve bu iki parça birbirini tanımıyordu, birbirine yabancıydı. Kimsesi yoktu bu dünyada, artık kendisi de yoktu. Korktu birden. Neden korktuğunu, kurtulmak için ne yapması gerektiğini bilmiyordu. Tek tanıdığı, tek güvendiği insanı bir daha bulmamak üzere yitirmenin dehşetiydi bu. Yalnız bile değildi artık, yalnız olmak için var olmak gerekirdi. Oysa Ömer artık yoktu. Kâbus görürken olduğu gibi, çok iyi tanıdığı birini tutmak istemiş, birden bu tanıdık, bir düşman olmuştu.

Barmeni çağırdı:

– Avrupa'ya giden ilk uçak ne zaman kalkıyor, sorar mısınız lütfen. Evime gitmek istiyorum artık.

Masanın üstünde yanan mum, beyaz bir peçetenin altından görünen kenarları biraz kararmış, altın renkli kızarmış ekmekleri aydınlatıyordu. Kırmızıydı mum. Beyaz şarabın içine mumun kırmızısı yansıyor, sanki şarabı dalgalandırıyordu.

– Çok mu korktun? dedi Fazıla.

– Çok korktum birden. Yalnızlığın ne olduğunu hissettim bir an. Çocuk gibi oldum, o yalnızlık duygusu çocuklaştırdı beni. İki kişiyi özledim. Misis Perkins'le seni. Annemle babamı değil. Eve dönmek istedim. Aslında seni görmek istiyordum galiba. Onca yıl sonra. Artık seni görmem gerektiğini düşündüm. Yaşlandığımı görmek... Yaşlılıktan korkacağım aklıma gelmezdi. Dokunulmaz olduğumu sanıyordum, dokunulur olduğumu gördüm. Çabucak geçti, ama şimdi aldırmıyorum. Seni görmek de iyi geldi bana. Neyse, boşver bunu, böyle şeyler konuşmaktan sıkılıyorum. Geldim işte. Seni de buldum. Koşullar biraz değişmiş tabii.

Bir sessizlik oldu. Koşulların değişmiş olması, Fazıla'nın evliliği, çocukları, pek değinmedikleri, konuşmaktan sürekli olarak kaçındıkları konulardı.

– Dominquez yok muydu peki?

Ömer, şarap bardağını iki elinin arasına alıp döndürmeye başladı.

– Dominquez ölmüştü.

Yeniden sessizlik oldu. Yan masalardan konuşanların seslerini duydular. Birileri konuşuyordu çevrelerinde. Bir şeyler söylüyorlardı.

– Döndüğüne sevindim. Seni çok sevdiğim bir arkadaşımla tanıştıracağım. Çok ünlü bir şair.

Ömer güldü:

– Şair mi? Hiç şairle tanışmadım. Nasıl bir şey şair? Yani şairler neye benziyor demek istiyorum?

– Dün gördüğümde bir deliye benziyordu. Bir dahakine

neye benzer, bilmiyorum. Tek dostum o benim. Her şeyi anlar, ne anlatırsan; bazan anlatmadıklarını da anlar. Çocukken hafızmış, köydeyken, sonra birden Tanrıya inanmaktan vazgeçmiş. Şiire merak sarmış. Ha, bir de boyu biraz kısa, ama boyunun kısa değil küçük olduğunu söylüyor.

–Ne fark var?

–Bilmem. Ona göre bir fark var herhalde. Sonra bir sürü işte çalışmış. Örgütlere de girdi çıktı bir ara. Ama pek uzun sürmedi. Uyuşamadı çocuklarla. Şimdi de oldukça ünlü bir şair oldu. En güzeli ne biliyor musun, her sabah uyandığında, boyu uzamış olarak kalkacağını sanıyor. Tanıştıracağım seni onunla.

–Sen nerden tanıyorsun?

–Bizim örgütte bir çocuk vardı. Birlikte çalışıyorduk. Köylü bir çocuk. O sıralarda üniversitedeydi, ben de biraz âşık gibiydim, Suat, yani şair, onun çok iyi arkadaşıydı, aynı köydendiler.

–Köylü bir şair ha?

–Yoo, köylü denemez Suat'a, kentli de denemez. Şair işte.

Ömer Fazıla'nın yüzüne baktı. Fazıla heyecanlandı, sarılmak istedi Ömer'e.

–Seni eve çağırabilmek isterdim, dedi.

Ömer bardağındaki şarabı bitirdi, yavaşça,

–Orası senin evin değil, dedi. Seni kendi evime götüreyim.

12

Bir parmak kalınlığındaki siyah çizgi çepeçevre dolanarak duvarı ikiye bölüyordu. Siyah çizginin altında kalan kısım donuk bir griye boyanmıtı. Üst yanı ise kirli beyazdı. Küçük, kirli, kahverengi masalar, kahverengi iskemleler vardı.

Kantin hemen hemen boştu. Necip'le arkadaşları dipteki masalardan birinde oturmuşlardı. Tatsız çaylarını içiyorlardı. Bardaklarda su lekeleri vardı. Çay tabaklarının kenarları kırılmıştı. Tavanda bir tek floresant lâmba vardı. O da kantinin griliğini artırıyordu.

Hakan,

–Şimdi buraya bir bomba sallıyorlar mı? dedi. Hepimiz havaya uçarız.

Gülden, sesindeki ürpermeyi saklamaya çalışarak,

–Dün Hukuk kantinine bomba atmışlar, birinin bacakları kopmuş, dedi.

Ekrem,

–Bbb... bbb... ben es... eski... den... eskiden... kk... ka... kale...

Hakan, sözü tamamladı:

–Sen eskiden kaleciydin. Ne olmuş?

–Bbb... bom... bom... bombayı hhh... hhh... ha... ha... hava... havada yakalarım.

Son sözcüğü hiç teklemeden söylemesi üstüne hep birlikte gülmeye başladılar.

–Ben de santrofordum, dedi Hakan. Bana bir pas verirsin, bir voleyle bombayı geriye gönderirim.

–Buraya zor gelirler, dedi Necip. Burdan sağ çıkamayacaklarını bilirler.

Ayşe, her zamanki dümdüz sesiyle,

–Biz de sağ çıkamayız, dedi.

Ayşe'nin, abartısız, dümdüz sesle konuşması heyecanlandırıyordu Necip'i. Bu abartısızlıkta nedense bir küçümseme seziyor, Ayşe'yi etkilemeye çalışıyordu.

–N'olur sağ çıkamazsak? Nasıl olsa bir gün öleceğiz. Bir gün önce bir gün sonra, ne fark eder. Biz ölürsek arkadaşlarımız sürdürür. Korkmaya değer mi?

Masalar dolmaya başlamıştı. Kantinde uğultulu bir gürültü vardı. Hakan çay almak için kalktığı sırada, gelenleri gördü, yeniden iskemleye oturdu.

–Geldiler gene.

Necip'in kaşları çatıldı. Kantinde sesler kesilmişti. Yeni gelen topluluk, Necip'lerin masasının yanındaki masalara yerleşmişti.

Hakan yüksek sesle,

–Mücadele kaçkınları ortada dolaşıyor gene, dedi.

Yandaki topluluktan iriyarı bir oğlan,

–Bunların ağzı konuşur, ama yüreği konuşmaz, dedi.

Hakan, birden ayağa fırladı.

–Ne diyorsun ulan sen?

İriyarı çocuk, hiçbir şey demeden ayağa kalkıp Hakan'ın suratına bir yumruk yapıştırdı. Bir anda herkes birbirine girdi. Herkes herkese vuruyor, sandalyeler, masalar havada uçuşuyordu. Kızlar da ellerine geçirdikleri şişelerle kavgaya karışmışlardı.

–Revizyonistler!

–Satılmışlar!

–Goşistler!

–Ah!

–Mücadele kaçkınları!

Ekrem bir masanın üstüne çıkmış, kavgayı durdurmaları için bağırmaya çalışıyordu, ama heyecandan yalnızca "ar... ar... ar..." diyor, bir türlü "arkadaşlar" deyip sözün sonunu getiremiyordu.

Sonunda öbür topluluk kaçmak zorunda kaldı. Masalar

kırılmış, iskemlelerin arkalıkları kopmuş, yerler kırık bardak parçalarıyla dolmuştu. Hakan'ın gözü mosmordu. Ayşe'nin kaşı yarılmış, Necip'in de dudağı patlamıştı. Kantindeki herkes kavgadan az ya da çok örselenerek çıkmıştı. Yalnızca Ekrem'e bir şey olmamıştı. Öbürlerini kaçırdıkları için, herkeste zafer kazanmanın sevinci vardı.

Necip,

–Biz de gidelim, birazdan polisler gelir, dedi. Yurtta buluşuruz.

Hep birlikte çıktılar. Ayrı ayrı yurdun yolunu tuttular. Necip, yurda girerken Sarman'a rastladı. Tek gözü kör olan bu yaşlı, sarışın kedi, yurttakilerin maskotuydu.

Bir duvarın kenarına sinip Sarman'ı gözetleyen Cango, Necip kediyi okşarken ortaya çıktı.

–Nasılsın Cango?

Cango gözlerini kısarak fısıltılı bir sesle karşılık verdi:

–Bu kedi, yolun öbür yanındaki sağcıların yurduna gidiyor.

Necip anlamadı.

–Gitsin.

–Casusluk yaptığından kuşkulanıyorum.

Necip, Cango'nun omzuna vurdu.

–Yapmaz Cango. Ben onu tanırım. Kimseye bir şey söylemez. Hadi sen git yat.

Cango kafasını salladı.

–Bu kedilere güvenme. Bak göreceksin, sonunda benim dediğim çıkacak. Ama o zaman çok geç olacak.

Necip, Cango'nun koluna girip onu odasına çıkardı. Bir yandan da yatıştırmaya çalışıyordu. Yaşça kendisinden çok büyük olan bu eski devrimciyi her gördüğünde içini hem kızgınlık hem acıma kaplıyordu. Bir zamanların öğrenci önderlerinden olan Cango, uzun işkencelerden sonra çıldırmıştı. Ama hâlâ öğrenci yurtlarında kalır, hâlâ herkesten sevgi saygı görürdü.

Necip, Cango'yu yatıştırıp odasına götürdükten sonra,

Kenan'ın odasına gitti. Revizyonistleri nasıl kaçırdıklarını Kenan'a anlatacaktı. Keyifli bir yüzle odaya girdi. Öbürleri ondan önce gelmişlerdi. Ama odada tatsız bir sessizlik vardı.

Kenan,

–Gelebildin sonunda, dedi.

Necip, ne olduğunu tam anlayamamanın tedirginliğiyle,

–Dolaşarak geldim, dedi.

–Niye kavga çıkardınız bugün? O grupla eylem birliği yapmaya karar vermiştik.

Necip kızardı.

–Bilmiyordum.

–Hiçbir şey bilmiyorsunuz zaten, başınıza buyruk işler yapıyorsunuz. Kim dedi size kavga çıkarın diye?

Ekrem, söze karıştı:

–Bbbb... bbbb... ben... ben...

Kenan sinirli bir tavırla döndü:

–Ne var? Sana ne oldu?

–Bbb... bbb... bben... ddd... ddu... durun... di... di... diye... diye... diyecektim... a... a...ma... sö... sö... sözü... sözümü... ta... ta... tam... tamam... tamam... la... la... laya... tamamlaya... tamamlayamadım.

Kenan daha da sinirlendi.

–Sana mı kaldı durun demek.

Kös kös çıktılar Kenan'ın odasından. Hiç konuşmadan odalarına doğru karanlık koridorda yürüdüler.

Koridorun tam ucunda sarı bir ampul yanıyordu. Sonu görünmeyen uzun koridordaki tek ışık bu sarı ampulün yapışkan ışığıydı. Duvarlara parça parça yapışan kaygan ışık koridorun karanlık derinliği içinde yok olup gidiyordu. Koridor karanlık bir dehliz gibi uzuyordu. Sedye, karanlığın içinden sessizce çıktı. Tekerlekleri yere değmiyormuş gibiydi. Siyah önlüklü, beyaz suratlı iki hademenin ittiği sedyenin içinde Suat yatıyordu.

Sedyeyi sarı ışığın altından geçirip bir ameliyathaneye soktular. Ameliyathane karanlık mı aydınlık mı, anlaşılmıyordu. Karanlık gibiydi, ama karanlığa yer yer dışardaki kaygan ışığın parçaları sızmıştı. Bu lekeli karanlık insanın üstüne çöküp boğuyordu. Sedyenin içinden çevresine bakan Suat zorlukla soluk alıyordu. Her soluk alışında yapışkan ışıkla karanlığı yuttuğunu hissediyordu. Ameliyathanenin içinde karaltılar dolaşıyordu. Suat'ın kolları dirseğine kadar normaldi, dirseğinden aşağıda ise kuru dal parçaları sarkıyordu. Ayakları da dizlerinin altından kurumuştu. Ayak yerine iki kuru, ince dal parçası vardı. Ölü dalların kuru kabukları çatlayıp kabarmıştı.

Ameliyathanenin içindeki karaltılar birer birer gelerek Suat'ın başında toplandılar. Hepsinin yüzünde ameliyathane maskeleri vardı. Suat'ın ellerini ayaklarını incelediler. Hiçbiri konuşmuyordu. Karanlığın parçaları gibiydiler. Suat bu karaltıların bedenlerini seçemiyordu, bedenleri yoktu, karanlığın üstüne insan yüzleri yapıştırılmıştı.

Birden karaltılar ikiye ayrıldılar. Bir adam çıktı ortaya, yanında da bir kadın vardı. İkisinin de ağızlarıyla burunları ameliyat maskeleriyle kapanmıştı. El ele tutuşmuşlardı. İkisinin de gözleri çekikti. İkisi de kördü. Kadın daha saygılı duruyordu, asıl doktor erkek olandı.

Kör doktorlar Suat'ın başucuna geldiler. Karaltılardan biri kör doktorun elini tutup Suat'ın kuru dal parçaları halindeki bacaklarında ve kollarında gezdirdi. Bir başka karaltı, bir neşter çıkarıp kör doktara verdi. Suat dikkatle izliyordu doktorun yaptıklarını.

Kör doktor önce iki dizden sarkan iki kuru dal parçasını kesti. Suat bacaklarının kesilmesine aldırmadı. Sonra doktor Suat'ın bir kolunu kesti. Sonra öbür kolunu kesti. Herkes ortadan kayboldu, Suat pis karanlığın içinde yalnız başına kaldı. Elleri kesildiği için hıçkıra hıçkıra ağlamaya başladı. Hem ağlıyor hem de,

–Artık yazı yazamayacağım, diyordu.

Ağlaya ağlaya uyandı, uyandıktan sonra da, uzunca bir süre ağladı durdu.

13

Bülent, kitaplarını koltuğunun altına sıkıştırıp merdivenleri tırmanmaya başladı. Düzenli adımlarla çıkıyordu. Hiç acele etmiyor, hızını hiç değiştirmiyordu.

Tavan arasının kapısını iterek açtı. Eski püskü eşyalar duvar diplerine yerleştirilmişti. Odanın ortasında küçük bir boşluk kalmıştı. Odanın çatısı, orta kısımda yüksekti, kenarlara doğru tatlı bir eğimle alçalıyordu. Karşılıklı iki kenarda, yerden bir metre yükseklikte iki küçük pencere vardı. Pencerelerden birinin altına eski bir sedir konmuştu. Sedire yatınca pencereden dışarısını seyredebiliyordu.

Kitaplarını sedirin üstüne koydu. Boyaları kavlamış bir konsolun üstünde eski bir gramofon duruyordu. Yanında da üç tane eski taşbaskısı plak vardı. En üstte duran plağı, sararmış kâğıt kabından çıkarıp gramofona yerleştirdi. Cızırtılarla birlikte gür bir ses Amor Ti Vieta aryasını söylemeye başladı.

Öbür yandaki bir yatak denginin yanına bir bisiklet dayanmıştı. Bisiklet, iki tekerlekli bisikletlerin en küçüğüydü. Bisikleti kaldırıp bindi. Zafer marşı tavan arasını doldurmuştu. Ortadaki küçük boşlukta bisikletiyle tur atmaya başladı. Pedallara ağır ağır basıyordu.

Bir süre bisikletiyle tur attıktan sonra saatine baktı. Müzik susmuştu, plak boşa dönüyor, cızt cızt sesler çıkarıyordu. Bisikletinden indi, kenara dayadı. Plağı kaldırıp kabına koydu. Gidip pencerenin altındaki sedire oturdu. Çenesini pencerenin pervazına dayayıp gözlerini hemen karşıdaki köşkün ikinci katındaki soldan üçüncü pencereye dikti. İki dakika sonra pencerenin önünde on üç, on dört yaşlarında bir kız belirdi. Siyah bir bale mayosu giymiş olan kız dans etmeye başladı.

Bülent'ten bir iki yaş küçük olan sarışın kızın kibar bir yüzü vardı. Aynı yaştaki kızlardan çok farklı, güven veren bir yüzdü bu. Kızın hareketlerini seyretmiyordu, yalnızca yüzüne bakıyordu. Kızın yüzündeki o güven verici görünüm çekiyordu Bülent'i. Kızın yüzünü seyretmekten hoşlanıyordu.

Kız dansını bitirip pencerenin önünden kayboldu. Bülent sedirden kalktı, kitaplarını alıp tavan arasından çıktı. Ses çıkarmamaya dikkat ederek bahçeye indi. Büyük atkestanesinin altında duran masaya oturup kitaplardan birini okumaya başladı.

İki sayfa okuduktan sonra kafasını kaldırıp yandaki köşkün kapısına baktı. Sarışın kız bahçeye çıkıyordu. Kız bahçenin içinde bir tur attı, Bülent başını kitabına eğmiş, gözünün kenarıyla kızı izliyordu. Kız iki köşkü birbirinden ayıran taflanların yanına geldi. Durup Bülent'e baktı. Bülent kafasını kitaptan kaldıramıyordu. Yüzünün kızardığını hissediyordu. Hem kız oradan hiç ayrılmadan kendisine baksın istiyordu, hem de bir an önce gitsin istiyordu. Dayanamayacağı kadar heyecanlanmıştı.

–Merhaba, dedi kız.

Bülent kafasını kaldırıp baktı.

–Merhaba.

–Her gün aynı saatte burada kitap okuyorsunuz. Her sabah sizi burada görüyorum.

–Evet.

–Rahatsız etmezsem, sizin yana geçebilir miyim? Okuduğunuz kitaplara bakmak istiyorum. Ne okuduğunuzu merak ediyorum hep.

–Tabii, tabii.

Bülent kalkıp iki bahçeyi ayıran kapıyı açtı. Kız, kapıdan geçip masanın yanına geldi. Hafifçe masanın üstüne oturdu. Bülent de iskemleye oturdu. Kız masanın üstündeki kitapları eline alıp baktı. Hayal kırıklığıyla,

–Ama bunlar ders kitabı, dedi.

–Evet. Lise giriş sınavlarına hazırlanıyorum da.

–Yaa. Ben de gelecek yıl gireceğim. Hangi liseye girmek istiyorsunuz?

–Fransız Lisesine.

–Niye Fransız Lisesine?

–Annem öyle istiyor da ondan.

Bülent birden utandı söylediğine. Kızsa hiç aldırmadı.

–Benim annem, Amerikan Kolejine girmemi istiyor. Ben de orayı istiyorum. Orada arkadaşlarım var da. Ben senin şiir okuduğunu sanmıştım. Bir şaire benziyorsun sen.

–Niye?

–Ne niye?

–Niye şaire benziyorum?

Kız utandı.

–Bilmem. Ben senin şair olduğunu düşünmüştüm. Hep kitap okuyorsun, belki de ondandır.

–Ders çalışıyorum.

–Biliyorum, gördüm. Sen geceleri bahçe sinemasına gider misin?

–Hiç gitmedim.

Kız başını kaldırıp atkestanesine baktı.

–Ne kadar çok yaprakları var. Ben yalnız başıma gidemiyorum. Benimle gidecek bir arkadaşım olsa gidebilirdim. Sen hiç mi hoşlanmazsın sinemadan?

–Sinemadan hoşlanırım, ama bahçe sinemasına hiç gitmedim. Ama...

O sırada adım sesleri duydu Bülent. Annesi bahçenin çakıllarını çıtırdatarak hızla yaklaşıyordu. Bülent sustu. Ellerini masanın üzerine koyup bekledi. Annesi, yüzündeki donuk gülümsemeyle masanın yanında durdu.

–Bülent senin ders çalışman gerekiyor. Biliyorsun sınavın var.

Bunları söylerken kızın yüzüne bile bakmamıştı. Son sözleri ise sinirli bir biçimde çatlamış, pürüzlü çıkmıştı. Kız masadan aceleyle inip,

–Ben artık gideyim, dedi.

Sonra kimsenin bir şey demesini beklemeden çıkıp gitti. Bülent ne kımıldamış, ne de ses çıkarmıştı. Utançtan midesi kasılmış, gırtlağına birşeyler tıkanmıştı. Annesinden nefret ettiğini, annesini öldürmek istediğini düşünmüştü, ama annesine bir şey söylememişti. Annesine hiçbir zaman, hiçbır şey söyleyemezdi zaten. Yalnızca annesi ona birşeyler söylerdi. Bülent bunlara karşılık vermesini öğrenmemişti, bilmiyordu böyle bir şeyi. Annesinin arkasından kitaplarını toplayıp eve girdi. Düzenli adımlarla tavan arasına çıktı. Plaklardan birini gramofona koyup sedire uzandı. Ağlamaya başladı.

Tuhaf bir marşın ritmine uyarak, karanlık gecede, çakıllı dağ yolundan yürümeye çalışıyorlardı. Ömer kaç kişi olduklarını anlayamıyordu, ama adım seslerinden, oldukça kalabalık olduklarını çıkarabiliyordu. Sıranın kenarlarında yürüyen tüfekliler, belli bir disiplin içinde adım atıyorlardı, ortada yürüyen kalabalık ise savruk adımlarla, yalpalaya yalpalaya ilerliyordu. Marşı da kenarda yürüyen tüfekliler söylüyordu.

Gökyüzü milyarlarca yıldızla doluydu. O kadar çok yıldız vardı ki, nerdeyse hepsi birbirine değiyordu. Ömer'in ayaklarına taşlar batıyordu. Dominquez de yanında sallanarak yürüyor, taşlara takılınca da bıyıklarının arasından İspanyolca sövüyordu.

–Hep senin aptallığından oldu, dedi Ömer. Bir paralı asker olmamız eksikti.

–Aptallıktan değil Anibal, sarhoşluktan oldu.

–Ne olacak şimdi?

–Bilmem.

Kenarlardaki tüfeklilerin söylediği marş sürüyordu. Yola çıktıklarından beri de kesilmemişti zaten. Ömer'le Dominquez ne zaman yola çıktıklarını bile tam anlayamamışlardı; yolda kendilerine gelmişlerdi. Saatlerdir yürüyorlardı. Bir yerde kamyondan indirilmişler, ondan sonra da taşlı dağ yolunda yürümeye başlamışlardı.

–Nereye gidiyoruz?

–Ne bileyim ben.

–Bu heriflerin dilinden anlıyor musun?

Dominquez güldü.

–Sarhoşken anlıyordum, ama ayılınca hiçbir şey anlamaz oldum.

Tanyeri kızarmaya başlamıştı. Kısa bir süre sonra gökyüzü kıpkırmızı kesildi. Bütün yıldızlar kaybolmuştu. Yalnızca kan rengi kırmızılığın ortasında minicik bir yıldız tekbaşına kalmıştı. Kırmızılık beyazlaşmaya başladı. Bir ormana doğru inişe geçmişlerdi. Yukarıdan bakılınca orman bir tek dev ağaç gibi gözüküyor, her yanı kaplamış bir tek ağacı andırıyordu.

Kenarlarda yürüyen tüfeklerin üniformaları vardı. Çamur rengi üniformalardı bunlar. Sivil kalabalık da şaşkın şaşkın çevreye bakınıyordu. Sivillerin şaşkınlıkları yürüyüşlerinden de anlaşılıyordu.

–Amma çok sarhoş varmış, dedi Ömer.

Sıcak birden bastırmıştı. Ormana vardıklarında ter içinde kalmışlardı. Bir de kocaman sinekler çıkmıştı ortaya. Sessizce gelip, minik bir uçak gibi insanın orasına burasına konuyorlardı. Sineğin konduğunu, ancak, iğnesini batırdığı yer zehir gibi yanınca anlıyordu insan. Yürüyenler, sineklerden kurtulabilmek için kendilerini tokatlayıp duruyorlardı.

Sonunda, çevresine barakalar dizilmiş geniş bir alana çıktılar. Barakaların tam ortasında uzun bir direk vardı, direğin tepesinde de çamur rengi bir bez parçası sallanıyordu.

–Bu ne?

–Bayrakları herhalde.

Sivilleri bayrak direğinin dibine oturttular. Barakalardan birinden bir adam çıktı. Kaşları çatıktı. Sert adımlarla yürüyordu. Ama kalçalarında ve ellerinde bir yumuşaklık olduğu uzaktan bile belli oluyordu. Adam kalabalığın önüne gelip durdu. Birden bozuk bir İngilizceyle konuşmaya başladı. Yaşlanmaya başlamış yakışıklı bir yüzü vardı, ama o tuhaf yumuşaklık yüzünün çizgilerinde de seziliyordu. Kalınlaştırmaya çalıştığı bir sesle konuşuyordu.

Ömer,

–Şu herifin İngilizcesine bak, dedi. Sanki bu dili yeniden icat ediyor.

Dominquez, bir dirsek atıp susturdu Ömer'i. Ömer, adamı dinlemekten vazgeçip uyuklamaya başladı. Birileri paketler getirip konuşan adamın yanına yığdılar. Adam sustu. Birden havada paketler uçuşmaya başladı. Oturanlar fırlayıp paketleri yakalıyorlardı. Ömer, üstünden milyonlarca uçandaire geçtiğini düşünüyordu.

–Ne oluyor? dedi.

–Üniformalarımızı dağıtıyorlar.

–Bu işi biraz fazla önemsiyorlar bence.

–Sandığından da çok önemsiyorlar.

Ömer, ayağa kalkarken,

–Yürü gidelim, dedi.

Dominquez, Ömer'i kolundan tutup oturttu.

–Bir adım atmaya kalkarsan seni delik deşik ederler.

Ömer suratını asarak oturdu. Komutan olduğu anlaşılan yumuşak gövdeli adam, sert adımlarla kalabalığın önünde dolaşıp duruyordu. Ömer, adamın saçlarının tepesinden açıldığını, açık yerin de yandan alınan saçlarla örtüldüğünü gördü.

Dominquez, havada uçuşan paketlerden iki tane yakalayıp birini Ömer'e verdi. Herkes paketlerini aldıktan sonra siviller küme küme barakalara dağıtıldılar. Ömer'le Dominquez de, iki adamla birlikte içinde dört yatağın olduğu bir barakaya girdiler. Barakanın, kireç badanalı duvarları çatlamıştı. Yatakların arasında iki kırık dolap vardı. Tavandan örümcek ağları sarkıyordu.

Üniformalarını giydiler. Ömer'inkiler bol gelmişti, üstünden sarkıyordu. Paçalarını, kollarını sıvadı, gene de giysinin içinde yüzüyordu. Dominquez'inki de inadına dar gelmişti. Pantolonunun paçaları bileklerinin bir karış üstündeydi, kolları da dirseklerinin biraz altında.

Ömer,

–Geri zekâlı bir hokkabaza benzedin, dedi. Ama sana müstahaktır; bütün bu saçmalıklar senin yüzünden geldi başımıza.

Dominquez, iki kolunu hızla iki yana açınca, üniforma parça parça oldu. Güldü Dominquez.

–Olsun, dedi. Biraz da hokkabazlık edelim.

14

Suat, annesinin diktiği yeşil takkesini giyip rahlenin karşısına bağdaş kurmuştu. Titrek kandilin aydınlattığı Arapça yazıları okuyordu. Kandilin önünden vuran ışığı, Suat'ın gölgesini koca bir dev olarak duvara yansıtıyor, alev titredikçe duvardaki dev de boyuna uymayan bir kıpırdaklıkla oynuyordu. Kandilin minik, sarı alevi odanın içini gölgelerle dolduruyor, oynayan gölgeler de, odanın duvarlarını hiç durmadan kımıldanan, ama bir türlü hareket edemeyen bir canavarın yağlı gövdesi gibi dalgalandırıyordu. Suat, sürekli kıpırdanan loşluğun içinde hareketsiz oturuyor, önündeki yazılara bakıyordu. Arapça cümleler, ışığın kıpırtılarıyla birlikte uzayıp kısalıyor, uzun kuyruklu siyah harfler birbirinin içine geçiyordu. Suat'ın içinde, duvardaki gölgeler gibi kıpırdanan, kendi gerçek biçimini bir türlü bulamayan, belirsiz bir huzursuzluk vardı. Binlerce kez okuya okuya ezberlediği bu dualar da şimdi ona aradığı huzuru veremiyor, tersine huzursuzluğunu çoğaltıyordu.

İnanan adam, pek derinini kurcalamayacak, demişlerdi. On yedi yaşındaydı, on yıl önce Kuran kursuna başlamış, on yıl boyunca da mutlak bir inancın koruyuculuğu altında, inançla, huzurla okumuştu dualarını. Şimdi de derinini kurcalamaktan korkuyor, hiçbir kuşkunun içine sızamadığı mutlak inancını sürdürmek istiyordu. Bu inancın koruyuculuğuna, rahatlığına alışmıştı, bu inançtan kendi isteğiyle de vazgeçemezdi, vazgeçmek de istemiyordu zaten. Bugüne kadar, bütün duygularını ve düşüncelerini kalın bir battaniye gibi kaplayıp içini ısıtan inancın altında kuşkucu, zeki ve yalnız bir adamın tohumları biçimlenmişti. Şimdi, hiçbir örtüye katlanamayacak dikenli bir zekânın bağımsız ve sınırsız yaratıcılık anlayışıyla, inancın güvence veren rahatlığı, ilk kez açıkça çatışıyordu. Suat bu çatışmanın, bu huzursuzluğun nereden kaynaklandığını anlayamıyor, varlığını en uyumlu biçimde sürdürmek isteyen bir canlının korunma içgüdüsüyle, zekânın aranışlarından tedirgin oluyor, bu aranışları bastırmak istiyordu.

İstediği tek şey, hiçbir kuşkuya düşmeden inanmaktı, inanıyordu da zaten. Ama bu kuşkular, bazı soruların yanıtsız kalması, korkutuyordu onu. Kuşkulardan, cehennemden korkar gibi korkuyordu. Kuşkulanmak günahtı çünkü, bu günaha yakalanmak istemiyordu. Kendisini kuşkulardan kurtarması için Tanrıya güveniyordu.

Küçücük bir penceresi vardı odanın. Suat pencerenin yanına gitmek için ayağa kalkınca, loş odanın duvarlarındaki gölgeler birbirine girdi, Suat'ın daha da irileşen gölgesi öbür gölgelerin çoğunu ezip parçaladı, odanın içi daha da karardı. Yüzünü cama dayayıp dışarı baktı. Dışarda ıssız bir karanlık vardı, tek bir ışık bile gözükmüyordu, içinin sıkıştığını hissetti. Bu karanlıkta bir yanıt bulamazdı; yanıt da gerekmiyordu aslında, ama bir işaret gerekliydi, onu kuşkularından kurtaracak küçücük bir işarete bile razıydı.

Odanın içindeki gölgeleri yeniden dalgalandırarak gidip Kuranın başına oturdu, okumaya çalıştı. "Tanrı bu odada, benimle birlikte." İnsan içinde hisseder, demişlerdi, ama Suat hissedemiyordu Tanrının odadaki varlığını. Hissedemediği için de korkusu artıyor, inancı azalacak, günaha girecek diye dehşete kapılıyor, kendisini bu kuşkulardan, günahlardan kurtarması için Tanrıya yalvarıyordu. Arka arkaya dualar okuyordu. Odanın içindeki gölgeler daha da büyüyor gibiydi. Başına bir ağrı saplanmış, Tanrıyı hissetmek için kendini sıktıkça ağrı da artmıştı. Bir işaret, minicik bir işaret gelmeliydi. Kelime-i şahadet getirdi. "Tövbe Yarabbi. Yardım et bana Tanrım. Kurtar beni, tövbeler olsun, sana isyan etmiyorum, inanıyorum sana, günahlardan koru beni Tanrım."

Beklediği işaret gelmiyordu. Ellerini kavuşturmuş, başını önüne eğmişti. Kendi kuşkularından dehşete kapılmıştı, birden kabir meleklerinin gelip kendisini cehenneme atacaklarını düşündü. Duvardaki gölgelerin içinde, cehennemi, cehennemin ziftli kara alevlerini, sonsuza kadar o alevlerin içinde yanan insanları görüyordu. Kendisi de onlardan biri olacak, alevlerin içinde yanacaktı. Alevleri hissediyor, bütün bedeni yanıyor, her yanından ter fışkırıyordu. Bütün korkusuna, dehşetine karşın, kuşkularından yine de kurtulamıyordu. Korkunç bir elin evi parçalayarak uzanacağından, kendisini tuttuğu gibi cehenneme fırlatacağından korkuyor, sırtı ürperiyordu. Ağlamaya başladı. Kendisini kurtarabilecek Tanrıdan başka kimse yoktu, o da yardıma gelmiyordu. Ağlaya ağlaya Kelime-i Şahadet getiriyor, korkusu çılgınlığa dönüşüyordu. Secdeye kapandı, alnını halıya dayadı, bir nöbet halinde hem ağlıyor, hem de durmadan Kelime-i Şahadet getiriyordu. "Tanrım, bana kendini göster, beni isyankâr etme Tanrım, kurtar beni." Kafasını kaldıramıyordu, kafasını kaldırdığı anda, kendini cehennemde bulacağından korkuyordu, ama kuşkulardan da kurtulamıyordu.

Sürüne sürüne pencerenin yanına gitti, alnını cama dayadı, cam buz gibiydi, gözyaşları karanlık camın üstünden kayıyordu. Köpek sesleri geliyordu uzaktan. Başının ağrısına dayanamıyordu. Pencereyi açıp dışarı sarktı, avazı çıktığı kadar bağırmaya başladı:

– Bana kendini göster Tanrım, beni isyankâr etme! Göster kendini, yoksa sana inanmayacağım!..

15

Fazıla tekbaşına oturuyordu kilisede, bütün sınıf arkadaşları gitmişlerdi. Buranın loş serinliğinden, tahta sıralarından, sessizliğinden, pencerelerdeki renkli camlardan süzülen koyu ışıklardan, belli belirsiz tütsü kokusundan hoşlanıyordu. Küçük altıgenler halinde kesilmiş kırmızı, lacivert, mor, yeşil camlardan sızan gizemli ışığın içinde otururken kendini olduğundan daha büyük hissediyor, annesinin sözünü ettiği Tanrıyla burada buluştuğunu hayal ediyordu. Duvarlardaki büyük Meryem Ana resimleri, kubbesi resimlerle süslü yüksek tavan, kalın ahşap sütunlar, bu tütsü ve eski tahta kokan ıssızlığa bir genişlik katıyor, Fazıla'nın kendisinin de bir Meryem Ana olduğunu düşünmesine yardım ediyordu. Başkalarına benzemediğine bu kilisede daha çok inanıyor, başkalarına benzememekten sevinç duyuyordu.

Kilisenin içinde yankılanan ayak seslerini duyunca dönüp baktı, kendisini merak eden şoför, onu aramaya gelmişti. Lacivert giysileri, siyah bıyıkları ve elinde tuttuğu kasketiyle kilisenin yalnızlığını bozuyordu.

Fazıla, annesinin sesini taklit ederek,

–Sen arabada bekle, geliyorum, dedi.

Zengin bir ailenin çocuğu olmak, parayı rahatça kullanabilmek, çok küçük yaşlarından beri Fazıla'ya fark etmediği bir güven sağlamış, insanları küçümsemesine yardımcı olmuştu. Daha on iki yaşında olmasına karşın, insanlara buyurgan bir güvenle hükmediyor, annesinin sesini büyük bir alışkanlıkla taklit edebiliyordu. Şoför, bir şey söylemeden çıktı.

Biraz sonra Fazıla da kiliseden çıktı, boş ve gri avludan geçti. Araba kapının önünde bekliyordu. Geçip arkaya oturdu, yumuşak koltuklara gömülünce arabanın içinde kayboldu. Dışardan bakan birinin onu görmesi çok zordu. Hava ılıktı, ama Fazıla hayallerini sürdürebilmek için arabanın pencerelerini kapattı, caddenin gürültüleri kilisenin içinde bıraktığı sessizliği bozuyor, hayaller kurmasını engelliyordu.

Fazıla hep o sessizlikte yaşamak istiyordu. Büyüyünce hep kilisede yaşamayı düşünüyordu. O da Sör Teresa gibi uzun lacivert etekler giyecek, beyaz başlıklar takacak, onun gibi herkese gülümseyecek, doğruyu yanlışı insanlara anlatacaktı. Fazıla rahibe olmaya karar vermişti. Öldükten sonra onu belki de azize ilan edeceklerdi. Fazıla, Sör Teresa'yı nasıl seviyorsa, başkaları da Fazıla'yı öyle içten sevecekler, ona hayran olacaklardı. Fazıla da onlara yardım edecekti.

Eve gelince doğruca odasına çıktı. Hizmetçi, akşam kahvaltısını hazırlayıp masanın üzerine bırakmıştı. Radyoyu açtı. Rahibe olacağı için seviniyordu, çalan oynak müzikle birlikte odanın içinde dans etmeye başladı. Geçen yaşgününde bu parçayla dans etmişti, annesi ona bir de dansöz giysisi diktirmişti. Dansöz giysilerini giyip ortaya çıkmış, konukların alkışları arasında dans etmişti. O giysileri hâlâ dolapta duruyordu. O yaşgününde dansöz olmaya karar vermiş, bu kararını da en yakın arkadaşına hemen söylemişti. Arkadaşı, "Dansöz olursan donunu da çıkarmak zorunda kalırsın ama," demişti. Fazıla da, "Olsun, çıkarırım," demişti.

Rahibe olmaya karar vermenin sevinciyle dans ederken, yaşgününde herkesin kendini alkışladığını, dans etmekten nasıl hoşlandığını yeniden anımsadı. O gün aldığı zevki anımsayınca, dansöz olmaya yeniden karar verdi. Ama rahibe olmaktan da vazgeçmek istemiyordu. İkisinden de hoşlanıyordu. Hem rahibe, hem de dansöz olmaya karar verdi o zaman. Rahibe olur, kiliselerde dans ederdi, ona 'dansöz rahibe' derlerdi. Kilisenin içinde dans edişini gözlerinin önüne getirdi, tüllerini uçuşturarak sıraların arasında, mihrapta dans edecek, herkes onu izleyecekti. Tüller, haçın üstünde gerili duran İsa'nın yüzüne dokunacaktı, Meryem Ana, ona gülümseyecekti.

Sevinçle indi merdivenden, annesinin oturduğu büyük salona girdi. Annesi bir sehpanın başında, tekbaşına fal açıyordu, Fazıla'nın geldiğini görünce, kâğıtları bıraktı.

–Ah canım, dedi, geldin mi? Kahvaltını ettin mi?

–Anneciğim, dedi Fazıla, kararımı verdim, hem rahibe hem de dansöz olacağım.

Annesi, kızına yumuşak davranması gerektiğini unuttu birden,

–Delirdin mi sen? dedi kızgın bir sesle. İyi şeylere heves etsene.

Fazıla, niye bu kadar kızdığını anlayamadan baktı annesinin yüzüne.

–Benim felâketim sanırım o gün başladı, dedi Fazıla.

Ömer, Fazıla'nın elini tuttu.

–Niye?

–Çünkü ilk kez o gün utandım isteditklerimden, o utançtan da bir daha hiç kurtulamadım. O güne kadar insanın isteklerinden dolayı utanacağını bilmiyordum, o günden sonra bütün isteklerimden utanmaya, suçluluklar duymaya, insanlardan saklanmaya başladım. Ama sana bir şey söyleyim mi, bugün de sorsalar, gene iki şey olmak istiyorum: rahibe ve dansöz. Bu isteklerim değişmedi, ama artık bunları kimseye söylemiyorum, söylememeyi öğrendim, büyüdüm yani. İlk o gün büyümeye başladım belki de.

Ömer, bir şey söylemedi; ne söylemesi gerektiğini kestirememişti. Fazıla dudaklarını şişirerek somuttu.

–Artık ne rahibe ne de dansöz olamayacağımı biliyorum. Olabilseydim keşke. Çok eğlenirdim. Mutlu bile olabilirdim. Bana mutlu olabilirdim gibi geliyor. Mutsuzluğum, o isteklerimi gerçekleştirememekten kaynaklanıyor bence.

Ömer güldü.

–Son on beş günde, mutsuzluğunun kaynağı olarak gösterdiğin kaçıncı neden bu. Mutsuz olman için ne kadar çok neden varmış meğer.

Fazıla, elini çekti Ömer'in elinden.

–Belki de söylediklerimden de çok mutsuzluk nedenlerim. Belki de bir tek nedeni vardır. Belki de nedensizdir. Bilemiyorum.

Fazıla, söylediklerine kaptırmıştı kendini, her söz kendisine daha çok acımasına, daha çok üzülmesine yol açıyordu. Üzülmekten, tuhaf, anlatılmaz bir tat alıyordu. Konuşarak kederini artırıyor, bu kederle oynamaktan, bir anlamda bu kedere sahip olup onu istediği gibi yoğurmaktan hastalıklı bir keyif duyuyor, kendi yarattığı kederlerle üzülüp ta içindeki, derinlerdeki o gerçek acıyı, o külrengi yalnızlığı böylece içinden sağıp çıkartacağını, dışarı akıtacağını, rahatlayacağını sanıyordu. Rahatlıyordu da gerçekten. Konuşmasını şehvetli bir kederle sürdürdü:

–Gerçekleşmemiş istekler mezarlığı gibi içim. Gerçekleşmeden ölen isteklerin mezartaşları var içimde. Ne zaman kendi içimde yürüyüşe çıksam ayaklarım bu mezartaşlarına takılıyor, tökezliyorum. Bunaltıyor bu beni.

Ömer birden durdu yolun ortasında. O durunca Fazıla da durdu.

–Ne ölüsü, ne mezartaşı? Ne diyorsun sen?

Fazıla, kendini kaptırdığı üzüntü şehvetinden sıyrılıp utandı.

–Sanırım, çok ucuz oldu söylediklerim.

–Bence öyle oldu.

–Böyle konuşmaktan utanıyorum. Ama sana bir sır söyleyeyim mi, böyle konuşmaktan da hoşlanıyorum.

Yeniden yürümeye başladılar. Ömer ellerini cebine sokmuş, başını önüne eğmişti. Fazıla'nın bu tür konuşmaları onu şaşırtıyor, Fazıla'dan uzaklaştırıyordu. Onun tanıdığı, düşündüğü Fazıla'ya uymuyordu bu acılı kadın konuşmaları; yabancı birini dinler gibi dinliyor, adını koyamadığı, ama sezdiği hastalık kokusundan tedirgin oluyordu.

–İstediklerimi yapamıyorum, dedi Fazıla. Hüzün doluyor içime.

Ömer, aldırmaz bir sesle,

–Senin canın mı sıkılıyor bugün? dedi. Bir şey mi oldu?

–Hayır, üstelik çok mutluyum, senin yanında mutlu oluyorum. Ama ben genellikle mutlu olduğum zamanlar böyle şeyler söylerim, mutlu olmaktan utanıyorum belki de, kim bilir?

Ömer, sinirlendiğini saklamaya çalışarak,

–Mutlu olmak istiyor musun, istemiyor musun? dedi.

–Buna karar vermek çok zor, ikisinin de çok zevkli yanları var. Bazan mutlu, bazan da mutsuz olmak isterim.

–İyi ya, tam istediğin oluyor işte, bazan mutlusun bazan da mutsuz.

Fazıla birden neşeli bir kahkaha attı.

–Ama ben mutlu olmak istediğim zaman mutsuz, mutsuz olmak istediğim zaman da mutlu oluyorum.

Sonra gülümseyerek sokuldu Ömer'e,

–Kızıyor musun bana?

–Hayır. Şaşırıyorum yalnızca. Daha doğrusu pek anlayamıyorum. Bir derdin var, bunu anlıyorum da, derdinin ne olduğunu bir türlü çıkaramıyorum.

–Onu ben de tam anlayamıyorum. Hah işte geldik.

Suat'ın evine gelmişlerdi, yavaş yavaş, konuşmadan çıktılar merdivenleri. Ömer, Suat'la tanışmayı pek istemiyordu, ama Fazıla çok istediği için kıramamıştı onu, yoksa bu sıralarda yeni biriyle tanışmak gelmiyordu içinden. Yıllardır yeni insanlarla tanışmaktan yorulmuştu. Fazıla ise Ömer'i birileriyle tanıştırmak, onu paylaşacağı insanların sayısını artırmak, böylece suç ortaklığını yayarak, kendi suçsuzluğunu biraz olsun azaltmak istiyordu.

Havanın ılıklığına karşın Suat kapıyı boyundan büyük kürküyle açtı, Fazıla'yı parmaklarının ucuna yükselerek öptü, Ömer'in elini soğuk bir aldırmazlıkla sıktı. Gene oda müziği çalıyordu içerde. Ömer gidip odanın köşesindeki büyük koltuğa oturdu. Suat'la Fazıla kendi aralarında birşeyler konuşuyorlardı.

Salonda, oda müziğinin ağır temposunun eşlik ettiği bir gerginlik vardı. Suat'la konuşurken bir yandan da yan gözle Ömer'e bakan Fazıla, çok tedirgindi, tanıştırdığı ve ayrı ayrı sevdiği iki insanın birbiriyle anlaşamayacaklarından korkuyor, huzursuzca kıpırdanıyordu. Suat'la Ömer'in ilişkilerinden kendini sorumlu tutuyor, bu iki erkek birbirlerini sevsinler istiyordu. Fazıla'nın huzursuzluğu Suat'a da yansıyordu. Sanatla pek ilgilenmediğini daha önceden duyduğu bir insanın karşısında ne yapacağını, bu adamı nasıl etkileyeceğini bilemiyordu. Sürekli olarak insanları etkilemeye ve onları kendine hayran bırakmaya çalıştığından, şimdi ne kendisiyle ne de yaptığı işle ilgilenmeyen biri karşısında şaşkınlaşıyordu. Suat'la Fazıla kopuk kopuk cümlelerle konuşuyorlar, hareketleri doğallığını yitiriyordu.

Ömer ise ikisine de aldırmadan pencereden dışarı bakıyordu, ne etkilenmek ne de etkilemek umurundaydı. İnsanlara alışıktı o, insanları kitaplardan öğrenmemiş, kendi kafasından düşsel insanlar yaratmamıştı, bildik, sıradan yaratıklardı Ömer için. Bir fazla bir eksik hiç fark etmiyordu.

Pencerenin önünde kırmızı sardunyalar vardı, sardunyaların arasından deniz ve uzaktaki adalar görünüyordu. Ömer, bir an Kapri'yi anımsadı, sardunyaların kırmızılığı ona İtalya'yı anımsatmıştı.

–Burası Kapri'ye benziyor, dedi.

Suat pencerenin kenarına gelip dışarı baktıktan sonra, kollarını havaya kaldırarak bir şiir okumaya başladı.

–İtalia, İtalia. Un vivo raggio
Della luce de secoli nell alma
Mi vien, pensando a te...

Fazıla, şaşkınlıkla,

–Sen İtalyanca biliyor muydun? dedi.

–Yoo, dedi Suat. Bilmiyordum, hâlâ da bilmiyorum. Bunu birisinden duydum, hoşuma gitti, ezberledim. Şimdi İtalya deyince aklıma bu şiir geliyor.

Suat, yeniden Ömer'e döndü, sesinde tuhaf bir meydan

okuyuş vardı.

–Bence bu şiir İtalya'dan daha güzel.

Ömer güldü.

–Hiçbir şiir İtalya'dan daha güzel olamaz.

Suat kürkünü yerlerde sürükleyerek odanın içinde dolaşmaya başladı.

–Nedir senin İtalya dediğin? Mafya, hırsızlar, pislik, yoksulluk, koca kıçlı orospular, grevler... Ama şiir öyle mi? Ha, öyle mi? Güneş, güzel kadınlar, çiçek, aşk, deniz. Senin görmek istediğin her şeyi sana gösteriyor şiir. Üstelik de o güzelliği, çevresini saran pisliklerden, sıkıntılardan arındırıyor. Hangi ülke bir şiirden daha güzel olabilir?

Ömer arkasına yaslandı, sevecen gözlerle baktı Suat'a.

–Sen İtalya'yı gördün mü?

Suat, odanın ortasında durdu, ellerini havaya kaldırdı, tam bir şey söyleyecekti, vazgeçti, ellerini yeniden iki yanına indirdi.

–Hayır görmedim.

Sonra yeniden odada dolaşmaya başladı.

–Ama bu hiçbir şeyi değiştirmez. Önemli olan bir ülkeyi görmek değil ki. Ben şiirin yaşamdan daha güzel olduğunu biliyorum. Yaşam sıkıntılarla, çirkinliklerle, boş saçmalıklarla dolu. İnsanlar her gün milyonlarca anlamsız, hiçbir zaman tarihe geçmeyecek, ama sürekli tekrarlanacak boş şeyler söylerler, söyledikleri şeylerin hiçbiri önemli değildir. Bir güzellik bulabilmek için yüzlerce çirkinliğe ve salaklığa katlanman gerek. Şiir öyle mi ya. Şiir, yaşamın bütün saçma, anlamsız, tatsız kısımlarını ayıklar, sana yaşamın özünü verir. Güzelliğin de, çirkinliğin de, acının da, küçük sıkıntılardan ayıklanmış özünü alır, senin eline verir. Ha, vermez mi? Söyle, vermez mi?

Ömer pencereyi açtı, uzanıp sardunya yapraklarını parmaklarının arasında ovaladı, sonra elini kokladı, kalkıp Suat'ın yanına gitti, parmaklarını uzattı.

–Kokla, dedi. Şiir sana bu kokuyu verebilir mi?

Fazıla iki adamın tartışmalarını sessizce izliyordu. Suat, biraz da hırçın bir sesle şiirin üstünlüğünü kanıtlamaya uğraşırken, aslında çocukça bir öfkeyle kendi üstünlüğünü kanıtlamaya çalışıyordu. Bir türlü doyuma ulaşamamış, her an kuşkularla kıvranan, kendi varlığını ve yeteneklerini kendisine her an yeniden gösterecek aynalar arayan bir sanatçının çocuksu telâşıyla haklı çıkmaya çalışıyordu. Bu kendini kanıtlama telâşındaki coşku Fazıla'nın Suat'a duyduğu şefkati daha da artırıyordu. Ömer de, durmuş oturmuş, dünya görmüş bir adamın olgunluğuyla, sinirlenmeden, telâşlanmadan, bir şey kanıtlamaya çalışmadan, sakince konuşuyordu. Onun bir zamanlar delifişek, kavgacı bir oğlan olduğunu bilen Fazıla, bu değişime, Ömer'in, biraz da yorgun bir adam haline gelmesine üzülüyordu. Ömer'in bu olgunluğu, Fazıla'ya Suat'ın çocuksu heyecanından daha çocuksu geliyor, Ömer'e gerçek bir şefkat duyuyordu. Ömer'in yüzündeki belli belirsiz kırışıklıklar, saçlarındaki tek tük aklar, Fazıla'ya acı veriyor, Ömer'e sarılmak, onu olgunluğundan ve sakinliğinden kurtarıp yeniden kavgacı bir oğlan yapmak isteği uyandırıyordu onda.

Fazıla'nın tedirginliği geçmişti. İki adam kendi aralarında garip bir tartışma sürdürürken, Fazıla onların iyi dost olacaklarını hissetmişti. Buna nasıl karar verdiğini bilemiyordu, ama duygularına güvenirdi, eğer bir şeyin olacağını hissederse o kesinlikle olurdu. Suat'la Ömer'in arasında da, birbirlerine benzemeyen insanlar arasında gelişen o büyük, anlaşılmaz dostluğun oluşacağına inanmıştı.

–Ben yaşamayı yeğlerim, diyordu Ömer. Kadına dokunmalı, şarabı da içmeliyim. Bunları kâğıttan okumak benim için bir anlam taşımaz.

Fazıla yerinden kalktı, odanın ortasına yürüdü, öne doğru eğilip erkekleri selâmladı.

–When shall we three meet again
In thunder, in lightning or in rain...

Yeniden bir selâm verip koltuğuna döndü. İçi sevinçle

doluydu, Suat'la ve Ömer'le yan yana olmak, birlikte oturmak, tartışmak, ona birden güven vermiş, yaşamın bundan böyle güzel geçeceğine inandırmıştı onu.

Suat, Ömer'e döndü.

–Aslında delidir, dedi, ama bunu saklamak için deli numarası yapar.

Yurdun ağır demir kapısından, loş hole girince bir ara soluksuz kaldı Necip. Yurdun maskotu olan Sarman, boynundan tavana asılmıştı, bir yumruk sarı tüy halinde, boynuna bağlanmış ipin ucunda ağır ağır dönüyordu. Döndükçe, duvarlarda gölgesi geniş karaltılar yaratarak kımıldıyordu. Boynu bir yana çarpılmış, kafası daha da küçülmüş, ince pembe dili dışarı sarkıp morarmıştı. Göğsüne, büyük beyaz bir kâğıt yapıştırılmıştı.

Necip ipin ucunda ağır ağır dönen kediye bakıyordu. İnsanların öldürülmesine alışmıştı, kendisi de sürekli öldürülme tehlikesi içinde yaşıyor, ölümü günlük yaşamın çok olağan bir parçası olarak kabul ediyordu. Bir kedinin öldürülmesi ise bir insanın öldürülmesinden çok daha korkunçtu. İnsanların öldürülmesine bir neden bulabiliyordu, neden bulabildiği için de bu ölümleri yadırgamıyordu. Ama kedinin öldürülmesine bir neden bulamıyor, nedensiz bir ölüm de onu korkutup şaşkınlaştırıyordu. Geriye doğru çekilip sırtını kapıya dayadı. Çevresine bakındıktan sonra, içgüdüsel bir hareketle elini cebine sokup tabancasını tuttu. Birilerinin karanlığın içinden çıkıp kendisine saldırmasını bekliyordu farkında olmadan.

Tabancasını elinde tutarak kedinin yanına yaklaştı. Sarman'ın göğsüne yapıştırılmış kâğıdı okudu. "Bu kedi, sağcılar adına casusluk yaptığı için ölüm cezasına çarptırılmış ve cezası tarafımdan infaz edilmiştir." Necip dalgın bir hareketle kâğıdı çekip kopardı, kâğıtla birlikte bir tutam da sarı tüy koptu.

Elinde kâğıtla yavaş yavaş merdivenleri çıktı. Kafasının içi boşalmış gibiydi, hiçbir şey düşünemiyordu, gerçeklik duygusunu yitirmişti. Sanki olanların hiçbiri gerçek değildi, kendisi de gerçek değildi, şu anda merdivenleri çıkışı da gerçek değildi. Duyduğu dehşet ve öfke onu yaşama yabancılaştırmıştı bir anda. Uykuda gezen bir adam gibi tekdüze adımlarla, sakince yürüyordu.

Cango'nun odasına girip ışığı yaktı. Cango, yattığı yerden gözlerini kırpıştırarak baktı.

–Niye yaptın?

–Sana söylemiştim bir gün bu kediyi yakalayacağımı, dedi Cango. Bugün onu sağcılarla konuşurken gördüm, yurda dönünce yakaladım. Odama getirip yargıladım, suçunu kanıtlayıp ölüme mahkûm ettim. Sana söylemiştim bu kedinin tekin olmadığını. Ben olmasam siz daha çok uyurdunuz.

Necip, Cango'nun başucuna geldi, şimdi tam tepesinde duruyordu. Cango gözlerini kıstı, kurnaz, vahşi bir sırıtış vardı yüzünde.

–Senden de kuşkulanıyorum, dedi. Sen de o kediyle işbirliği yapıyorsun. Seni de izliyorum, bir gün seni de yakalayacağım.

–Beni de mi asacaksın?

Cango, dişlerini göstererek güldü.

–Seni de asacağım tabii. Bütün casusları asacağım. Hepinizi. Hepinizi asacağım. Hepiniz casussunuz. Hepiniz satılmışsınız.

16

Sabaha karşı gelip uyandırdılar Bülent'i. Daha uyku sersemliğinden sıyrılmadan gözlerini siyah bir bezle bağlayıp ite ite yürüttüler, bir merdivenden çıkarıp bir odaya soktular. Odanın içinde sesler yankılanıyordu. Büyük ve oldukça boş bir odada olduğunu seslerin yankılanmasından anladı. Gözlerindeki bantın alt yanında bir boşluk kalmıştı, o boşluktan ancak yerleri görebiliyordu. Yerler taştı.

–Adın ne?

Söylemedi Bülent. Birden şakağına bir yumruk yiyip devrildi. Çevresini göremediği için yumruğun geldiğini görememiş, habersiz yakalandığı için de devrilmişti. Gözlerinin bağlı olması, çevresindekileri görememesi, onu daha güçsüzleştiriyordu.

–Adın ne?

Gene karşılık vermedi, ama bu kez yumruğa hazırlıklıydı. Gene de yumruğu yiyince devrildi. Tutup kaldırdılar.

–Adın ne?

Bu kez düşmemeye kararlıydı, bütün kaslarını gererek bekledi. Tam ensesine vurdular, yıkıldı. Kaldırdılar.

–Boş yere bizi yorma. Kim olduğunu biliyoruz. Efendi gibi adını söyle. Ne sen yorul ne de bizi yor.

Sesini çıkarmadı Bülent. Birkaç kişi birden yüklendiler üstüne. Yere yıktılar, tekmelemeye başladılar. Elleri arkasında bağlı olduğu için kollarıyla kendini sakınamıyor, tekmeler her yerine iniyordu. Taşların soğuk olduğunu hissediyordu. Sesimi çıkarmamalıyım, tek söz bile söylememeliyim, diye düşündü. Bunlara tek bir söz bile söylemeyeceğim. Başladıkları gibi birden durdular.

–Demek kahramanlık yapmaya karar verdin aslanım.

Kahramanlık taslayacaksın ha. Biz senin gibi ne kahramanlar gördük. Sonunda bokunu yiyim abi, diye yalvardılar. Bak son kez söylüyorum, edebinle konuş şurda, ne sen yorul ne biz yorulalım.

Bülent yine karşılık vermedi.

–Sen elektrik diye bir şey duydun mu oğlum? Duydun değil mi? Duydun, duydun, siz bunu bilirsiniz. Bağlayın bu puştu. Bakalım gene susacak mı?

Bülent'i tahta bir sıranın üstüne sırtüstü yatırıp bağladılar. Serçe parmaklarına ince teller sardılar. Teller buz gibiydi. Yüreği hızlı hızlı çarpıyordu. Onca zamandır adını duyduğu, yüzlerce kez dinlediği elektriğin ne olduğunu şimdi anlayacaktı. Bir uçurumun kenarında durur gibi hissediyor, birinin gelip arkasından itmesini bekliyordu. İçi ürperiyordu. Ürperti dalgalar halinde yayılıyordu içine. Kapının açıldığını duydu. Bir ses,

–Taze çay var abi ister misiniz? dedi.

–Getir bakalım.

Çay bardaklarının şakırtısını, arkasından çay kaşıklarının bardaklara şakırdayarak vurduğunu duydu. Çaylarını şakırdatarak karıştırıyorlardı. "Köylü bunlar. Bunlar beni konuşturamazlar." Birden kendine olan güveni arttı. "Canımı acıtırlar biraz, ama beni konuşturamazlar. Zavallı adamlar, bunlar da fakir fukara takımı işte. Bana işkence yapacaklar. Kendilerini benden üstün sanıyorlar."

–Ne gülüyorsun lan orospu çocuğu? Şimdi ızgara olunca görürsün sen gülmeyi!

Tırt diye bir ses duydu. Bütün bedeni sarsıldı. Önce bir alev yayıldı içine, sonra damarlarının içinde karıncalar dolaştı. Damarlarına ozonlu sular doluyordu sanki. Ozon kokusu geldi burnuna, kusacak gibi oldu. Tırt. Tırt. Tırt. Arka arkaya elektrik verdikten sonra durdular.

–Adın ne? Adının Bülent olduğunu biliyoruz. Ananın kimlerle vuruştuğunu da biliyoruz. Ananın üstünden geçmeyen kalmadı oğlum sizin orda. Orospu çocuğu, adın ne?

Bülent'in yanıtını beklemeden yeniden elektrik verdiler. Parmaklarının yerinden koptuğunu sandı. Voltajı yükseltmişlerdi. Yanık et kokusu duydu. Etleri parça parça kopuyordu sanki.

–İndirin bu ibnenin pantolonunu.

Pantolonunu, külotunu tutup çektiler. Belden aşağısı çırılçıplak kaldı. Yüzüne kan doldu. Bu aşağılanma, elektrikten de kötüydü. Çaylarını gürültüyle karıştırdıklarını düşündü. Zavallıydı bunlar. Bacakları, kasıkları üşüyordu. İnsanların arasında çırılçıplaktı. Kendisine bakıyorlardı. Çıplaklığını gizleyemiyordu. Bacaklarının üstünde bir el dolaştı.

–Süt gibi bacakları var bunun. İbnedir bu. Mahallenin şoförleri becermiştir bunu. Şimdi burda kahramanlık taslıyorsun ha? Ulan çağırırım şurdan beş kişi, üstünden geçerler götveren. Sen kendini ne sanıyorsun? Bağlayın telleri...

Penisine telleri bağladılar. İçi korkudan, utançtan, nefretten kasılmıştı. Soğuk bir ter boşaldı. Tırt sesini duydu. Beyni yerinden fırlayacak sandı. Vahşi köpekler bacaklarının arasına dalıp dişliyorlardı, penisinin yerinden koptuğunu sandı. Midesi bulandı. Kusacak gibi oldu, ama kusamadı. Bacaklarının arası kıymık kıymık içine batıyordu. Bir tırt sesi daha duydu. Korkunç bir çığlıkla bayıldı.

Yüzüne dökülen bir kova buz gibi suyla kendine geldi. Birisi nabzını tutmuştu.

–Tamam, iyidir. Devam edebilirsiniz.

Yeniden aynı şeylerin tekrarlanacağını duyunca ciğerleri sıkıştı. Korkudan içi katıldı. Her şeyi anlatmayı düşündü. Anlatıp kurtulmayı. Tek istediği, uyumaktı. Uyumak, olanları unutmak istiyordu. Uyuyamayacaksa, ölmeye de razıydı, ama bu elektriğe bir daha dayanamayacaktı. Az önceki çay seslerini anımsadı. Bardakların şakırtısını. Bu adamlar, çay karıştırmasını bilmeyen bu adamlar onu yenecekti.

–Göbeğine bağlayın.

Telleri çözüp, göbek deliğine bağladılar. Tırt. Ateşten bir kepçe bütün iç organlarını birbirine karıştırdı, damarlarının etlerinden dışarı fırladığını sandı. Ozon kokusunu duydu yeniden. İçi titriyordu. Titreme yayıldı, bütün bedeni titriyordu şimdi.

–Titriyorsun, değil mi köpek. Titrersin, daha da titreyeceksin. Adın ne?

Bülent yanıt veremeden gene tırt sesi. Çok uzaklardan, karanlık bulutların içinden, bütün dünyayı sarsan korkunç bir çığlık koptuğunu duydu. Kimin bağırdığını bilmiyordu. Kendinden geçti.

Buz gibi sular başından aşağı boşaldı. Kazağı da sırılsıklam olmuş, göğsüne yapışmıştı. Bir ateş basıyor, bir üşüyordu. Kopuk kopuk iniltiler duyuyordu. Bu iniltilerin kendinden çıktığını bile anlayamıyordu. Kurtulmak istiyordu. Uçmak, yok olmak istiyordu. Her şeyi söylemek istiyordu. Ama söyleyemiyordu bir türlü. Çeneleri açılmıyordu. Birinin yeniden nabzını tuttuğunu hissetti.

–Devam edebilirsiniz.

Tırt. Göbeğinden içeri erimiş kurşun aktığını, midesinin eridiğini, ciğerlerinin kızgın sular halinde yerlere döküldüğünü duydu. Bacakları kesik kesik titriyordu. Can çekişen bir köpek yavrusu gibi kasılıp kasılıp açılıyordu bacakları.

Şefkatli bir ses,

–Hadi oğlum, söyle adını, dedi. Zaten biliyoruz kim olduğunu. Bu acıyı çekmenin ne gereği var? Benim de senin yaşında bir oğlum var. Canavar mıyız biz, ister miyiz genç bir adamın acı çekmesini? Söyle adını, seni hücrene göndereyim, söz veriyorum kimseye dokundurtmam. Rahat rahat yatıp uyursun. İstersen başınla işaret et. Adın Bülent değil mi? Başınla işaret et, ben anlarım. Adın Bülent değil mi? Hadi oğlum. Bir işaret et yeter.

Bülent kımıldamadı. Ölmeye karar vermişti. Birazcık daha dişimi sıkarsam, nasıl olsa ölüp kurtulurum, diyordu. Biraz sonra öleceğini biliyordu. O zaman kurtulacaktı. Adını söylerse ölmeye bırakmazlar, yarın gene tutup getirirlerdi.

Kalın bir ses,

–Bu ibneler iyilikten anlamaz, dedi. Bu puştu şimdi taşaklarından asarım, bak nasıl konuşur. Bağlayın.

İncecik bir ip bağladılar hayalarına. Birden çektiler. Soluğu kesildi. Boğulacak gibi oldu. Ciğerlerinden içeri hava girmiyordu. Bağırmak için ağzını açtı, ama sesi çıkmıyordu. İpi gittikçe daha çok çekiyorlardı. Hayalarının şiştiğini, davul gibi olduğunu, biraz sonra patlayacağını hissediyordu. Ölmek üzereydi.

Fısıltılı bir sesle,

–Durun söyleceğim, dedi.

–Adın ne?

–Süleyman.

17

Yorgundu. Kendini yalnız, terk edilmiş, bozguna uğramış hissediyordu. İşçiler, grevi bırakıp işbaşı yapmışlardı öğleden sonra. Bir hafta daha dayanabilseler, isteklerini kabul ettireceklerdi, Fazıla emindi bundan, ama bir hafta daha dayanamamışlar, bir aydan beri süren greve son vermişlerdi. Bütün gün boyunca biraz daha dayanmaları gerektiğini anlatıp durmuş, onlara çıkarlarını göstermeye çalışmıştı, ama başaramamıştı. "Grevi bırakırlarsa bugün maaşlarını dağıtacağım," diye haber göndermişti fabrika sahibi. O gün para alacaklarını duymak birdenbire sanki çıldırtmıştı işçileri, Fazıla, "Grevi sürdürün!" dedikçe, ona düşmanca bakmaya başlamışlar, düşmanlıklarını belli etmekten de kaçınmamışlardı. O güne dek dost olduğu bu insanlar bir anda yabancı olmuşlardı Fazıla'ya. İçlerinden biri,

–Susturun şu karıyı! diye bağırmıştı bile.

–Onun durumu sizden daha kötü, iyice sıkıştı, onun için size haber gönderdi, bir hafta daha dayanırsak bütün isteklerimizi kabul etmek zorunda kalacak, demişti Fazıla.

Dinlememişlerdi.

Aralarından biri,

–Dayanacak halimiz kalmadı, evde çocuklar aç, demişti.

–Dayanamazsanız çocuklarınız hep aç kalacak, demişti Fazıla.

Yaşlıca bir kadın,

–Senin çocuğun yok ki kızım, demişti, sen ne bileceksin çocukların açlığını.

Aylardan beri bir aradaydılar, birlikte aynı fabrikada çalışıyorlardı, çoğu Fazıla'yı seviyordu, ama birdenbire bütün bunlar unutulmuştu. Fazıla, aralarındaki bütün bağların koptuğunu, artık onlara ulaşamadığını hissetmişti. Bu en önemli anda ona karşı birleşmişler, onu aralarından atmışlar, sözlerini dinlememişlerdi. Fazıla, onların çıkarı için onlardan daha çok heyecanlandığını, onlardan daha çok mücadele ettiğini, gene de onlara ulaşamadığını, aralarında görünmez bir engelin olduğunu anlamıştı. Önce kızmıştı işçilere, 'kendilerini sattılar,' diye düşünmüştü, sonra 'niye ben onlar için onlardan daha çok uğraşıyorum,' demişti kendi kendine.

Dirseklerini masaya dayamış, başını da ellerine yaslamıştı. Kendisine bir düşman gibi davranmalarını unutamıyordu bir türlü. Onu bir anda dışlamışlar, çıkarlarını engelleyen bir düşman gibi görmüşlerdi onu.

Her şeyi bırakıp gitmeyi düşünmüştü önce, 'ne halleri varsa görsünler,' demişti, düşmanca davrandıklarını unutamıyordu bir türlü, "Susturun şu karıyı!" diye bağıran adamın sesini duyuyordu. Sonra yatışmıştı, kızgınlığın, öfkenin yerini yorgunluk almıştı, bir de dostları tarafından terk edilmenin kırgınlığı.

–Galiba yağmur yağacak, dedi Necip.

Fazıla başını kaldırıp baktı. Külrengi bir akşamüstü vardı dışarda. Necip, karşısında şaşkın bir yüzle oturuyordu. O toplantı sırasında Necip de işçileri inandırmak için çok uğraşmış, üstelik bir işçiyle de dövüşmüştü.

Necip, "Arkadaşlar, işçi sınıfının çıkarları!" deyince, işçilerden biri, "Kes ulan velet, senden mi öğreneceğiz işçi sınıfını!" diye itmişti onu. Birbirlerine girmişler, öbürleri ayırmıştı onları. Fazıla, kendi kendine gülmeye başladı, işçi sınıfını döve döve eğitme düşüncesi, birden gerilmiş sinirlerini boşaltmıştı, Necip'le işçinin kavga ettiğini hatırladıkça gülüyordu.

Günün gerginliği, kahkahalarla boşalıyordu. Necip anlamaya çalışıyordu ne olduğunu. Güldükçe, Fazıla gerçeklerden uzaklaşıyor, her şeyi, işçileri, grevi, partiyi, mücadeleyi unutuyordu sanki. Dünya boşalıyor, Fazıla her şeyin içinden tekbaşına sıyrılıp yalnızlaşıyor, bütün değer yargıları, inançları, kendisinden uzaklaşıyordu. Her şey gülünç ve anlamsız geliyordu. Şimdi o da işçileri kendisine yabancı ve uzak buluyor, üç saat önce niye o kadar heyecanla onlar için uğraştığını anlayamıyordu. Kahkahaları bir türlü dinmiyor, kahkahalarla birlikte bütün kişiliği de değişiyor, üstündeki kabuk kalkıyor, altından başka bir kadın çıkıyordu. Fazıla hem her şeyi anlamsız buluyor, hem de her şeyi anlamsız bulduğu için dehşete düşüyordu; kendini dünyadan kopmuş, yapayalnız kalmış hissedip korkuyordu. Birden büyük bir gürültüyle sağanak başladı, camlar sarsılıyordu. Fazıla sustu. Masanın üstünde bir hamamböceği, titrek antenleriyle yürüyerek, koluna doğru yaklaşıyordu. Hiç kımıldamadı Fazıla. Böcek, yavaş yavaş geldi, kolundan yukarı tırmanmaya başladı, böceğin koluna değmesinden iğreniyor, bedeni bu iğrenmeyle ürperiyordu, ama böceği kolundan atmak için bir hareket yapmıyordu. Odanın içi sağanakla birlikte kararmıştı. Böceği görmekte zorluk çekiyor, yalnızca iğrenç dokunuşunu hissediyordu. Böcek bile gerçekliğini kaybetmiş gibiydi, hiçbir şey gerçek gelmiyordu Fazıla'ya.

Necip, uzanıp böceği aldı, yere atıp ezdi. Bu tek hareket, Fazıla'nın içini yumuşattı, büyük bir rahatlık hissetti, bir dostu olduğunu hissetmenin güvenini duydu. Bu dostluğa ne kadar ihtiyacı olduğunu anladı. Külrengi karanlığın içinde Necip'in dişleri ve gözlerinin akı gözüküyordu. Şu anda, yeryüzündeki tek dostu Necip'ti. Tek yakını, onu koruyan tek insan, karşısında oturan adamdı. Necip'in elini tuttu.

–Senden hoşlanıyorum, dedi.

Necip'in taş kesildiğini, elinin soğuduğunu, gözlerinin dehşetle açıldığını fark etti. Bir kadının kendisine böyle bir şey söylemesi, üstelik de aynı örgütten olan birinin, kadınca bir zaaf göstermesi Necip'i kızdırmıştı. Necip elini kızgınlıkla çekince Fazıla'nın yalnızlığı daha da arttı.

–Sonra ne oldu? dedi. Ömer gülerek. Herhalde ödü patlamıştır.

Fazıla da güldü.

–Hem de nasıl ölü patladı. Bir kadının bir erkeğe böyle bir şey söyleyebileceğini daha önce hiç düşünmemişti herhalde. Hiçbir şey söylemeden gitti yattı. Ben de bir şey söylemedim. Yaptığımdan biraz korkmuştum, biraz da utanmıştım. Üstelik böyle bir şeyin duyulması örgüt içinde de çok kötü sonuçlar doğurabilirdi. Ertesi sabah karşıma dikildi.

Necip, kalınlaştırdığı bir sesle,

–Dün akşamki davranışını çok beğendim, dedi. Bir kız arkadaşın duygularını söyleyebilmesi takdir edilecek bir şey. Ben de senden hoşlanıyorum.

Fazıla, Necip'e sokuldu.

–Öyleyse öp beni.

Necip şöyle bir duraladıktan sonra hiçbir şey söylemeden arkasını dönüp gecekondudan çıktı.

Köyün yolları çamur içindeydi. Hafiften çarpılmış saz damlı kerpiç kulübeler bomboştu. Köy halkı kulübelerini terk edip kaçmıştı anlaşılan. Dominquez bir kulübenin tahta kapısına bir tekme atıp elinde makineli tüfeğiyle içeri daldı, arkasından da Ömer girdi. Kulübenin için boştu. Öteki askerler de öbür kulübeleri araştırıyorlardı.

Birden bir bağırtı duyup dışarı fırladılar, yerli askerlerden biri yolun ortasında havalara zıplayarak bağırıyordu. Tüfeğini boynuna asmıştı, kucağında kocaman bir radyo vardı. Kulübenin içinde bulmuştu radyoyu, bu köyde böyle bir radyo bulması akıl alacak şey değildi.

Dominquez,

–Kukutiyo sevinçten delirdi herhalde, dedi. Sonunda istediği radyoya kavuştu.

Öbür askerler de koşa koşa gelmişlerdi. En sonra da birliğin komutanı koşarak geldi. Ortalığı birbirine katan gürültünün kaynağının ne olduğunu anlayınca komutan hırsından deliye döndü, bütün gücüyle Kukutiyo'nun suratına bir yumruk indirdi. Kukutiyo sırtüstü yere devrildi, ama radyoyu sıkı sıkıya göğsüne bastırmış, yere düşerken bile bırakmamıştı.

Uzun bir gece yürüyüşünden sonra ertesi sabah karargâha vardılar. Kimsede kımıldayacak hal kalmamıştı, herkes yorgunluktan perişandı. Askerlerin çoğu gölgelik bir yer bulup uzandılar. Kukutiyo ise morarmış gözüyle barakasına girdi. Biraz sonra radyo dalgalarından yükselen cızırtıları, patırtıları duydular, sonra da tuhaf bir tamtam müziği başladı. Kukutiyo radyoyu sonuna kadar açmıştı.

–Radyodan yamyam müziğinin geldiğini duymak beni şaşırtıyor, dedi Dominquez. Markoni kendi bulduğu aletten böyle sesler çıktığını duysaydı ne yapardı acaba?

–Herhalde Kukutiyo'yu öldürürdü, biz de kurtulurduk, dedi Ömer.

Ömer'le Dominquez yorgunluktan sızmak üzereydiler. Tam uykuya daldıkları sırada ne olduğunu anlayamadıkları tuhaf bir duyguyla uyandılar. Bir gariplik vardı. Gür bir erkek sesi, tren gürültüsüne benzeyen bir dilde avaz avaz bağırarak birşeyler söylüyordu. Paralı askerler ne olduğunu anlamamışlardı, yerli askerlerse donmuş gibi, hareketsiz duruyorlardı. Herkes birbirine bakıyordu. Sesin Kukutiyo'nun barakasından geldiğini anladılar sonunda. Sonuna kadar açık radyodan yükseliyordu bu konuşma.

Komutan kalçalarını çalkalaya çalkalaya koşarak geldi, koyu siyah teni öfkeden nerdeyse beyazlaşmıştı. Kesik kesik cümlelerle emirler verdi. Birkaç yerli asker koşarak Kukutiyo'nun barakasına daldı. Paralı askerler ne olduğunu anlamaya çalışıyorlardı. Ömer, barakanın açık kalan kapısından içerde olanları görüyordu. Barakaya giren askerler önce radyoyu kapattılar. Ses birden kesilince, ürkütücü bir sessizlik yayıldı ortalığa. Askerler uykuya dalmış olan Kukutiyo'yu tekmeleyerek uyandırdılar. Kukutiyo, uyku sersemi kalkıp botlarını giydi, ama bağlamasına izin vermediler, sürükleyerek çıkardılar dışarı.

Kukutiyo'yu gören komutan bir emir daha verdi: Askerler, arkadaşlarını biraz ilerdeki kazığa doğru sürüklemeye başladılar. Kukutiyo ise gitmemek için direniyor, birşeyler söylemeye çalışıyordu.

Dominquez birden anladı ne olduğunu. Yerinden fırlarken,

–Bunlar zavallı oğlanı kurşuna dizecekler, dedi.

Yanında yatan başka bir paralı asker, son anda tutup oturttu Dominquez'i.

–Yerinden kımıldarsan seni de onunla birlikte öbür dünyaya gönderirler, dedi.

–Niye kurşuna dizecekler peki?

Paralı asker aldırmaz bir tavırla omuzlarını silkti.

–Salak herif karşı tarafın radyosunu açmış, herhalde o sırada uykuya daldı. O uyurken radyo karşı tarafın propagandasını yapan birşeyler söylemeye başladı.

Debelenen Kukutiyo'nun botlarından biri ayağından çıktı. Zenci asker, olduğu yerde çakıldı kaldı, botunu göstererek birşeyler söylüyor, kımıldamamak için bütün gücüyle direniyordu. Bir türlü yerinden kımıldatamıyorlardı. Ayağını botuna doğru uzatmaya, botunu giymeye çalışıyordu. Askerler de botunu giymesine izin vermiyorlar, çekiştiriyorlardı. Kukutiyo ise olağanüstü bir güçle yerinde duruyordu, o anda botunu giymesinin onun için her şeyden daha önemli olduğu anlaşılıyordu. Üç adım sonra öldürüleceğini unutmuş, botunu giymek için çılgınca direniyordu.

Dominquez, kimseye kendini durdurma fırsatı vermeden yerinden fırlayıp Kukutiyo'nun yanına koştu. Herkes ne yapacak diye bakıyordu. Dominquez yere eğildi, Kukutiyo'nun botunu alıp ayağına giydirdi, bağlarını bağladı. Botunu giyen Kukutiyo, sanki bütün sorun çözümlenmiş gibi sakince ilerdeki direğe doğru yürüdü. Botunu giymek için debelenirken öldürüleceğini unutmuş, bir daha da anımsamamıştı sanki. Direğin yanına gelince dönüp Dominquez'e gülümsedi.

Sırtını direğe dayayıp ellerini arkasından bağladılar. Kafasına da pis bir torba geçirdiler. Tüfekli askerler karşısında dizildiler. Herkes yerinden kalkmış, olanları izliyordu.

Dominquez, geri dönüp Ömer'in yanına oturdu. Sinirli bir sesle söyleniyordu:

– Öldüreceklerse öldürsünler, ama botunu giydirsinler.

– Botunu giyse ne olacak, giymese ne olacak, dedi Ömer. Ölecek olduktan sonra.

– Ben çıplak ayakla ölmek istemem, dedi Dominquez.

Tüfekli askerler nişan aldılar, komutan kısa bir emir verdi, tüfekler patladı, Kukutiyo'nun bedeni birden boşalıp direğin dibine yığıldı. Herkes kalktığı yere yeniden yatarken askerlerden biri koşarak Kukutiyo'nun kulübesine girdi, radyoyu alarak çıktı, hiç durmadan kendi kulübesine daldı.

Yeniden uykuya dalmadan önce Ömer,

– En aşağı bir hafta hapis yiyeceksin, dedi.

Dominquez omuzlarını silkip gözlerini kapattı.

18

Altın ışıklı çırılçıplak kadınla, gümüş ışıklı erkek sarılıyorlar. Âşıklar birbirlerine.

19

İçi acıyordu. Büyük bir acıydı bu, ama bedeninin neresinde olduğunu bir türlü anlayamıyordu. İç organları demirden bir zırhın içine alınmış gibi sıkışmış, kasılıp kalmıştı. Ağlamak istiyordu. Midesiyle ciğerlerinin arasında kocaman, katı bir diken duruyor, soluk aldıkça içine batıyordu.

Dün sabahtan beri yemek yememişti. Bir tek lokma bile yutamıyordu. Arada sırada biraz su içiyordu. Su bile zorlukla geçiyordu boğazından. Bedeni, yaşama kapanmış gibiydi. Beden, duyduğu acıyla ölüm arasında bir seçim yapmış ve şimdilik ölümü seçmişti.

Acı arada bir diner gibi oluyordu. O zaman, bedeni buruşuk bir bez parçası gibi duygusuz ve duyarsız kalakalıyordu. Sonra birden yakıcı bir ter fışkırıyor, acı yeniden şiddetleniyor, beden kasılıp kalıyordu.

Bülent uyumaya çalışmaktan vazgeçip yatağın içine oturdu. Sırtını duvara dayadı. Odanın içi karanlıktı. Perdeler çekilmişti. Pencereye vuran yağmurun sesi kalın perdelerden içeri sızıyordu. Işığı yakmadı. Sanki karanlıkta daha güvenliymiş, canı daha az yanıyormuş gibi geliyordu. Hiçbir şeyin değişmesine dayanamıyordu şu anda. Işığın acısını çoğaltacağını sanıyordu.

El yordamıyla komodinin üstünde duran sigara paketini aldı. Dün sabahtan beri yalnızca sigara istiyordu canı. Zaman zaman sigara isteği bir kriz haline geliyordu. Şimdi, şu anda da sigara içmezse dayanamayacaktı. Sigarasını karanlıkta yaktı. Kibritin bir anlık ışığında Fazıla'nın saçlarıyla, yanağının bir kısmını gördü. Oda yeniden kararınca, o bir anlık aydınlıkta gördüğü parçayı aklından tamamladı. Fazıla'nın saçları, gözleri, teni, dudakları... Bu bedenin kendine yabancı olmasına katlanamazdı. Ve bu konuda kendisine söz hakkı tanınmıyordu.

Fazıla'nın soluklarını dinledi. Sakin bir biçimde uyuyordu. Bülent, yatağın içinde terleyerek sigara içerken Fazıla uyuyordu. Düşünde neler görüyordu? Bülent, Fazıla'nın düş gördüğünü düşününce yeniden her yanı kasıldı. Fazıla'nın gördüğü düşler, Bülent'in hiçbir zaman bilemeyeceği şeylerdi. Her şeyi düşlerinde görebilir, bunların hiçbirini Bülent'e anlatmadan, uykusunda yaşayabilirdi.

Uyku, Fazıla'yı Bülent'ten uzaklaştırıyor, erişemeyeceği beldelere götürüyordu. İhanet, bu uykuydu işte. Fazıla'nın sakin sakin uyuması ihanetin en somut haliydi. Bülent, acılarla kıvranırken, Fazıla uyuyordu. Bülent, Fazıla'dan nefret ediyordu o anda. Bu kadın yok olsa, Bülent'in acıları da yok olurdu. Acılarının kaynağı bu kadındı. Uyurken bile, uykusuyla üzebiliyordu onu.

Fazıla'nın boynunu düşündü. Beyaz, yumuşak bir boynu vardı. Bebek pudrası ve lavanta kokardı. Parmaklarını Fazıla'nın boynuna bastırsa, beyaz teni önce kızarırdı, eti esnek bir dirilikte içeri çökerdi. Sonra o kızaran yerler morarır, pençe pençe morluklar boynuna yayılırdı. Boynunun bitimindeki o çukurumsu yere başparmaklarını biraz sertçe bastırdı mı, Fazıla belki uyanmaya bile vakit bulamaz, biraz çırpındıktan sonra gözlerini açamadan ölürdü.

Yanında yatan Fazıla'nın uyuyan bir kadın değil de ölü bir kadın olduğunu düşündü. Ölü. Bir daha hiç konuşmayacak, kavga etmeyecek, gülmeyecek, ağlamayacak, düşündüklerini açıklamayacak, gülümsemeyecekti. Bülent'in yaşamından bir daha geri dönmemek üzere çıkacaktı. Bülent'in aklındaki birçok soru yanıtsız kalacaktı. Fazıla şu anda ölse, Bülent'in ona duyduğu aşk ve kıskançlık da şu andaki haliyle donup kalacaktı, üstelik onu rahatlatacak bir Fazıla da olmayacaktı.

Bülent, ellerinin üstüne oturdu. Ellerinin kendisinden habersiz birşeyler yapmasını istemiyordu. Fazıla'nın ölümünü düşlemeye koyuldu. Boynu morarmış, yüzü daha da beyazlaşmış olarak hareketsiz yatacaktı. Saçları biraz dağınık olacaktı. Soruların hiçbirine karşılık vermeyecek, bir daha asla konuşmayacaktı. Bülent bir daha Fazıla'nın sesini hiç duymayacaktı. Fazıla'yla birlikte, sesi, kokusu, gülümsemesi de kaybolacaktı. Bir tek ölümün ne çok şeyi birden yok edeceğini düşündü. Fazıla'yı özleyecek, onunla konuşmak isteyecekti, ondan bir avuntu bekleyecek, ama bunların hiçbirini bulamayacaktı. Bülent'in önce gözleri doldu, sonra yoğun bir duygusallıkla ağlamaya başladı. Ağlamak iyi geliyordu. Uyuşan ellerini altından çıkarıp Fazıla'ya sarıldı. Fazıla'nın da uyanıp ağladığını görmesini istiyordu.

Fazıla, uyanıp Bülent'e baktı. Bülent, ağlıyordu. Fazıla ne olduğunu anlamaya çalışırken, Bülent,

–Yattınız mı? dedi.

Yalan söylemesini hiçbir zaman beceremeyeceğini sanan Fazıla, uykudan yeni uyanmış olmasına, sorunun ansızın gelmesine karşın büyük bir rahatlıkla yalan söyledi:

–Hayır.

–Öldürürüm o herifi.

–Neler saçmalıyorsun?

Bülent, sıkı sıkıya Fazıla'ya sarılmıştı, gözyaşları, Fazıla'nın yüzüne, boynuna akıyordu. Fazıla iki eliyle itti Bülent'i.

–Çekil lütfen, soluk alamıyorum.

–Sana sarılmama bile katlanamıyorsun artık.

Bülent'in söylediği doğruydu. Fazıla, Bülent'in kendisine dokunmasına bile katlanamıyordu, ama Bülent'in bunu söylediğini duyunca iki eliyle kocasının boynuna sarılıp kendine doğru çekti.

Bülent, Fazıla'nın bir yabancı olduğunu hissediyordu. Bir başka bedendi bu beden. Yeni evlendikleri yıllarda bu bedenin kendi bedeninin bir uzantısı olduğunu sanırdı. Bunu düşünmezdi bile, doğal olarak öyle hissederdi. Şimdi ise bir yabancı olduğunu hissediyordu. Yeniden Fazıla'nın kendisine ait olduğunu hissetmek istedi. Fazıla'yla sevişirse, onun bedeninin yeniden kendisine ait olduğunu hissedecekti. Tutkuyla sarıldı Fazıla'ya, bu sevişme isteğine kimse engel olamazdı, Fazıla'nın kendisi bile engel olamazdı buna. Uçuruma düşen bir insan, kenardaki bir ağaç köküne son anda nasıl tutunursa, Bülent de Fazıla'nın bedenine öylesine sarılmıştı. İsteği hiç tükenmiyordu. Bütün bedeni kasılıp kalmış, Fazıla'ya yapışmıştı. Bu istek tensel bir istek değildi artık, delice, vazgeçilmez, bir canlının yaşama duyduğu istek gibi ölümcül bir istekti. Fazıla bunun normal bir sevişme olmadığını anlamıştı. Bu bitmeyen, tükenmeyen sevişmeden sıkılmış, etleri acımıştı ama Bülent'in isteğine engel olamayacağını anladığı için de kendisini bırakıvermişti. Zaten Bülent de Fazıla'nın duygularıyla ilgili değildi o anda. O, altındaki bedenin kendisine ait olduğunu kanıtlayabilmek, buna inanabilmek, o bedene egemen olduğunu hissedebilmek için bu hastalıklı, karanlık, acıklı sevişmeyi, tekbaşına, ağlayarak sürdürüyordu.

Oda karanlıktı. Fazıla'nın sıkıntısı acıya dönüşüyor, Bülent'e hem acıyor hem de ondan nefret ediyordu. Dayanılmaz hale gelen sıkıntıya katlanmaya çalışırken, aklına işkence salonu geldi. Aynı karanlık ve aynı aşağılanma, aynı acı ve aynı üzüntü vardı. Tek fark, şimdi işkencecisine acıması, onu da bir başka işkencenin kurbanı olarak görmesiydi. Ama bu hiçbir şeyi değiştirmiyordu. Bülent'e acıması, onun için üzülmesi, Bülent'ten nefret etmesine engel değildi. Sevişme uzadıkça, nefret de artıyordu. Bülent, Fazıla'ya sahip olduğunu kendi kendine kanıtlamaya çalışırken, Fazıla'yı bir daha düzeltilmez biçimde kendinden uzaklaştırıyordu.

–Seni seviyorum, diyordu Bülent. Seni seviyorum. Sensizliğe dayanamam. Yalvarırım bırakma beni.

Yağmur, geniş camlara, çamurlu bir karanlıkla sıvıyor, içerisinin loşluğunu artırıyordu.

–Yak ulan şu lambaları, dedi Kesik Mehmet. Cimriliğin gereği yok, attığım taşı göremiyorum, bak gene yanlış taş attım.

Kahveci elektrik düğmesine basınca, tavandaki tek floresant lâmba çiğ beyaz ışığıyla yavaş yavaş parladı. Kahvenin içi lâmbanın metalik ışığıyla aydınlandı.

–Hah şöyle be oğlum, önümüzü arkamızı görelim. Karanlıkta adam ne yaptığını fark etmiyor ki. Ben karıyı becerirken bile lâmba yakıyorum, bir yanlışlık yapmayalım diye.

Deminden beri oyunda kaybeden Mustafa Dayı, otoritesinden emin bir sesle,

–Kes zevzekliği de taşını at, dedi. Hepimiz seni bekliyoruz. Burada sabahlayacak değiliz.

Necip, babasının yanında oturmuş, okey oynayanları seyrediyordu. Babasının kumar oynamasından sıkılıyordu, ama köyde yapacak bir iş yoktu, gelip kahvedekilere bakıyordu o da.

Kesik Mehmet güldü,

–Tamam dayıcığım, attım taşı. İnşallah işine yarar da, sen kazanırsın. Kızma.

Kahvenin döşemesi taştı, üstünde ıslak çamur izleri vardı. İçerisi çamur, rutubet ve taş kokuyordu. Ortada bir soba vardı, ama kahve içerdekilerin soluğuyla ısınıyordu.

Kesik Mehmet'in neşelendirmeye uğraşmasına karşın kahvede tatsız bir hava vardı. Mart ayının soğuk ıslaklığı gibi, insanın üstüne yapışıp üşüten, tatsız bir gerginlik fark ediliyordu. Kahkahalar duyulmuyordu. Kesik Mehmet'in şakalarına bile gülmüyorlardı. Kimse kimseye takılmıyor, kahveci çayları asık suratla dağıtıyor, oyuncular her an parlamaya hazır bir sinirlilikle oynuyorlardı.

Necip, bu havayı tanıyordu. Cenaze mitinglerinden sonraki ne yapacağını bilmez, şaşkın kızgınlıktı bu. Aslında köylülerle konuşmak için tam zamanıydı, ama Necip kendisini birilerinin ihbar etmesinden, dikkati çekip başını belâya sokmaktan çekiniyordu. Buraya kentten bir süre uzaklaşmak, gözlerden ırak olmak için gelmişti. Onun için öne atılıp herkesin dikkatini çekmek istemiyordu. Ama köylüleri, onlara fark ettirmeden yönlendirebilirdi. Bunun için de Kesik Mehmet'i gözüne kestirmişti. Aralarında en atak olan, gözünü budaktan sakınmayan, coşan oydu. Hiçbir şeye aldırmazdı, ama bir şeye aldırdığı zaman da sonuna kadar gitmekten çekinmezdi. Öbürlerinden daha zeki olduğu için, köylüleri peşine takacak bir çekiciliği de vardı.

Necip bir de babasından çekiniyordu. Mustafa Dayı, oğlunun olur olmaz söze karışmasına, kendisine akıl satmasına sinirleniyordu. Şimdi konuşmaya kalksa, babası söze karışıp onu köylülerin önünde rezil edebilirdi.

Kesik Mehmet, yerden aldığı taşla açtı, öbür oyunculardan paraları topladı.

–Bana para gerek arkadaş, dedi. Bu bizim karı hastalandı, yorgan döşek yatıyor, bir türlü iyileşemiyor. Karı, dedim geçen gün, ölüp mölüp bir halt etme, kimse karısını bir öpmelik ödünç vermiyor, ama karı gidici arkadaş. O giderse yerine para biriktirip on dörtlük bir taze alacağım.

Kaybettiği için daha da sinirlenen Mustafa Dayı birden önündeki tahtaya vurup devirdi, sinirli bir tavırla ayağa kalktı.

–Amma geveze oldun be. Bir oyun bile oynanmıyor seninle. İşin gücün soytarılık.

Sinirli adımlarla yürüyüp çıktı kahveden. Kesik Mehmet, Necip'e döndü.

–Ulan amma osuruğu cinli herif oldu senin deli baban da be. Bir söz edilmiyor herifle. Taze dul gibi her söze tutuluyor. Geç bari sen oyna onun yerine.

Necip, babasının yerine oturdu, taşları dizmeye başlarken,

–Bu taban fiyatları babamın çok canını sıktı Mehmet Amca, biliyorsun, dedi.

–N'apalım oğlum, tütünü ot fiyatına aldılar. Yalnız babanınkini değil ya, herkesinkini aynı fiyata aldılar. Elle gelen düğün bayram. Bize para verdiler de babanın parasını mı dolandırdılar?

Necip sigara yakmak için elini cebine götürürken vazgeçti.

–İyi de, bu yılı nasıl geçireceğiz diye düşüne düşüne babamın aklı bulanıyor.

–Aklı bulanan bir baban mı? Baksana şu heriflere, hiçbirinin ağzını bıçak açmıyor. Ama n'apacaksın. Herif parayı vermemiş, kazığı geçirmiş. Artık bir dahaki yıla demekten başka ne gelir elden? Ağlayıp da gözden mi olalım? İşte şurada biraz oyun oynayacağız, biraz yarenlik edeceğiz ki gün geçsin.

Oyun durmuştu, öbür iki oyuncu da konuşulanları dinliyordu. Necip'in sağ yanında oturan Dursun, söze karıştı:

–Yarenlik etmekle sıkıntı mı geçiyor? Evde çoluk çocuk var. Ne yiyecek onlar bu kış? De bana bakalım. Aldığımız parayı tarlaya mı yatıralım, çocuklara ekmek mi alalım? Ekmek alsak önümüzdeki yıl tütün ekmeye para yetmeyecek. Senin çocuğun yok tabii. Kısır karı aldın, rahatsın.

–A benim aptal Dursun'um, sen de bilmemnene sahip olaydın: her akşam karının üstüne çıkmayaydın. Şimdi ağlayacaksın da ne olacak, çocuklarının karnı mı doyacak? Bari bir iki gülüver, konuşuver de kasvetin dağılsın.

Dursun içini çekti,

–Adamı para konuşturur, cepte para olmayınca ne konuşacaksın. Geçen gün ufak oğlan portakal diye tutturdu. Hadi gel de al. Ne gülmesi ne konuşması. Sen deli olduğundan paran olmasa da konuşursun o başka.

–Mehmet Amcam haklı, dedi Necip. Ağlamakla bu iş çözülmez.

Dursun, alaycı alaycı güldü.

–Büyük kent gördünüz ya, artık aklınız her bir şeye eriyor di mi? Her şeyi siz biliyorsunuz.

–Yok, Dursun Amca, ben öyle demedim. Öyle düşüncemi söyledim. Tamam, demedim kabul et, kusura bakma.

Kesik Mehmet kızdı birden:

–Ulan, çocuk bir şey söylüyor, dinlesene. Elbette hepimizden iyi biliyor. Gitti, büyük kent gördü, okudu. Bakalım ne diyecek. Dinle bir. Söyle lan Necip, ne diyorsun? Sen bu kavatlara bakma.

–Ben bir şey demiyorum Mehmet Amca. Ağlamakla olmaz diyorum. Yani siz burada surat astınız diye kimse para vermez. Başka şeyler yapmalı.

–Ne yani? dedi Kesik Mehmet. Ne yapmalı?

–Toplanıp valiye gidin. Yürüyüş yapın. Sizi dinlemezlerse, çıkın yola gösteri yapın.

Masadakilerin hepsi Necip'e bakıyorlardı. Kesik Mehmet,

–Oha, dedi. Ne gösterisi ulan. Komünist miyiz biz? Sizi adam olun diye kente gönderiyoruz, sizin aklınız karman çorman oluyor.

Dursun, Kesik Mehmet'e döndü:

–Konuşsun diyordun, işte konuştu. Bunların akılları fikirleri komünistlik oğlum. Gösteri yapacakmışız, anarşikler gibi ortalara çıkıp bağıracağız demek.

Necip kıpkırmızı kesildi.

–Bunun komünistlikle ne ilgisi var Mehmet Amca? Adam hakkınızı yiyor, siz de hakkınızı isteyeceksiniz.

–Yok oğlum, bu işler sizin bildiğiniz gibi değil. Biz devlet düşmanı mıyız ulan, gösteri yapalım. Bu yıl vermediyse bir dahaki yıl verir. Bu yıl da ineği satarız. Baban ne yapacak, o da ananın altınlarını bozduracak. Bir dahaki yıla Allah kerim. Para başka, komünistlik başka. Ağlarız mağlarız, karıların altınlarını, inekleri satarız, ama devlet düşmanı komünist olmayız. Sen bugün gösteri yaparsan, o da yarın gelir tarlanı alır. Bu işin sonu yok. Sizin aklınız ermez. Biz ne kazıklar yedik. Her seferinde ortalığa dökülsek, vay halimize! Hadi hadi taşları dizin de oyunumuza bakalım. Bana para gerek; taze karı alıp Dursun'a inat ikiz doğurtacağım. Dağıt bakalım akıllı Necip efendi oğlum.

Dursun taşlarını dizerken kendi kendine söyleniyordu:

–Komünistlik yapacakmışız. Paramızı vermediler diye yollara dökülecekmişiz. Devlet hep bu aklıevvellerin yüzünden batıyor zaten.

20

Bütün gün ortalığı kavuran güneş çekilmişti, ama hava hâlâ serinlememişti, topraktan tozla birlikte sıcak yükseliyordu. Gökyüzünü kızıl bir aydınlık kaplamıştı, kızıllığın içine çinimürekkebi gibi dalga dalga yayılan bir gece başlıyordu.

Uzun bir kovalamadan sonra düşman birliklerinin küçük bir bölümünü geniş bir çalılığın içine kıstırmışlardı. Ancak karşı taraf iyi dayanıyor, çalılığa kimseyi yanaştırmıyordu.

Gece başlarken iki taraf da kısa bir süre için ateşi kesmişlerdi. Makineliler yeniden takırdamaya başladı. Ömer'le Dominquez bir toprak yığınının ardına yatmışlardı. Kafalarındaki çelik başlıkların altından ter sızıyordu. Ömer çevresine bakınmak için kafasını kaldırdığı sırada bir mermi çelik başlığa çarparak sekti, biraz ötede yere saplandı. Başlığa çarpan merminin çıkardığı vınıltı, küt bir sersemlikle birlikte Ömer'in beynine yayılmıştı.

Bir makineli, bir karış önlerindeki kum yığınını tarayıp geçti, mermiler vururken kumlar havaya sıçrıyordu. Birbiri ardınca patlayan tüfeklerin, hiç durmayan makinelilerin takırtısı Ömer'in beyninin içinde hâlâ süren vınıltıya karışıyordu.

Ömer kemerine asılı elbombalarından birini çekip çıkardı, birkaç kez elinde zıplattıktan sonra fünyesini dişleriyle çekti. Birden ayağa kalktı, elindeki bombayı vargücüyle çalılığa fırlattı. Bombayı fırlattığı an Dominquez bacaklarına sarılıp Omer'i yere yıktı. Ömer'in bir saniye önce ayakta durduğu yeri bir makineli tarayıp geçti.

Gece koyulaşıyordu. İki taraf da ateşi kesmiyordu. Çalılıktakilerin teslim olmaya niyetleri yoktu. Ömerler ateşi kestiler. Komutanın emriyle hepsi tüfeklerine, havada giderken peşinde fosforlu bir ışık bırakan izli mermiler koydular.

Yeniden ateş etmeye başladılar. Gecenin laciverliği içinde, mermiler arkalarında turuncu izler bırakarak uçuyordu. Lacivert gecenin üstüne, birbirini kesen turuncu çizgiler çiziliyordu. Birbiri peşisıra, güneşin kızgınlığını hâlâ damarlarında saklayan kuru çalılara düşen fosforlu mermiler kıvılcımlar çıkarıyorlardı. Çalılıkların dibinde küçük ateşler tutuşuyordu.

Ömer, boşalan şarjörünü çıkartıp yenisini takarken, büyük bir güven duydu. Başka insanların bilmediklerini biliyor, başka insanların yapamadıklarını yapıyordu. Bir silâhı vardı. Onu nasıl kullanacağını biliyordu. İnsanları öldürmesini biliyordu. Ölümü biliyordu. Yaşamı da biliyordu. Silâh kullanabilen biri, hem yaşamı, hem ölümü bilirdi zaten. Eğer yaşarsa, eğer bu gülünç savaştan sağ kurtulursa, öbür insanların tanımadıkları deneyimleri olacaktı. İnsanları küçümsedi. İnsanların bilmedikleri neler vardı bu dünyada. Güvenle, zevk alarak doldurdu tüfeğini. Yaşamının sırrını keşfeden bir adam gibi keyifle bastı tetiğe.

Çalılıkların diplerinde başlayan turuncu alevler büyümeye başlamış, alevlerin dilleri kızarmıştı. Gece sıcak ve parlaktı. Ay yoktu, ama yıldızların pırıltısı, topraktan fışkıran gizli bir ışık gibi aydınlatıyordu yeryüzünü. Gecenin parlaklığı içinde alevler yayılıyordu. Kısa bir süre sonra bütün çalılığı alevler kapladı. Karşı taraf ateşi kesmişti. Ömerler ise ateş etmeyi sürdürüyordu.

Birden çalılıklardan iki adam çıktı. Adamları gören askerler şaşırıp ateşi kestiler.

–Ateş edin sersemler! diye bağırdı komutan. Ateş edin, durmayın!

Ateş yeniden başladı, yüzlerce turuncu çizgi adamların gövdelerine girdi. İkisi birden yere düştüler. Giysileri yanmaya başladı. Hareketsiz gövdeleri yanıyordu.

Çalılıklardaki yangın da büyümüştü. Yanık dal kokuyordu her yan. Biraz sonra iki adam daha çıktı çalılıklardan. Onlar da turuncu çizgilerle öldürüldüler. Adamlar peş peşe ölüyorlardı. Çalılıklardan çıkanların silâhsız ve elleri havada olmasına aldırmıyordu kimse. Bir süre çalılıklardan kimse çıkmadı. Ateşi kesmiş bekliyorlardı. Yangının çatırtısını dinliyorlardı. Sonra adamlar beşer onar çıkmaya başladılar. Bazılarının giysileri ateşten tutuşmuştu. Hepsini öldürüyorlardı.

Sonunda çalılıklar kül oldu. İçinde saklananlar da kavrulmuş cesetler halinde yerlere yayılmışlardı. Ortalık yanık çalı ve et kokuyordu. Zaten sıcak olan gece, yangın yüzünden, daha da ısınmıştı. Dayanılacak gibi değildi. Herkes çelik başlığını çıkarmış, gömleğinin düğmelerini açmıştı. Çevrede canlı kalmadığını anladıktan sonra yola çıktılar.

Yürürlerken Dominquez,

– Düşmanlarımızı öldürdük, dedi. Niye düşman olduğumuzu Tanrı bilir.

– Düşmanlarımız değildi, dedi Ömer, ama bize ateş ediyorlardı. Biz de onları öldürdük.

– Biz de onlara ateş ediyorduk.

– Eh, gelecek sefer de onlar bizi öldürürler, ödeşiriz.

Geniş bir otlakta yürüyorlar, ezilen otların sesini duyuyorlardı. Otların yüzeyi deniz gibi ıslak ıslak parlıyordu. Uzaklardan bir su sesi geliyordu.

– İlerde bir ırmak var, dedi Dominquez.

– İyi, elimizi yüzümüzü yıkarız.

– Ölümden korkmuyor musun?

– Hayır. Nasıl olsa öleceğiz. Bir gün önce, bir gün sonra benim için fark etmez. Yeter ki eğlenceli bir ölüm olsun... Buraya bak Dominquez, bana söz ver: Ölecek olursam beni asık yüzlü heriflerin gömmesine izin vermeyeceksin. Neşeli herifler kahkahalar atarak gömsünler beni.

– Oğlum ben senden yirmi yaş büyüğüm, doğal olan, senin beni gömmendir.

– Dominquez sen ölümün doğal olduğuna gerçekten inanıyor musun?

Su sesi artmış, havayı bir serinlik kaplamıştı. Otlar da yerlerini çakıllara bırakmıştı. Yorgun adımlarının altında çakıllar yuvarlanıyor, ayakları kaydıkça sendeliyorlardı.

Biraz sonra ırmağın kıyısına varıp mola verdiler. Çevreye nöbetçiler yerleştirdikten sonra, herkes çakılların üstüne uzandı. Dominquez çelik başlığını yastık yapıp yatmıştı. Yıldızlara bakarken sordu:

– Gerçekten mi korkmuyorsun ölümden?

– Korkmuyorum.

– Gereksiz bir cesaretin var senin. Olmaması gereken bir cesaret bu. Bazan ölümden bu kadar korkmayan biri, başka bir şeyden delice korkuyordur herhalde, diye düşünüyorum.

Ömer sinirlendi:

– Ben hiçbir şeyden korkmam!

– Sen ölümün ne olduğunu biliyor musun?

– Tabii.

Dominquez yan dönüp Ömer'e baktı.

– Nedir sence ölüm?

Ömer yerden bir çakıltaşı alıp suya attı. Sular karanlıktı, taşın düştüğü yeri görmedi.

– Herkesin kendi ölümü var Dominquez. Benim ölümüm bir kadın. Siyah, tepeden tırnağa kapalı bir giysi giymiş, saçları giysileri gibi siyah bir kadın. Saçlarıyla giysilerini birbirinden ayırt edemiyorum. Elleriyle yüzü görünüyor yalnızca. Yüzü de elleri de beyaz. Kansızlığın getirdiği, donuk ve uzak bir beyazlık bu. Elmacık kemikleri çıkık, kaşları kalınca. İri siyah gözleri var. Yüzü ne kadar beyazsa gözleri de o kadar siyah ve parlak. Dudakları kan kırmızı.

Dominquez güldü,

– Sen sevdiğin bir şeyi anlatır gibi anlatıyorsun.

– Hayır, sevmiyorum onu. Sevgi değil bu. Ama çekiyor beni. Uzaklığı, sessizliği, hiçbir şey söylemeden beni biraz da küçümseyerek beklemesi. Canını acıtmak, dudaklarını ısırıp kanatmak istiyorum. Beni tanımasını, başkalarından ayırmasını istiyorum. Onunla dans etmek ve onu peşimden koşturmak istiyorum. Ondan hem korkuyorum, hem de peşinden ayrılamıyorum. İnsan kendisini korkutan şeye biraz da tutkundur ya, işte onun gibi bir tutku bu. Korku, beni ölüme yaklaştırıyor, onunla aramda bir ilişki kuruyor. Ama bu senin bildiğin gibi bir korku değil. Çekici bir şey bu. Ne kadar çok korkarsam o kadar yaklaşmak istiyorum ona. Bana âşık olmasını istiyorum.

Ömer sustu birden. Heyecanlanmıştı. Dominquez bir sigara yaktı. Hemen söndürdü sonra.

– Mahallenin orospusuna âşık olmuş bir kabadayı gibi konuşuyorsun.

– Doğrusunu istersen Dominquez, ölümde biraz orospuluk, bende de biraz kabadayılık var.

21

Ağaçlıklı bir yolda el ele yürüyorlardı. Yerler kurumuş sarı yapraklarla kaplıydı. Dökülmeye hazırlanan dallardaki yapraklar da yeşilliklerini yitirmişler, kuru kızıl bir renk almışlardı. Yağmura hazırlanan kurşuni bulutlar vardı gökyüzünde. Fazıla, uzun lacivert bir pelerine sarınmıştı.

–Bize en çok sonbaharı yakıştırıyorum, dedi Fazıla.

Ömer, Fazıla'nın koluna girdi, Fazıla'ya sokulabilmek için usulca başını eğdi.

–Niye?

–Bence sonbaharda hem insanın duygularını kıpırdatan bir canlılık, hem de yalancı duyguların yaşamasına izin vermeyen bir olgunluk var, diriliğini yitirmemiş, ama olgunlaşmış... Bizim gibi... Biz de biraz sonbahara benzemiyor muyuz? Henüz genciz, canlıyız, ama olgunlaştık da. Kışın tohumlarını taşıyoruz içimizde, bundan hoşnutum ben, ilkbaharın çocukça kıpırdaklığını pek sevmiyorum. Sonbahar daha güzel. Sen öyle düşünmüyor musun?

Ömer gülümsedi,

–Bilmem, hiç düşünmedim. Ben mutluyum şu anda, seninle olmak hoşuma gidiyor. Bir de bunun neye benzediğini araştırmıyorum.

Ağır adımlarla yürüyorlardı, hiçbir yere gitmek istemeyen bir halleri vardı.

–Bana yaşadığım an yetmez, hep öncesini ve sonrasını düşünürüm. Üstelik, öncesi ve sonrası, beni o andan daha çok ilgilendirir. Hep yaşadıklarımı birşeylere benzetirim, neyi yaşadığımı ancak bunu başka bir şeye benzeterek anlayabiliyorum belki de. Seninle ikimiz başka başka insanlarız. Bazan, yaşadıklarımız gerçek değil mi, yaşadığımızı sandığımız duyguları kendimiz mi uyduruyoruz, diye merak ediyorum. İkimiz de zor şeyler yaşadık, şimdi birbirimizde çocukluğumuzu bulup ona mı sığınıyoruz?

Ömer durdu.

–Uydurduk ya da değil, ben şu anda mutluyum, bu da yeterli benim için. Sen çok soru soruyorsun; insan kendini böyle sorguya çekerse doğru dürüst yaşayamaz ki, soru sormaktan yaşamaya vakit kalmaz. Sen hep sorular soruyorsun, her şeyin dibini görmek istiyorsun, belki hiçbir şeyin dibi yoktur, ne biliyorsun? Ne yaşadığını anlamaya çalışırken, o anda yaşadığını da elden kaçırıyorsun bence. Ne demek istediğimi tam anlatamıyorum belki, ama sende bir tuhaflık var gibi geliyor bana.

Fazıla, Ömer'in beline sarıldı.

–Anlıyorum ne demek istediğini. Haklısın herhalde, bende bir tuhaflık var. Soru sormadan yapamıyorum ben, her şeyin dibini görmek istiyorum, o göreceğim şey beni pişman edecek olsa bile, dibini göreyim derken yaşadığım anı da kaybedecek olsam bile, elimde değil, her şeyin dibini araştırmak istiyorum.

Ömer, Fazıla'yı kendinden uzaklaştırıp yüzüne baktı,

–Yaşamaktan mı korkuyorsun? dedi.

–Bilmem, belki de.

Yeniden yürümeye başladılar. Kurşuni bulutlar ağaçların üstüne inmiş, üst dalları sarmıştı. Yürüdükçe ayaklarının altındaki kuru yapraklar hışırdıyordu. Ömer tedirgin olmuştu. Hiç sorgusuz sualsiz, yumuşacık bir aşk istiyordu; hiçbir yabancılık, yalnızlık duymak istemiyordu, ama Fazıla sorularıyla onu kendinden uzaklaştırıyor, yaşanan her şeyin içine kuşkular katıyor, yaşananı her an bozuyordu. Ömer, yıllarca özlediği bir kadını yeniden bulmanın sevincini duymak, gelecek için yaşamında ilk kez düşler kurmak, Fazıla'nın sıcaklığını, sokulganlığını hissetmek istiyordu, ama Fazıla sorularıyla bütün bunları engelliyor, Ömer'in kendisini bir yabancı gibi hissetmesine yol açıyordu.

Fazıla ise sorularından hoşnuttu. Onu bir şeyi ele geçirmek değil, bir şeyi ele geçirmek için uğraşmak mutlu ediyordu. Ele geçirdiği hiçbir şeyi hak ettiğine inanmıyor, bunu kendisinden geri alacaklarını sanıyor, bunun acısından kurtulmak için de gerçekleşebilecek her mutluluğu sorularıyla geriye itiyordu. Ömer'in yanında da çok mutluydu, ama bu mutluluk onu rahatsız ediyordu. Her an bu mutluluğun bozulmasından korkuyor, bozulmasını önleyebilmek için de herkesten önce kendisi bozuyordu mutluluğunu, böylece korkularından kurtuluyordu. Ömer'e duyduğu sevgi, mutsuzluğu arttığı sürece çoğalıyordu üstelik.

İlk damlalar düşmeye başlayınca Ömer'in huzursuzluğu arttı. Çiseleyen yağmurun altında birbirlerine dokunmadan yürüyorlardı; tuhaf bir yabancılık girmişti aralarına, konuşacak bir şey bulamıyorlardı.

–Eve gidelim mi? dedi Ömer.

–Ben bugün erken gideceğim, ama biraz oturabilirim sende.

Geldikleri yoldan geri dönüp bu kez hızla yürümeye başladılar. Yağmur hızlanıyordu, kuru yapraklar ıslanıp kayganlaşmıştı. Fazıla her adımda kayıyor, Ömer'in koluna tutunmak zorunda kalıyor, sonra da hemen bırakıyordu. Yağmur hızlandıkça aralarındaki yabancılık da artıyordu. Ömer homurdanarak sövüyor, bir an önce eve varmak istiyordu. Fazıla hızlı yürüyemediği için Ömer'in huzursuzluğu daha da artıyor, gittikçe sinirleniyordu.

Köşkün kapısına vardıklarında sırılsıklam olmuşlardı, bakımsız bahçeyi koşar adım geçtiler. Ömer, eski tahta kapıyı el büyüklüğünde bir anahtarla açtı. Malta döşeli boş sofadan geçip her adımda gıcırdayan tahta basamaklardan çıktılar.

Köşkün pencerelerindeki kepenkler kapalıydı. Salon da boştu. Bir duvarda, tavandan yere kadar uzanan altın varak çerçeveli kristal bir ayna asılıydı. Yatak odasının açık kapısından içerdeki pirinç karyolayla, duvarların kenarlarına dizilmiş, kapakları açık valizler görülüyordu. Ömer'in valizleri dolap gibi kullandığı anlaşılıyordu.

–Sırılsıklam olduk, dedi Ömer. Ben üstümü değiştireceğim, sen de çıkar üstündekileri. Sana da birşeyler vereyim.

–Benimkiler kalsın, birazdan gideceğim nasıl olsa.

Ömer üstelemeden yatak odasına geçip üstünü değiştirdi. Sonra geri döndü. Fazıla'nın hemen gideceğini söylemesine de sinirlenmişti, yüzü asılmıştı. Fazıla kenardaki eski bir mindere oturmuş sigara içiyordu. Islanan saçları renk değiştirip kahverengileşmişti. Pelerinini yere sermişti. Bluzunun omuzları ıslanıp etine yapışmıştı. Fazıla'nın ıslak bluzundan görülen omuzları birden heyecanlandırdı Ömer'i, kızgınlığını unutup sevişmek istedi, gidip Fazıla'ya sarıldı.

–Gel içeri gidelim.

Fazıla yavaşça itti Ömer'i.

–Şimdi olmaz, benim birazdan gitmem gerek.

Ömer tahtaların üstüne oturdu.

–Hadi git öyleyse.

–Aslında gitmek istemiyorum.

Ömer birden sinirlenip ayağa kalktı.

–Sen aslında bir şey istemiyorsun Fazıla, hiçbir şey istemiyorsun. Sende bir şey eksik... Şey eksik sende... Tamam, coşku eksik sende. Coşmuyorsun. Hiçbir şey coşturmuyor seni. Ölü gibisin. İçin ölmüş senin, yaşamıyorsun. Böyle giderse beni de öldüreceksin.

Ömer'in öfkelenmesi Fazıla'yı hem heyecanlandırmış, hem de korkutmuştu. Ömer'in kendisinden bıkacağından, sıkılacağından korkmuştu. Şimdi gerçekten gitmek istemiyordu, kalkıp Ömer'in yanına geldi. Saçlarını karıştırdı onun. Yanına oturup elini tuttu. Öpüşmeye başladılar. Yağmur hızlanmıştı. Ömer kızgınlığını unutmuş, hırsla öpüyordu Fazıla'yı. Ömer'in yeniden kendisini istediğini görmek yetmişti Fazıla'ya, birden kocasını özlemişti. Ömer'i itip kalktı.

–Ben gidiyorum, geç kaldım.

22

Neşeli bir aydınlık vardı. Henüz boştu kumsal. Kumların denize yakın kesimi, hâlâ geceki dalgaların ıslaklığını taşıyor, kurumak için güneşin kızmasını bekliyordu. Uzun, geniş kumsalda tek tük topluluklar vardı. Mavi, lekesiz gökyüzüyle, hiç dinmeyen dip dalgalarının beyaz köpükleriyle oynaşan deniz, ufuk çizgisinde kesişerek dünyayı mavi bir kıskacın içine alıyordu. Deniz, kumsalda sona eriyor, ama gökyüzü kesintisiz uzayıp gidiyordu.

Yattığı yerden bakınca, Ömer kendini gökyüzünün içine düşmüş gibi hissediyordu. Bir süre sonra, yükselen güneşin de etkisiyle, dalgalı bir hülyaya kapılıp gökyüzüyle denizi birbirine karıştırmaya, hangisinin yukarda, hangisinin aşağıda olduğunu anlamaya başladı. Altındaki kumlar da ısınmaya başlamıştı.

Annesiyle babası biraz ötede yatıyorlar, arada bir mırıltılı seslerle birşeyler konuşup gülüşüyorlardı. Suskun bir mutlulukları vardı. Dinginlikleri ve mutlulukları, kumsalın sessiz sürekliliğine uyuyordu. Ömer yeniden kendi mavi dünyasına döndü. Bir uçuyor, bir iniyor, maviliklerinin içinde kanatlanıp dolaşıyordu. Sıcak içine akıyor, onu bedeninin ağırlığından kurtarıp hafif, uçucu, sevinçli, dalgacı bir hale sokuyordu.

Hiçbir şey düşünmüyordu. Beyni de maviliklerin bir parçası olmuş, mavi bir buhar gibi hafifleyip yükselmişti. Gözlerini kapadı, gökyüzü gözlerinin içinde hapis kaldı, gözlerinin arkasından içine yayıldı.

Gözlerini açınca annesiyle babasının denize doğru yürüdüklerini gördü. El ele tutuşmuşlardı. El ele tutuşmalarında, gülüşmelerinde, denize doğru yürüyüşlerinde gülünç birşeyler vardı. Ana babalara yakıştırılmayan neşeli bir mutluluk onları hem çocuklaştırıyor, hem de biraz gülünçleştiriyordu. Annesinin bacaklarına baktı. Hoş ve biçimliydi. Babasının bacaklarıysa kaslı, hafifçe de çarpıktı. Gençliğinde futbol oynadığını biliyordu babasının. Annesi saçlarını toplayıp bir bonenin içine yerleştirmişti. Bonenin dışına çıkan bir tutam saç ensesine doğru kaymıştı. Babasının saçları çalı gibiydi. Gür ve siyahtı. Arkadan bakılınca yaşlı oldukları görülmüyordu, ama seziliyordu. Yürüyüşlerinde bir ağırlık vardı belki de. Ya da Ömer, onların kim olduğunu bildiğinden, genç olmadıklarını anlıyordu.

Annesi ayağını denize sokunca hafifçe geriledi, babası onu elinden tutup çekti. Denizin içinde, zıplar gibi garip bir biçimde yürüyorlar, suya atlamayı geciktiriyorlar, üzerlerine su sıçramasından sakınıyorlardı.

Deniz uzun süre derinleşmeden uzayıp gidiyordu. Sığ sular üstten bakıldığında durgun gözüküyordu, ancak alttan alta gelen dalgalar, yürüyenlerin bacaklarına çarpıp onları sarsalıyordu. Ömer, annesiyle babasının dalgalana dalgalana yürüdüklerini, dalgaların sarsıntısından kurtulmak için adımlarını iyice yukarı kaldırıp sonra ileri doğru attıklarını görüyordu.

Güneş tepeye yaklaşıyordu, kumlar ısınmış, göğün maviliği beyazlaşmaya başlamıştı. Gözlerini kısarak bakınca, annesiyle babası iki minik nokta gibi görünüyordu. Biçimlerini kaybedip minikleşiyorlardı. İyice açılmışlardı, ama su hâlâ baldırlarına geliyordu. Babası birden sulara dalıp çıktı, annesine su atmaya başladı. Annesi de daldı suya. İkisi suyun içinde oynuyorlar, dipten gelen dalgalarla sallanıyorlardı.

Annesi dengesini kaybedip düştü. Kalktı, yeniden düştü. Düşüşleri bir palyaçonun düşüşlerine benziyordu. Ömer yattığı yerden gülümsüyordu. Babasının da gülümsediğini görmeden biliyordu. Annesi yeniden doğrulmaya çalışırken yine düştü. Babası annesine elini uzattı, uzaktan babasının eli küçük bir topluiğne gibi gözüküyordu. Annesi biraz sudan çıkar gibi oldu, ama yeniden yıkıldı, babası da annesinin elini bırakmadığından o da sulara daldı. Şimdi ikisi birden doğrulmaya çalışıyorlar, biri doğrulurken geride kalan onu yeniden suların içine yıkıyordu. Arada bir başları da suyun içinde kayboluyordu. Sonra başları gözüküyor, gövdeleri sudan çıkıyor, ama kendilerini toparlayamadan suyun içine yıkılıyorlardı.

Ömer yerinde doğrulup oturdu. Babasının eli arada bir sudan çıkıp sallanıyordu. Bir türlü ayağa kalkmamalarından Ömer tedirgin olmaya başlamıştı. Babasının başı göründü suyun üstünde, annesini göremedi, babası elini kaldırdı sonra yeniden suda kayboldu. Baldırlarına gelen suyun içinde boğulmaları olanaksızdı, ama başlarını bir türlü sudan çıkaramıyorlardı. İkisi de kaybolmuştu maviliğin içinde. Ömer, tehlike olduğunu anladığından değil, yalnızca içgüdüsel bir dürtüyle denize doğru koşmaya başladı. Annesiyle babası gözükmüyorlardı. Ömer daha hızlı koşmaya çalışıyor, ama dipten gelen dalgalar bacaklarına vurup hızını kesiyordu. Hızlı koşayım derken bir iki kez dengesini yitirir gibi oldu. Annesiyle babasını iyice gözden yitirmişti. Hem koşuyor hem de bütün gücüyle "imdat!" diye bağırıyordu. Babasıyla annesinin az önce oldukları yere vardığında bulamadı onları. Suyun altına daldı, ama orada da minik balıklarla yengeçlerden başka hiçbir canlı yoktu. Kumsaldakiler de kıyıya toplanmışlardı; bir kısmı koşarak Ömer'e doğru yaklaşmaya başlamıştı.

–Cesetlerini akşamüstü, oldukça uzak bir yerlerde buldular, dedi Ömer. Annemin bonesi hâlâ başındaydı.

Dominquez'in yüzü asılmıştı. Sigarasından kocaman bir soluk çekti.

–Nasıl bir adamdı baban?

–Babam mı? Babam... babam garip bir adamdı. Küçükken beni bahçeye çıkarır, yıldızları gösterirdi. Bak oğlum yıldızlara, nasıl parlıyorlar, derdi; bunlara şaşmayı öğrenmelisin. Her şeye şaşardı zeten. Yıldızlara, güneşe, çiçeklere, ağaçlara, geceye, gündüze. Tek lüksü buydu sanırım. Yalnızca insanlara şaşmazdı. Bir gün yolda yürürken, yaşlı bir kadına bisiklet çarptı, kadın düştü, çevreden koşuştular, doktor falan diye bağırdılar. Babam doktordu, gitti, kadının nabzını tuttu, ölmüş dedi; o kadar. Başka bir şey demeden yürüdü.

–Annen nasıl bir kadındı peki?

Ömer durup düşündü.

–Annem, anneydi işte. Bütün anneler gibi. Güzel ve vazgeçilmez bir şey.

Güvertede yan yana yatmışlardı. Lacivert bir gece vardı. Makinelerin, bütün dünyayı döndürüyormuş gibi hiç durmadan aynı ritmle süregiden sağır, boğuk gürültüsünü dinliyorlardı. Denizin hışırtısı duyuluyordu.

–Bunun için mi denizci oldun? Yani annenle baban denizde boğuldu diye mi?

Ömer yan dönüp başını eline dayadı.

–Bu hiç aklıma gelmedi. Hiçbir zaman onların içinde boğuldukları denizle benim üstünde dolaştığım denizin aynı şey olduğunu düşünmedim. Sen hiç babanı düşünde görür müsün?

–Hayır. Ben babamı pek tanımadım zaten.

–Ben annemle babamı sık sık düşümde görürüm. Hep aynı düşü görürüm. Onları hep aynı biçimde görürüm. O düş de...

Ömer sustu birden. Geminin hiç durmayan makineleri yalnızlığını daha da artırıyordu. Kaptan köşkünden sızan ışık çok uzaklardaydı. Bir iki yıldız vardı, onlar da soluk ve pırıltısızdı. Hiç de şaşırtıcı değillerdi.

Dominquez, bir sigara daha yaktı.

–Küçükken bir kont tanırdım, dedi. Büyük bir şatosu vardı. Şato, sıcak bir kasabanın yamacındaydı, çevresinde bağlar vardı. İlerici, solcu bir konttu. Yakışıklıydı. Sabahları atla dolaşırdı. Bir gün faşist köylüler şatoyu basıp kontu öldürdüler. Sürükleye sürükleye şatonun önüne çıkarıp onu orada yabalarla parçaladılar. Ben, köylülerin kontları parçalamasına karşı değilim. Sonuca bir diyeceğim yok. Ama nedenine karşıyım. Faşist köylülerin, ilerici bir kontu, ilerici diye öldürmesindeki anlamsızlığa karşıyım. Yanlış bir neden, doğru bir sonucu da yanlış bir hale getiriyor. İyi bir konttu o. Denizi sevip sevmediğini bilmiyorum.

Dominquez, birden ayağa kalktı.

–Karımı özledim. Bazan onun yanımda olmasını o kadar istiyorum ki... Ben yatmaya gidiyorum, iyi geceler.

Plastik torbasını lavabonun üstüne koydu Suat. Kendisine bir çanta alamamış, aletlerini plastik torbada taşımak zorunda kalmıştı.

–Tamam, dedi. Musluğunuzu tamir ettim. Bundan sonra tıkanmaz.

Kadın banyonun kapısına dayanmış Suat'a bakıyordu. Kısa boylu bir kadındı. Kısa boylu oluşu Suat'ın çok hoşuna gitmişti. Kadın hemen hemen onunla aynı boydaydı. Dar bir giysi giymiş, beline sıkıca bir kemer bağlamıştı.

–İzin verirseniz ellerimi yıkayabilir miyim?

–Tabii, dedi kadın.

Kibar bir sesi vardı. Bir tamirciye çok yukardan davranmayacak kadar kendinden ve zenginliğinden emindi.

Suat, plastik torbasından sabununu ve diş fırçasını çıkardı. Banyoda sabun vardı, ama Suat özellikle tamire gittiği evlerdeki kadınların dikkatini çekmek için torbasında bir sabunla, bir diş fırçası taşıyordu. Planı da her seferinde başarılı oluyordu. Bütün kadınlar torbasından diş fırçası çıkartan tamirciye şaşkınlıkla bakıyorlardı. Kısa boylu kadının da gözleri diş fırçasına takıldı. Bir şey söylemedi, ama hafifçe gülümsedi. Suat, kadının gülümsediğini aynadan görüyordu.

–Bir kahve içer misiniz?

–Çok sevinirim.

Bu da özellikle seçilmiş bir yanıttı ve hiç alttan almayan, eşit insanların ses tonuyla söyleniyordu. Üstelik biraz yukardan bakan bir ton bile gizliydi bu seste. İnsanları küçümseyen, ama bunu sezdirmemeye çalışan bir şairin kendini beğenmiş rahat sesi. Kolay kolay elde edememişti elbette bu güvenli ses tonunu; evde çok denemişti. Ama bir tamirciden şair sesi çıkınca, karşısındaki kadınları istediği gibi etkileyebiliyordu. İnsanlar, herkesin kendi mesleğine uygun bir ses tonu olduğuna inandıklarından, bir adam başka meslekten birinin sesini çıkarınca şaşırıyorlardı. Hele bir tamirciden şair sesi çıkınca... Suat, tamirciliği de özellikle seçmişti. Zengin ve bakımlı kadınlardan hoşlanıyordu, ama onlarla karşılaşması, konuşması olanaksızdı. Zengin kadınları saklayan evlere ancak bir tamirci olarak girebileceğine karar verince bu mesleği öğrenmişti. Musluk tamir etmek de çok zor bir şey değildi zaten. İşini, hiç konuşmadan, rahatsız edici bir önemsemeyle yapıyor, sonra da bir hokkabaz gibi torbasından diş fırçasını çıkarıp şair sesiyle konuşuyordu. Kadınlar onunla konuşmaktan kendilerini alamıyorlardı. En akıllı kadının bile kaçamayacağı tuzak böyle kuruluyordu. Kadınlar, her zaman yaptıkları gibi meraklarının peşinden sürüklenip Suat'ın istediği tuzağa düşüyorlardı. Suat, kadınların en zayıf noktalarının merak olduğunu daha baştan keşfetmişti.

Kadın, kahveyi verirken,

–Dişlerinize çok meraklısınız herhalde? dedi.

–Niye?

–Torbanızdan bir diş fırçası çıkardığınızı gördüm. Daha önce alet torbasında diş fırçası taşıyan bir tamirciye rastlamamıştım.

Suat, arkasındaki duvara dayanıp kahvesinden bir yudum aldı. Hemen karşılık vermiyordu. Kadın, vereceği yanıtı biraz beklemeliydi. Bu yanıt ne kadar sıradan olursa olsun, biraz bekletmeliydi onu. Böylece, karşısında konuşmak için can atan bir tamirci olmadığını anlardı kadın.

–Evet, dişlerimin her zaman parlak olmasından hoşlanırım.

–Yaa.

–Evet. Temizlik önemli bir şeydir bence. İnsan kendisine iyi bakmalı, özen göstermeli. Bu, insanın kendisine saygı duyduğunu gösterir.

Yukarıdan ve öğretici bir ses tonu. Etkileyici bir tavır. Kadın ilgiyle dinliyordu Suat'ı.

–Hiç tamirciye benzemiyorsunuz.

–Niye? Musluğunuzu iyi tamir etmedim mi?

–Hayır, öyle demek istemedim.

Suat, idareyi ele geçirmiş, kadını iyice şaşırtmıştı.

–Ne demek istediniz peki'

–Yani konuşmanız falan...

–Tamirciler konuşmaz mı?

Kadın ilk darbeyi atlatmış, yavaş yavaş kendini toplamaya başlamıştı.

–Konuşur, niye konuşmasın? Ama sizin gibi konuşmazlar genellikle. Siz öğrenci falan mısınız? Yani tamirciliğin yanısıra öğrencilik mi yapıyorsunuz?

Suat, büyük adam sesiyle,

–Teşekkür ederim, ama okula gitmeyecek kadar yaşlıyım artık, dedi.

–Kaç yaşındasınız?

Suat gözünü kırpmadan yalan söyledi:

–Yirmi sekiz.

–Hiç göstermiyorsunuz. Ben yirmi iki falan sanmıştım.

Suat kızardığını hissetti. Kadın yaşını tam tutturmuştu. Kızardığı için daha da sinirlendi.

–Çok naziksiniz. Ama öğrenci değilim, ben şairim.

–Yaa, çok ilginç. Şiirleriniz yayımlandı mı?

Bir yalan daha:

–Sanat dergilerinde yayımlanıyor, ama siz herhalde öyle dergileri pek okumuyorsunuz.

–Doğrusu pek okuyamıyorum. Vakit olmuyor. Okumak istiyorum, ama olmuyor işte.

–Okumalısınız. Okumak insanın dünyasını genişletir. Üstelik zevklidir de.

–Tabii, haklısınız. Neyse ben sizi çok tutmayım. Borcum ne kadar?

Suat evden çıkınca, "Orospu!" diye söylendi. Bunların

hepsi böyleydi. Konuşuyorlar konuşuyorlar, sonra da "Borcum ne kadar?" deyip sepetliyorlardı. Ünlü olsam böyle davranmazlardı. "Orospular! Size göstereceğim!" O kadar uğraşıyor, sesini ayarlıyor, konuşuyor, sonunda hiçbir şey olmadan sepetleniyordu.

23

Necip köşeyi döndü, aynı anda da yavaşladı. Niye birden yavaşladığını kendisi de anlayamadı önce, tehlikeyi sezmiş, ama henüz görememişti. Çevreye dikkatle baktı. Sokak boştu. İlerdeki karaltıyı fark etti, adam apartman kapısının karanlığına sinmişti. Gittikçe daha yavaşlayarak yürüyor, bir yandan da sokağı gözleriyle tarıyordu. Karşı kaldırımda, duvarın dibinde biri daha vardı. Biraz ötedeki kamyona dayanmış birinin omzu gözüküyordu. Bir an geri dönüp kaçmayı geçirdi aklından, sonra bu adamların kendisiyle ilgisi olmadığını, durduk yerde hayaller kurup korktuğunu düşündü. Kendi gözünde alay edilecek duruma düşmekten korktuğundan yürümesini sürdürdü. Her olasılığa karşı, biraz ilerde duran arabaya doğru ilerliyordu, bir şey olursa arabanın altına atacaktı kendini. Elini cebine sokup tabancasının emniyetini açtı, kabzasını sıkı sıkıya tuttu. Hem bir şey olmasından korkuyor, hem de birşeyler olmasını istiyordu, böyle bir serüveni çoktandır özlüyordu.

Arabaya iki adım kala, kamyonun yanında duran, birden dönüp ateş etmeye başladı. Necip'in sol omzuna kızgın bir şey yapışmış gibi oldu, kendini arabanın yanına attı. Yere düşerken tabancasını da çıkarmıştı. Şimdi üçü birden ateş ediyordu. Altına yattığı araba, Necip'i karşı duvarın dibindeki adamla kamyonun yanında durandan koruyordu, ama apartmanın kapısına saklanan adama karşı bacakları açıktaydı.

Apartmanın önündeki, diz çökmüş, birbiri ardınca ateş ediyordu. Necip, omzunda hissettiği yanmaları bacaklarında da hissediyordu. Arabanın altına doğru iyice sokuldu. Kamyonun yanındaki adamın arabaya doğru koşarak geldiğini fark etti. Adamı göremiyordu, ama kendisine yaklaşan adamları görüyordu. Arabanın altından sürünüp arkasından çıktı. Çıktığı anda, koşarak gelen adam da elinde tabancasıyla başucunda belirdi. Necip hiç duraksamadan ateş etti, adam kurşunu tam alnına yedi. Adam üstüne devrilirken Necip böğründe korkunç bir acı duydu, içinin parçalandığını hissetti. Apartmana doğru döndü. Öleceğini biliyordu. Şimdi bütün istediği, öbür adamları da kendisiyle birlikte öldürmekti. Kurşunlara aldırmadan dirseklerinin üstünde doğruldu, dikkatle nişan aldı, tetiğe bastı. Apartmanın önündeki adamın doğrulmaya çalıştığını, sonra duvara çarpıp yere yıkıldığını gördü. Tam kendisinden geçerken, üçüncü adamı hatırladı. O adamın kendisini vurabileceğini düşünmüyordu bile, o adamı öldürmek istiyordu yalnızca. Arabaya tutunarak doğruldu. Adamın köşeyi dönerek kaçtığını gördü. Tabanca elinden kayıp yere düştü. İki eliyle arabaya dayandı. İkisini öldürmüştü, ama birini elinden kaçırmıştı. Gözleri kararıyordu. Arabadan aşağıya doğru kaymaya başladı. Aşağıya doğru kaydıkça, arabanın üstünde kırmızı izler bırakıyordu.

Önce duvarların kirli beyazını fark etti kendine gelince. Tam karşıda, duvarın üstünde siyah bir leke vardı, gözleri lekeye takıldı. Kafasının içinde dumanlar dolaşıyordu, başı dönüyordu. Yana doğru dönmek istedi, her yanında acılar hissetti, dayanamayıp inledi.

–Kendine geliyor, dedi biri.

Bedenini kımıldatmadan, yavaşça başını yana çevirdi. Yatağın yanında oturan iki kişi, öne doğru eğilmiş, kendisine bakıyorlardı. Tanımıyordu onları: Bir yaşlı adamla, bir yaşlı kadın. Çizgileri derindi. Kadının neredeyse saydamlaşmış bir beyazlığı vardı. Dumanların arasından bu beyazlık kendisine doğru geliyordu.

Kadın birden eğilip Necip'in ellerini öpmeye başladı.

–Ellerine sağlık yavrum, diyordu kadın. Ellerine sağlık. Evlâdımın katilini öldürdün. O da benim yavrumu öldürmüştü. Öldürdün canavarı, öldürdün katili. Sen de benim bir yavrumsun artık. Ellerine sağlık.

Kadın hem ağlıyor hem de bağırıyordu. Yaşlı adam da Necip'in kolunu tutmuştu, ama onun sesi çıkmıyordu. Kadın, Necip'in ellerini tutup tutup öpüyordu. Necip, ellerinin üstündeki ıslaklığı hissediyordu. Ne olduğunu anlayamıyordu, niye ağlıyordu bu kadın?

– Çıkın buradan, dedi biri.

Ses, yatağın ayakucundan geliyordu. Necip oraya baktı. Beyaz gömlekli, gözlüklü, iriyarı, genç bir adamdı. Doktordu herhalde.

– Hemen çıkın buradan! dedi doktor. Kim aldı bunları buraya?

Bir hemşire koşarak odaya girdi, doktorun kulağına birşeyler söyledi.

– Hemen atın bunları buradan! diye bağırdı doktor. Bir daha da görmek istemiyorum bu insanları bu çocuğun odasında; anlaşıldı mı? Bu çocuğun odasına girmeyecekler! Bu hastaneye girmeyecekler. Bir hastaneye gideceklerse tımarhaneye gitsinler. Delirmiş bu insanlar!

Necip yeniden kendinden geçti, ne olduğunu anlayamamıştı.

24

Geceyi aydınlatarak ağır ağır yağan karı seyreden Fazıla, havanın bu kadar soğuk olmasına şaşıyordu. Kar yeryüzünü ısıtmalıymış gibi geliyordu ona, ama ısıtmıyor, aksine soğutuyordu işte.

Her yeri kaplamış karın beyazlığından, masalımsı, saydam bir aydınlık yayılıyor, damları karla kabarmış küçük gecekondular, bu saydam aydınlığın içinde yeryüzünden kopup yükseliyorlardı.

Gökyüzü kaybolmuş, onun yerini içinden kar tanelerinin döküldüğü ışıklı bir beyazlık almıştı. Hiç dinlenmeden yumuşacık yağan kar, yavaş yavaş yeryüzünü de ortadan siliyordu.

Fazıla, güzelliğin her insanda yarattığı o dayanılmaz paylaşma ihtiyacıyla, birilerine "gel bak, kar yağıyor," demek, gördüğü güzelliğin gerçek olduğuna, bir başkasının da bunu paylaştığını görerek, inanmak istiyordu. Başını cama dayadı. Mutluluğunun paylaşılması için duyduğu istek gittikçe büyüyordu. Eğer bir başkasıyla paylaşamazsa, bu güzelliği, yeterince tadını çıkarmadan elinden kaçıracağından, yitireceğinden korkuyordu.

Paylaşamadığı için, duyduğu heyecanlı sevinç, şimdi hüzünlü bir yalnızlığa dönüşüyor, daha önce pek de fark etmediği yalnızlığını daha derinden hissediyordu.

Başını kaldırıp usul usul yağan kara baktı. Küçük bir kar tanesi yakaladı gözleriyle. Kendisi de bir kar tanesi oldu bir anda. Boşlukta süzülmenin, salınmanın hazzını duyarak onunla birlikte yere indi. Sonra bir başka tane yakaladı bakışları, içi hafifçe ürpererek, o taneyle de ağır ağır yere indi.

Bakışları yükseliyor, yükseliyor, ta yukarlarda bir tane

yakalıyor, onunla birlikte yere doğru süzülmeye koyuluyordu. Fazıla şimdi, mutlu bir salıntıyla yeryüzüne yağıyordu. Bir kar tanesi haline gelivermek, ona bütün korkularını, huzursuzluklarını, yalnızlıklarını unutturmuştu. Fazıla pencereden uçup gitmişti. Karlara bakarken, uykuyla uyanıklık arası bir dalgalanmaya düşmüş, düşünceleri uçup gitmiş, geride yalnızca boşlukta süzülmenin ürpertisi kalmıştı.

Bazan gözleri, bir yerine iki kar tanesi yakalıyor, o zaman da Fazıla iki kar tanesi birden oluyordu. Tanelerden birinin öbüründen önce düşmesi onu üzüyor, kendini öbür parçasına ihanet etmiş gibi hissedip hüzünleniyordu. Eğer yakaladığı iki tane de aynı anda yere inerse o zaman da sevinip karnı doyan bir bebeğin bilinçsiz, dünyadan kopuk mutluluğuyla gülümsüyordu.

Ağır ağır yağan kar tanelerinin arasında, nasılsa minik bir hava burgacına yakalanmış bir tane gördü; döne döne, taklalar atarak iniyordu. O kar tanesi oldu hemen, savrula savrula, hızla yere doğru inmeye başladı. Duyduğu hazdan içi boşalıyor, hafifçe başı dönüyordu. Döne döne indi, yere çarparak karlara karıştı. Birden üşüdü, yağan kar taneleri ne kadar sıcaksa, yerdekiler de o kadar soğuktu.

Kapı birden vurulunca, Fazıla yerinden sıçrayarak döndü, içinde karın soğukluğunu taşıyarak kapıyı açtı. Bülent kapıda duruyordu, yanında iki kişi daha vardı, saçları, bıyıkları, paltoları kardan bembeyaz olmuştu. İçeri girip ayaklarını yere vura vura zıplayarak üstlerindeki karları silkelediler. Bülent tedirgin tedirgin çevresine bakındı. Saçları ve bıyıkları kesilmişti, kabukları soyulmuş bir yumurtaya benziyordu. Yüz çizgilerinin düzgünlüğüyle sıfır numara kesilmiş saçları birbirine uymuyor, Bülent'e toplumdışı bir adam havası veriyordu.

Bülent'i getiren iki kişi hemen gittiler. Bülent'le Fazıla yalnız kaldılar. Fazıla hemen perdeleri kapattı, kısık gaz lâmbasının fitilini ayarlayıp odanın karanlığını biraz azalttı. Ateşi çoktan geçmiş küçük odun sobasının içine tahta parçaları atarak ateşi canlandırdı. Bütün bunları yaparken nedense bir türlü Bülent'e bakamıyordu, Bülent'te uzak, yabancı bir şey vardı.

–Eşyaların yok mu? dedi Fazıla.

–Çıkarken arkadaşlara bıraktım.

Yüzünün çizgileri keskinleşmiş, sesi sertleşip acılaşmıştı. Gözleri dargın dargın bakıyordu. Bülent hâlâ oturmamıştı; ellerini ceplerine sokmuş, bir şeyden sakınır gibi farkına varmadan omuzlarını kaldırmış, odanın içini inceliyordu. Israrla Fazıla'ya bakmıyordu, pencerenin yanına gidip perdeyi aralayarak dışarı baktı, sonra hemen kapattı perdeyi.

Kuru tahtalardan biri birden çatırdayarak alev alınca, Bülent irkilerek döndü. Sonra gelip sobanın yanına oturdu, başını önüne eğdi. Fazıla şimdi rahatça inceliyordu Bülent'i. Kesik saçlarıyla küçük bir çocuğa benziyordu. Fazıla bütün erkekleri çocuğa benzetirdi zaten, ama Bülent'in halinde öbürlerinden daha çok şefkat uyandıran bir küskünlük vardı. Bülent başını kaldırmadan,

–İşler nasıl burada? dedi.

Parti işlerinden söz edilince Fazıla her zaman olduğu gibi, Tanrıyı görmüş bir mümin gibi, başka her şeyi unuttu, kendisiyle ilgili her türlü duygu ve düşünce kayboldu, sert ve kesin bir sesle anlatmaya başladı:

–Örgütlenme çalışmaları pek iyi gitmiyor. Atölyelerde işçiler çok dağınık. Bütün atölyelerin patronları kendi aralarında anlaşmışlar, sendikaya gireni işten atıyorlar, kimse de iş vermiyor. Bir de, iki yıl önce bir grev yapmışlar, çok sert bastırılmış, işçilerde hâlâ onun yılgınlığı var. Burada ilginç olan, kadın işçiler. Erkekler yılgın, ama atölyelerdeki kadınlar çok atak, çok daha kızgın, üstelik örgütlenmeye daha yatkınlar. Onun için ben ağırlığın kadın işçilere verilmesinden yanayım. Eğer kadın işçileri örgütleyebilirsek, onlar erkeklerini bizden daha rahat etkileyip bilinçlendirebilirler.

Fazıla konuştukça, biraz önce karların içinde dağınık kar taneleriyle birlikte uçuşan, kendini kimsesiz ve yalnız hisseden kadın eriyip yok oluyor, bir amaç için savaşan, kendisini sağlam bir bütünün parçası olarak gören, güçlü, güvenli bir kadın alıyordu yerini. Konuşurken kendini güvende hissediyordu. Düşüncelerine olan inancı onu yalnızlıktan, kimsesizlikten koruyordu. Biraz önceki kadından geriye, ta derinlere saklanmış, mırıltı halindeki bir vicdan azabıyla, kara baktığı zaman sevinen ve kendini çaresiz hisseden kadına duyduğu küçümseme kalmıştı. Biraz önce hissettiklerini sanki Bülent fark edecekmiş gibi tuhaf bir korkuya kapılıyor, bu korkuyu bastırmak için her zamankinden biraz daha hızlı konuşuyordu.

Sobanın alevi yeniden sönmüş, oda soğumaya başlamıştı. Fazıla yüklükten bir şilte çıkarıp yere serdi, üstüne de ince bir battaniye örttü. Bülent'in rahatça soyunabilmesi için lâmbayı söndürüp pencerenin yanına gitti. Perdenin aralığından dışarı bakmaya başladı: Kar hâlâ yağıyordu.

Sessizliğin içinde, Bülent'in soyunduğunu duyuyordu. Kumaş hışırtıları, çıkan her parçayı haber veriyor, Fazıla sesleri izleyerek sanki Bülent'in soyunmasını seyrediyordu. Bu hışırtılar, küçük bir odada bir erkekle yalnız olduğunu anımsatıyordu ona. Böyle bir şeyi aklından geçirmemesi gerektiğini düşünüyor, Bülent'in bir erkek olduğunu unutmaya çalışıyordu, ama hışırtılar sessizliğin içinde fırtına uğultusu gibi duyuluyor, Fazıla'nın içini karmakarışık ediyordu. Hem bu sesleri duymamaya çalışıyor, hem de en küçük bir hışırtıyı bile kaçırmamak için dikkat kesiliyordu. Her hışırtı bedenine değiyor, bedeninin her parçasının canlanmasına yol açıyordu. Bülent'in soyunup yer yatağına girdiğini duydu. Oysa yer yatağını kendisi için yapmıştı. Geçen sefer de böyle bir odada birlikte yakalandıklarını anımsadı.

Sokağın başındaki bozuk sokak lâmbası birden yanıverdi, karlar beyaz bir alev gibi parladı. Işığın içinden kar taneleri geçiyordu. Işık, kar tanelerinin pırıltısını artırıyordu. Fazıla dayanamadı, gözleriyle bir kar tanesi yakaladı, önce havaya yükseldi sonra ağır ağır yere doğru düşmeye başladı. İçi hafifledi, bir an Bülent'i unuttu. Bir kar tanesi daha tuttu gözleriyle, ışığın içinden yere doğru süzülürken rahatlıyor, biraz ötede yatan erkeğin varlığını fazlasıyla hisseden bedeni ateşinden kurtulup hafifliyordu.

Dayanamayıp Bülent'e, "Gel bak, kar yağıyor," demek için döndü, ama son anda tuttu kendini; böyle bir şey söyleyemeyeceğini, Bülent'in bu durumda kendisiyle kar sevincini paylaşamayacağını anladı. Bunu bir saçmalık, çocukluk olarak değerlendirebilir, Fazıla'ya olan güveni sarsılabilirdi. Buraya önemli işlerle uğraşmak için gelmişlerdi, kar tanelerini yakalamak için değil.

Sokak lâmbası, yandığı gibi yine birden sönüverdi. Karanlık odanın içinde, ayaklarıyla yerleri yoklaya yoklaya yatağın yanına gitti. Hırkasını, pazen giysisini çıkardı. Oda buz gibiydi. Yatağa girdi, ama yatak odadan da soğuktu, çarşaf değdiği yeri yakıyordu, dizlerini karnına çekip büzüldü.

Gözlerini kapattı. Karın beyaz aydınlığı gözlerinin içindeydi, kar tanelerinin uçuşarak yağdığını görüyordu. Ayaklarını sürekli birbirine sürtüyordu. İçinde, kıpırtısız durmasına izin vermeyen bir huzursuzluk vardı, kurgusu bitmeden durdurulmuş oyuncak bir bebek gibi sürekli hareket etmek, gerilmiş zembereği boşaltmak istiyordu. Bülent'in biraz ötede yattığını, huzursuzluğun kaynağının o olduğunu biliyordu. Ayaklarını birbirine sürterken çarşaf hışırdıyordu. Ayaklarını birbirine sürtmekten vazgeçtiği anda, huzursuzluk bütün etine yayılıyor, içi sıkışıyor, boğulacak gibi oluyordu. Yeniden ayaklarını birbirine sürtmeye başlıyordu. Göğüslerinin altı, karnı, bacakları terlemişti.

Gözlerini açtı, hiçbir şey gözükmüyordu. Yüreği hızlı hızlı çarpıyor, soluduğu hava ciğerlerine yetmediği için, derin derin içini çekiyordu. Ayakları ise neredeyse kendisinden bağımsız olarak hareket ediyor, hiç durmadan birbirlerine sürtünüyorlardı. Bülent'in biraz ötede çıplak yattığını biliyor, onu yanına çağırmak istiyordu, ama bu istek, içindeki birçok yasak barikatının arasından geçemiyor, bilincine ulaşabilmek için biçim değiştirmek zorunda kalıyordu. Fazıla, Bülent'in zayıf ve bakımsız olduğunu, yer yatağında ince bir battaniye ile üşüyeceğini düşünüyor, onu yanına çağırmak istemesinin tek nedeninin Bülent'i soğuktan korumak olduğuna kendini inandırıyordu. İşin garibi, kendi kendini kandırdığının da farkındaydı, ama gene de bu kandırmacadan vazgeçemiyordu. İsteklerini açıkça kendine itiraf etmek, bütün bir yaşam anlayışını değiştirmek olacaktı, oysa o yaşam biçimini ve anlayışını değiştirmek değil, yalnızca o anda isteklerini gerçekleştirmek istiyordu.

–Sen o battaniyenin altında üşüyorsundur, dedi Fazıla. İstersen buraya gel.

Bülent, isteksizlikten çok isteği gösteren, gereğinden daha sert ve kesin bir sesle,

–Üşümüyorum, dedi.

Bülent'in çağrıyı reddetmesinden utanan Fazıla, bir erkeği yatağına çağıran ve reddedilen bir kadın durumundan kurtulmak için, sanki bir kadın erkek ilişkisi söz konusu değilmiş, aralarında böyle bir şey olamazmış gibi, çağrının yalnızca militanca bir dayanışmadan kaynaklandığını göstermek için soğuk bir sesle üsteledi:

–Buraya gel, yatağın iki ucunda yatarız. Üstelik iki battaniyeyi de üstümüze örtebiliriz, ben de üşüyorum.

Bu çağrıyı bir kez daha reddetmek, Bülent'in Fazıla'yı bir militan olarak değil de bir kadın gibi gördüğünü ortaya koyacağı için, Bülent daha fazla direnemeyerek elinde battaniyesiyle gelip yatağın bir ucuna yattı. Battaniyeyi de yatağın üstüne serdiler. İkisi de aynı isteği paylaşıyorlardı aslında, ama hem birbirlerinden hem de kendilerinden korktukları için, işi uzatıyorlar, kaçınılmaz sona ulaştıklarında kendilerini suçlu bulmamak için bahanelerini hazırlıyorlardı.

İkisi de yatağın iki ucunda hiç kımıldamadan yatıyorlardı. Yatağın ortası eskilikten çukurlaştığından, ortaya devrilmemek için kendilerini sürekli denetliyorlardı. Fazıla'nın huzursuzluğu sürüyor, ayaklarını birbirine sürtmek istiyor, ama kıpırdayamıyordu. İçindeki sıkışmaya daha fazla dayanamadı, ayaklarını birbirine sürtmeye başladı. İkisi de sık sık derin soluk alıyorlar, kıpırdamamak için büyük bir güç harcıyorlardı.

Fazıla, yatağın öbür ucunda yatan erkeğin bedeninden çıkan sıcaklığı hissediyor, elleri bu sıcaklığa dokunmak istiyordu. O anda, gerçekten tek isteği o etin sıcaklığına dokunmaktı, o sıcaklığa dokunduğu anda ferahlayacağını, rahatça uyuyabileceğini sanıyordu. Yatağın ortasına doğru yavaşça kaydı. Bu kadarcık bir hareket bile çıldırmasına yetmiş, yalnızca dokunmakla yetinmeyeceğini anlamış, artık kendisinden saklayamadığı isteğinin açıkça belirmesi, bu isteğin daha da artmasına yol açmıştı. İstek bir kez açıkça belirince, onu saklamak için konulan yasaklar da yok olmuş, istek hiçbir engele rastlamadan ortaya çıkıp alabildiğine serpilmeye başlamıştı. Bu andan sonra hiçbir güç onu durduramazdı, Fazıla durabileceği noktayı geçmişti artık. Etin duyduğu istek, bilinci denetimine almış, oradaki bütün yasakları, sınırları yok etmişti.

Elini Bülent'e doğru yavaşça kaydırdı. Eli terlemiş, çarşafların üstünde zorlukla kaymıştı. Derin bir soluk aldıktan sonra elini biraz daha uzattı. Ayaklarındaki huzursuzluk şimdi eline geçmişti, elini durduramıyordu. Elini biraz daha uzatınca Bülent'in bacağına değdi. Bacak taş gibi, hareketsiz duruyordu. Bir an öyle hiç kıpırdamadan durdular. Sonra bacak kıpırdadı, Fazıla bacağı tuttu.

–O gece bana evlenme önerisinde bulundu, ben de kabul ettim. O anda her şeyi kabul ederdim herhalde. Eğer Bülent, evlenmeden bir kadınla birlikte olabilecek bir erkek olsaydı, evlenmezdik. Ama Bülent'in kendine koyduğu yasaklar, benimkilerden daha güçlüydü; o yasakların pek dışına çıkamazdı. Onun için isteklerini, yasaklarını çiğnemeyecek bir biçime soktu.

Ömer, Fazıla'nın yüzüne baktı. O Bülent'le sevişirken kendisi ne yapıyordu acaba? Fazıla'nın ilk kez seviştiği gece, bundan habersiz bir gemi kamarasında yatıyordu herhalde, belki de bir barda bir kadınla gülerek konuşuyordu. Fazıla'nın bir başka erkeği böylesine istemiş olması, o erkekle sevişmesi Ömer'i üzüyordu, ama onu daha da üzen, Fazıla sevişirken kendisinin bundan habersiz dünyanın bir yerlerinde başka şeylerle uğraşmasıydı. Kendini aldatılmış gibi hissediyordu şimdi. İnsanın bir yerde kendini mutlu hissederken, başka yerlerde onu mutsuz edecek birşeylerin gerçekleşebileceğini böyle açıkça görmek Ömer'i ürkütmüştü. Bundan sonra duyacağı bütün mutluluk anlarında kuşkuya kapılıp tedirgin olacağını, mutluluğunu yaşayamayacağını düşünüp gelecek mutlulukları adına korkmuştu. Geçmişteki bir olay şimdi bütün geleceğini tehdit eden bir kuşkuya dönüşmüştü.

Fazıla bir başka erkeği istemişti. Ömer bu gerçeği değiştiremezdi. Yaşanmış gerçekler karşısında hiçbir söz hakkı, hiçbir gücü yoktu; bunu açıkça görmek çıldırtıyordu Ömer'i. Fazıla'nın başka biriyle seviştiğini gözleriyle görmek, bunu daha sonra öğrenmekten daha az acıtırdı canını. Hiç olmazsa ne olup bittiğini bilir, yapılan işin acı çeken bir parçası olurdu. Şimdiyse, tümüyle olayın dışında kalmış, her şey ondan habersiz yaşanmış, acı çekmesine bile izin verilmemişti.

–Kaç yıl oldu evleneli?

–On yıl bitti.

25

Kız yurdunun büyük camlı kapısı şangırtılarla kırıldı. Tek ampulle aydınlanan loş koridorlar bir anda çığlıklarla, koşuşmalarla, sövgülerle doldu. İçeri girenler, yatakhanelerden kızları sürükleyerek çıkarıyor, yumruklaya yumruklaya koridorlara diziyorlardı.

Kalın pazen gecelikleri içinde, saçalrı dağınık, gözleri uykudan şişmiş kızlar, koridorları doldurmuştu. Çoğunun ayaklarında yün çoraplar vardı. Yurdun kaloriferleri yanmadığından çoğunluğu çoraplarla yatıyordu.

Kızlardan biri yere yıkılmıştı. Midesine bir yumruk yemiş, bir türlü doğrulamıyordu. Yanındaki arkadaşı kızın kalkmasına yardım etmeye çalışırken, yurdu basan bıyıklı adamlardan biri, yardım eden kızın tam dizine bir tekme attı. Kız da vahşi bir çığlıkla koridorun soğuk taşlarına yıkıldı.

Üst kattan çığlıklar duyuluyor, kızların çoğu merdivenden paldır küldür indirilip koridora diziliyordu. Çığlıklara erkeklerin sövgüleri karışıyordu:

–Allah düşmanı, millet düşmanı kancıklar!

–Kızıl orospular!

–Devrim encikleri!

Loş, soğuk koridorda, kızlar birbirlerine sokularak kümelenmişlerdi. Yurdu basan erkekler de karşılarına dizilmişlerdi, ellerinde kalın zincirler vardı. Erkeklerden biri, kızlara yaklaştı, birinin suratına birden bir kafa attı. Kız, bir kemik çatırtısıyla yıkıldı yere. Burnundan akan kan koridorun taşlarına sızıyordu. Kızlar dalgalandılar, bir pazen hışırtısı yayıldı. Arkalardan nefret dolu ince bir kız sesi duyuldu:

–Faşist köpekler!

Kız, sözünü bitiremeden başına üşüşüverdi erkekler. Yere yıkıp tekmelerle dövüyorlardı. Kız, futbol topu gibi koridorun bir ucundan bir ucuna tekmelenerek sürükleniyordu. Baskıncılardan bazıları yerdeki kıza zincirlerle vuruyordu. Kızın geceliği kan içinde kalmıştı. Loş ışıkta kanlar pas lekesi gibi gözüküyordu. Kız hiç kıpırdamıyordu. Bir an bütün sesler kesildi.

Fazıla, sırtını duvara dayamış bakıyordu. Erkeklerden biri yaklaştı. Fazıla'nın yanında duran kızın geceliğini tutup yırtarak aşağı çekti. Kızın yırtılan geceliğinden göğüsleri çıkmıştı. Kız elleriyle göğüslerini kapatmaya çalışırken erkek, kızı öne doğru çekti.

–Orospu, bu memeleri kime emdiriyorsun! O komünist sevgilileriniz emiyor bunları değil mi?

Kızın bir kolunu tutup arkaya büktü. Kız bağırmaya başlamıştı. Kemiğin çatırdayarak kırıldığını duydular. Kızın sesi kesilmişti. Kırılan kol aşağıya sarkmış, kızın göğüsleri ortaya çıkmıştı. Fazıla incecik madeni ışığın parıldadığını gördü. Erkeğin elindeki jilet hızla inip kolu kırılan kızın memelerini baştan aşağı yardı. Jiletin yardığı yer önce pembeleşti, sonra hafifçe kabarıp kırmızılaştı, sonra da kanlar boşalmaya başladı. Erkekler kızların arasına dalmışlar, geceliklerini parçalıyorlar, direnmeye kalkan kızların dizlerine postallarının burnuyla vurup çökertiyorlardı. Erkeklerin hepsinin elinde birer jilet vardı. Zincirlerini bellerine sarmışlar, jiletlerini çıkarmışlardı. Çığlıklar taş koridorun içinde çınlayıp duruyordu. Jiletler minik madeni ışıklar gibi şöyle bir parlıyor, kızlardan biri göğüslerinden kan fışkırarak yere yıkılıyordu. Koridor kan içinde kalmıştı. Fazıla, duvarın dibine çökmüş, elleriyle göğüslerini kapatmıştı.

Erkeklerin en iriyarısı, kızlardan birini ortaya çekti. Kafasına bir yumruk attı. Kız sersemleyerek duvara yaslandı. Adam kızın geceliğini bir çekişte boydan boya yırttı. Gecelik yere düştü. Kızın göğsünün ucunu tuttu. Jileti yukardan aşağı indirdi. Korkunç bir ses çıktı kızdan, bir insan sesine benzemiyordu.

–Şimdi emsinler bakalım memeni! Kızıl orospu seni!

Yerler vıcık vıcık kan olmuştu. Kızların çoğu kanların içinde hareketsiz yatıyordu. Çığlıklar kesilmiş, iniltiler başlamıştı. Her yerden iniltiler geliyordu.

Parçalanmış gecelikler kanlar içindeydi. Loş ışıkta kızların yüzleri bembeyaz, göğüsleri pas rengindeydi. Ayaklarındaki çorapların tabanları kararmıştı. Saçları dağılmıştı.

Adamların boyları daha da büyümüş gibiydi. Ayaklarında botlar vardı. Kızların arasında rahat rahat dolaşıyorlar, birdenbire zincirlerini hınçla sallayıp yerde yatan kızlardan birine indiriyorlardı. Zincirlenen kız şöyle irkilip "ıh," diyor sonra gene taşların üzerine yayılıyordu. Bağıracak halleri bile kalmamıştı.

Erkeklerden biri,

–Bu size ders olsun, dedi. Vatana ihanet edenlerin cezası budur. Bir daha komünistlik ederseniz gene geliriz, memelerinizi değil başka yerlerinizi de parçalarız.

Zincirlerini sürükleyerek gittiler. Aralarından biri geri döndü, merdivenin başında yatan bir kıza son kez bir tekme daha indirdi, sonra koşarak arkadaşlarına katıldı.

26

Altın ışıklı kadınla, gümüş ışıklı erkek öpüşüyorlar. Saçları birbirine karışıyor. Rengârenk kıvılcımlar yayılıyor her yana.

27

Oda darmadağınıktı, çoraplar, pijamalar, kirli gömlekler yerlere atılmıştı, kapsız yorgan yatağın bir ucuna yığılmıştı, kül tablalarının içi sigara izmaritleriyle doluydu. Necip, odanın dağınıklığından sıkılıp balkona çıktı, güneşte şöyle bir gerindi. Başını çevirince yan balkonda duran uzun sarı saçlı, yanakları allıklı kızı gördü. Kız güzeldi. Necip, makyaj yapan kızlardan hoşlanmaz, bunların küçük burjuva olduğunu düşünürdü. Bugüne dek böyle bir kızla arkadaşlık etmemişti. Kızın varlığından huzursuz olup içeri girdi. Dışardaki aydınlıktan sonra oda, olduğundan da karanlık görülüyordu.

Gidip yatağın üstüne uzandı. Kapı çalındı o sırada. Kapıyı açınca deminki sarışın kızın karşısında durduğunu gördü.

–Affedersiniz, dedi kız, sizde çay var mı acaba? Bizde kalmamış, annemler evde yok, ben de anahtarı kaybettim, dışarı çıkamıyorum.

Necip, kızın açıklamalarını dinlememişti bile, kızı birden karşısında görmek şaşırtmıştı onu. Yalnızca çay istediğini anlamıştı. Çok önemli bir şey söyler gibi kaşlarını çatıp,

–Çay var, dedi.

–Biraz verebilir misiniz acaba?

Necip bir elini cebine soktu.

–Olur.

Mutfağa gitti, kız da peşinden yürüdü. Necip, kızın yanında evin dağınıklığından utandı.

–Siz öğrenci misiniz? dedi kız. Sizi üniversitenin orada görüyorum bazan. Ben oradaki bir bankada çalışıyorum da.

–Öğrenciyim.

–Hangi fakülteye gidiyorsunuz?

–Hukuk.

Necip, kızın bir an önce gitmesini istiyordu, böyle bir kızla konuşmaya alışık olmadığı için ne söyleyeceğini şaşırıyor, kendi gözünde de aptal bir adam durumuna düşüyordu; bu da canını sıkıyordu.

Kız ısrarlıydı, Necip'in suskunluğuna aldırmadan konuşmasını sürdürüyordu.

–Bazan mahalleye dönerken size rastlıyorum, ama tanışmadığımız için seslenemiyorum. Benim adım Zerrin.

Necip, bu açık çağrıyı da anlamadı.

–İyi, dedi.

–Sizin ders saatleriniz de uyarsa bazan birlikte dönebiliriz mahalleye.

–İyi.

Kız içini çekti.

–Ben beşte işten çıkıyorum, isterseniz yarın gelin bankaya, birlikte çıkarız.

Necip, gene kaşlarını çattı,

–Olur, dedi.

Kız birden rahatladı,

–İyi, yarın görüşürüz, deyip gitti.

Necip kapıyı kapatıp mutfağa dönünce Zerrin'in çayı almadan gittiğini gördü. Dağınık yatak odasını gidip aynanın karşısında saçlarını düzeltti. Yatağa uzanıp ellerini başının altına koydu.

Koyu griye boyanmış tavan, ağır hareketlerle bir sağa bir sola yatıyordu. Birbuçuk aydan beri denizdeydiler. Bu sallantı yaşamın ayrılmaz bir parçası olmuştu. Ömer, vardiyadan yeni çıkmış, bir duş alıp yatmıştı.

Bedeninin sabun koktuğunu duyuyordu. Bu temizlik kokusu güven veriyordu Ömer'e. Bedeninin ılıklığını, bu kokuyla birlikte, ikinci bir insan bedeni hisseder gibi hissediyordu.

Birbuçuk aydan beri bir başka canlının etine dokunmamıştı. Yaşayan canlı bir ete dokunma ihtiyacı her gün biraz daha artıyordu. Bedeninde rahatsız edici bir elektriğin biriktiğini, düğüm düğüm olduğunu duyuyordu. Bu düğüm ancak bir canlının etine dokunmakla geçecek, huzursuzluk o ete akarak kendi bedeninden gidecekti. O canlı etin kime ait olduğu hiç önemli değildi; bir kadına, bir erkeğe, bir hayvana ait bile olabilirdi. Etinde biriken bu huzursuzluk doyurulmamış bir sevişme isteği de değildi. Bir canlının bir başka canlıya dokunma ihtiyacıydı.

Elini omzuna dokundurdu. Sabun kokan yeni yıkanmış teni yumuşak ve pürüzsüzdü. Elinin altında bu teni duymak hoşuna gitti. Omzunu tuttu, sonra sıktı, bıraktı. Eliyle göğsünün üstünde küçük daireler çizmeye başladı. İki tenin birbirine değişini hissetmekten haz alıyordu. Elini göğsünün ucuna doğru kaydırdı, memesinin ucu minicik, sert ve pürüzlüydü.

Eliyle göğsünün üzerinde daha büyük daireler çiziyordu şimdi. Ne yaptığını düşünmüyordu bile, dalgın gözlerle bir sağa bir sola yatan tavana bakarak, kendi bedenini okşuyordu. Her hareketinde sabun kokusunu duyuyordu. Teninin yumuşaklığıyla birlikte bu sabun kokusu hücrelerinden içeri doluyordu.

Kolunu okşamaya başladı, sonra yeniden omzuna dokundu, oradan göğsüne kaydırdı elini. Tenin yumuşaklığı içini ferahlatıyordu. Elini durduramıyordu, durdurmak da istemiyordu zaten. Usul usul hareket ediyordu. Elinin altında yaşayan bir etin diriliğini hissetmenin hazzını hiç acele etmeden içine sindiriyordu.

Elini göğsünden karnına kaydırdı, karnı düz ve sertti. Elinin dokunuşu ile birlikte kasılmış ve iyice sertleşmişti. Parmaklarının ucuyla kaslarına dokundu. Sonra avucunun içiyle karnını okşadı. Şimdi sağ eli karnını okşarken sol eli de omzunda dolaşıyordu. Elleri bedeniyle sevişiyordu. Bu sevişmeden asıl büyük hazzı elleri alıyordu. Önemli olan ellerinin altında eti hissetmekti. Okşanmaktan çok okşamaya ihtiyacı vardı.

Tavan bir sağa bir sola yatıyordu. Büyük bir dalgaya rastlayan gemi bir an yerinde zıplar gibi oldu, sonra yeniden eski ritmini buldu. Ellerin hareketi de geminin ritmine uygundu. Ağır ağır kıpırdanıyorlardı. Gövdesi ise tümüyle hareketsizdi.

Eller karından aşağıya kaydı, kasıklarına dokunmadan bacaklarına uzandı. Bacakları kalın ve güçlüydü. Teni de gövdesi kadar yumuşak değildi. Ellerini yukarı çekti. Bacaklarının arasına soktu. Bacaklarının arası sıcacıktı. Bacaklarını kapatıp sıktı. Kasıklarını ovalamaya başladı. Hareketleri hızlanmıştı. Geminin sallantısını pek fark etmiyordu artık.

Suat dükkândan sevinçle çıktı. Elinde bir yazı makinesi vardı. Uzun zamandan beri, bütün dükkânları dolaşıp kendine ve parasına uygun bir yazı makinesi aramıştı. Bir yazı makinesini peylemiş, paralarını da biriktirmişti. Bugün de gelip makineyi almıştı işte.

En küçük boy almasına karşın, makine elinde gene de kocaman duruyordu. Yokuştan aşağıya ıslık çalarak yürüyor, kendini büyük bir yazar gibi hissediyordu. Yazı makinesi de var'dı ya, artık önemli bir yazardı. Üretim aracını ele geçirmişti, gerisi kolaydı. Makinenin başına oturup şiirlerini, daha sonra da romanlarını yazacaktı. İsterse oyun da yazardı.

Yazı makinesinin ağırlığını, her adımda ileri geri sallanışını hissediyordu. Parmaklarınının ucunda yaylana yaylana yürüyordu. Yıllarca düşlemişti bunu. "Bu yazı makinesinin içinde bir dünya saklı. O dünyayı ortaya çıkartacağım, bütün renkleriyle, biçimleriyle o dünyayı ortaya çıkaracağım. Benim olacak o dünya. Kimse bu aletin içinde bir dünya saklı olduğunu bilmiyor. Basit bir alet değil bu. Bu bir yazı makinesi. Benim, benim bu alet."

Güvenle bakınıyordu çevresine. Kızlar, uzun boylu kızlar geçiyordu. Uzun boylu erkekler. Ama kimsenin elinde bir yazı makinesi yoktu. Herkesin eline bakıyordu. Herkesin elinde çantalar, paketler vardı. Bir tek o taşıyordu bu görkemli aleti.

Bir an önce eve varmak istiyordu. Makineyi açacak, içine, tuşlarına, düğmelerine bakacak, sonra da yazacaktı. Tuşlara her dokunduğunda kâğıdın üzerine bir işaret çıkacak, sonra o yan yana gelmiş işaretlere bakan insanlar, kendi kafalarının içinde bir biçim göreceklerdi. Suat onların ne görmesini istiyorsa, onu göreceklerdi. İsterse bir deniz, isterse bir kadın, isterse bir araba, isterse bir yazı makinesi çizebilirdi insanların kafasına. Büyüyü elinde taşıyordu.

Hızla yürüyordu. Yanından otobüsler, arabalar geçiyordu, ama hiçbirine binmiyordu. Herhangi bir aracın içinde, hiç kıpırdamadan beklemeye katlanamazdı, yürüyerek bütün araçlardan daha çabuk gidebileceğine inanıyordu.

Eve sevinçle girdi. Sonra yeniden dışarı çıkıp ayakkabılarını çıkarttı. Ne kadar sevinçli olursa olsun eve ayakkabılarını çıkarmadan giremezdi. Holde kimse yoktu. Annesinin mutfakta olduğunu gördü. Gene birşeyler yapıyordu. Ya çorba, ya makarna...

–Anne, anne bak, ne aldım.

Annesi, şikâyetçi bir yüzle ellerini kurulayarak çıktı ufacık mutfaktan. İşbaşında rahatsız edilmekten hiç hoşlanmadığı belliydi.

–Ne o, gene ne var?

–Anne bak ne aldım.

Annesi Suat'ın eline baktı. Bir şey anlamadı.

–Ne o? Gene paralarını ne zırvalıklara harcadın?

–Bunun içinde dünya var.

Annesi oğlunun yüzüne şöyle bir baktıktan sonra, bir şey demeden arkasını dönüp mutfağa girdi. Oğlunun ne aldığını anlamamıştı, ama pek matah bir şey olmadığı belliydi.

Suat sinirlendi. Olanca gücüyle bağırdı:

–Anne!

Annesi bu kez gerçekten sinirlenerek çıktı mutfaktan.

–Ne bağırıyorsun? Ne istiyorsun? Siz zıkkımlanın diye sabahtan beri anam ağlıyor. Ne istiyorsun?

–Baksana şuna. Bununla milyoner olacağız.

Milyoner olmak sözü kadını yumuşattı. Oğlunun küçük bir kutuyla milyoner olabileceğine pek aklı kesmiyordu, ama umut dünyası bu. Daha yatışmış bir sesle sordu:

–Nedir o oğlum?

–Anneciğim, yazı makinesi bu. Bununla neler yazacağım biliyor musun?

O sırada, babası girdi gürültüye.

–Bu ne gürültü, gene ne oluyor?

Birden gözü Suat'ın elindeki makineye ilişti.

–O yazı makinesini nerden buldun?

–Aldım baba. Bugün aldım.

Babası dalga dalga kızardı:

–Para mı verdin buna?

–Tabii.

Babası, annesine döndü:

–Gördün mü oğlunun yaptığını? Gördün mü? Bu herif adam olmaz diye bin kez söylemedim mi sana?

Adam öfkeyle oğlunun üzerine yürüdü.

–Serseri herif! Biz burda yiyecek yemek bulamıyoruz, sen gidip paraları neye yatırıyorsun! Eve bir kuruş yararın yok. Ekmek elden su gölden geçiniyorsun. Paraları alay eder gibi bir işe yaramaz boktan şeylere yatırıyorsun! Defol evimden serseri! Defol! Bir daha gözüm görmesin! Ananın, kardeşlerinin hakkını yiyorsun sen! Çık evimden, bir daha da gelme!

Annesi, araya girdi.

–Dur sinirlenme bey. Bir anlayalım. Belki de para vermemiştir. Onun ne parası olacak.

Suat da sinirlenmişti.

–Para verdim. Para verdim, anladınız mı? Kendim kazandım, biriktirdim, bunu parayla aldım. Kimse vermedi bunu bana. Benim bu. Milyoner olacağım bununla. Hiçbir şeyden anlamıyorsunuz. Sersemsiniz siz, budalasınız, dangalaksınız. Evinizi alın başınıza çalın. İsteseniz de kalmam zaten.

Babası, Suat'ın üzerine yürüdü, bir tokat vurdu. Bir tane daha.

–Defol evimden!

Annesi ağlamaya başlamıştı.

–Yapmayın, ne olur? Oğlum sen gir odana, hadi bak o senin baban. Bey dur bir dakika, sinirlenme.

Suat'ın iki kolu yanına sarkmıştı. Yazı makinesinin bütün ağırlığını hissediyordu şimdi. Öfkesi de geçmişti bir anda. Kapıya doğru yürüdü. Babası hâlâ arkasından bağırıyordu.

–Bir daha bu evin kapısından geçme, anladın mı? Aşağılık herif!

28

Kum kokulu bir yağmur her şeyi bulandırarak yağıyordu. Her şey, sırları bozuk bir aynanın içinden görünür gibi oynak bir bulanıklıkla dalgalanıyor, bir yaklaşıp bir uzaklaşıyordu. Mevsimin ilk yağmuruydu bu; iki günden beri hiç kesilmeden sürüyordu. Yağmura karşın hava sıcaktı. Nemli, yapış yapış bir buhar yükseliyordu topraktan.

Barakanın açık kapısından dışarı bakıyordu Ömer. Kapının kenarına bir salyangoz tırmanıyordu. Kahverengi beyaz hareli kabuğu, kımıltılı antenleriyle, kum kokulu yağmurun bir uzantısı gibiydi.

Bulanık yağmurun, içine dolduğunu hissediyordu. Yağmur, genzinde kum tadı bırakarak içine akıyor, birikiyor, birikiyor, sonra kalın camdan yapılmış bir fanus biçimini alıyor, Ömer'in büyükçe bir parçasını koparıp içine hapsediyordu. Teneke damdaki yağmur şakırtısıyla birlikte, fanusun kalınlaştığını, kendisini ikiye böldüğünü fark ediyordu.

Fanus kalınlaştıkça içine aldığı parça da büyüyordu. Fanusun içine ses sızmıyordu, sessizlik dünyadan ayırıyordu Ömer'i. İki kişiydi şimdi Ömer. Fanusun içinde kalan parçasına ulaşamıyordu bir türlü, o parça gittikçe kendisinden ayrılıyordu. Fanustaki parçasından koptukça dünyadan da kopuyordu. Cam kalınlaşıyor, sessizlik iki Ömer'i de ayrı ayrı sarıp hem birbirinden, hem de dünyadan koparıyordu.

Birbirinin içinde, birbirinden kopuk iki Ömer de dalgalı bulanıklığı, kapının pervazına tırmanan salyangozu görüyorlar, kum kokusunu kokluyorlar, ama ses duymuyorlardı. Damdaki yağmur şakırtısını ses olarak değil, bir titreşim olarak algılıyorlardı. Hızla kayan metal bir zeminin üzerinde ikisi birlikte dünyadan uzaklaşıyorlardı.

Ömer'i dünyadan uzaklaşmaktan çok, içindeki parçaya ulaşamamak, fanusu kıramamak korkutuyordu. Yağmur sularından içine akan bu uğursuz cam, sanki içini boşaltıyor, Ömer'i Ömer yapan her şeyi koparıp ondan alıyor, kalın ve sessiz duvarlarının altına saklıyordu. Ömer'i canlı bir yaratık yapan her özellik bu fanusun sessizliği altına kayıyor, geride boş bir kabuk bırakıyordu. Yağmur damlalarının kendisini parçaladığını hissediyordu. Asıl benliği fanusun içinde kendisinden uzaklaşıyordu. Tutamıyordu bu uzaklaşan parçayı. Aslında hiçbir zaman tam anlamıyla ulaşamadığı içindeki o gizli canlı, bırakıp gidiyordu kendini. Kum kokulu yağmurun altında yapayalnız kalıyordu. Ne dünyaya ulaşabiliyor, ne de kendinden ayrılan parçasını yakalayabiliyordu. Sessizlik bir işkence halinde büyüyor, yaşamın gerçekliğini parçalayıp her şeyi anlamsızlaştırıyordu.

Yüreğinin sesini duyuyordu şimdi. O korkunç sessizliğin içinde yüreği çılgınca, kendisinden kopan parçaya yetişmek ister gibi yok edici bir hızla çarpıyordu. Ciğerleri daralıyordu. Ciğerlerinden beynine bir boşluk yayılıyordu. Yağmur hiç kesilmiyordu. Boşluk beynine varınca, beyninin de yüreği gibi delice bir hızla atıp sonunda parçalanacağını biliyordu. O zaman delirecekti işte. Yapayalnız, bu içine içine yağan yağmurun ıslaklığıyla parçalanarak çıldıracaktı.

Kapının yanındaki pencereye baktı. Penceredeki sinek tellerinin üstünde bir kertenkele dolaşıyordu. Ufak bir kertenkeleydi. Bir aşağı iniyor, bir yukarı çıkıyor, hiç durmuyordu. Birden durdu. Tele bir kelebek konmuştu. Yavaşça kelebeğe yaklaştı, uzun yapışkan dilini ok gibi uzattı. Dil, bir kement gibi yakaladı kelebeği. Bir an ikisi de öyle kaldılar. Sonra dilini geri çekip kelebeği tuttu. Yağmur hâlâ yağıyordu.

Ömer, hızla geri döndü, yatağının üstünde ellerini başının altına koyup yatmış olan Dominquez'e,

–Ben gidiyorum, dedi.

–Bu havada dışarı çıkılır mı? Böyle havada milyon verseler bir yere gidilmez.

Ömer, yağmurluğunu giydi,

-Ben buradan gidiyorum.

Dominquez, Ömer'in sesindeki tuhaflığı fark etti, yatağında doğruldu:

-Ne oldu?

-Çok yağmur yağıyor.

Dominquez, Ömer'e baktı. Ömer sararmıştı. Gözleri kısılmış, boynu içine çekilmişti. Dominquez birden anladı.

-Yağmur, ha?

-Evet, yağmur.

Dominquez kalktı, yağmurluğunu çıplak bedenine geçirdi. Duvara dayalı tüfeğini de ona uzattı.

-Hadi gidiyoruz.

-Sen gelme istersen. Bizi görürlerse...

-Boşver. Görürlerse kendileri kaybeder.

Yan yana çıkıp bulanık yağmurun içinde uzaktaki dağlara doğru yürüdüler.

29

Eylül sonlarının lekesiz aydınlığı, pencereden yerdeki halıya büyük bir dörtgen halinde düşüyor, salonun köşelerini hafifçe karartıyordu. Suat, sırtında eski kürküyle, büyük koltuğun içine gömülmüş, Ömer'le konuşuyordu.

Fazıla'nın tahminleri doğru çıkmış, birbirine hiç benzemeyen bu iki adam gerçekten iyi dost olmuşlardı. Suat kitaplardan, sanattan, şiirden söz ediyor, Ömer de dünyanın dört bucağında gördüklerini anlatıyordu. Fazıla'ya yalnızca aşkı arayan, sakin bir yaşam peşinde koşan yorgun yüzünü gösteren Ömer, Suat'la konuşurken, serüvenden hoşlanan, dövüşçü, ölüme tutkun, yalnızlığa düşkün, karmaşık yanını ortaya koyuyordu. Fazıla, Ömer'i, Suat'ın yanında daha iyi tanıyor, onun bilmediği, karanlık yanlarını bu üçlü konuşmalarda yakından görüyordu.

Bir roman yazmayı tasarlayan Suat, Ömer'i romanın kahramanı yapmaya karar vermiş, onun anlattıklarını, küçük bir deftere yazmaya başlamıştı. Bir romanın kahramanı olma düşüncesi Ömer'in hoşuna gitmişti, ama yine de Suat'ın roman yazamayacağını ileri sürüyordu. "Roman yazabilmen için ya ölmen ya da birini öldürmen gerek," diyordu. "Çünkü ölümü bilmeden yaşamı bilemezsin." Suat ise, yalnızca öldürenlerle öldürülenlerin romancı olabileceği görüşüne katılmıyordu; ölmeden ya da öldürmeden de yaşamı tanıyabileceğini savunuyordu. "Yaşamın anahtarı ölümdedir," diyordu Ömer. "Ölümü çözmeden yaşamı çözemezsin."

Fazıla, Suat'la Ömer'in yanında rahatlıyor, sanki Ömer'le evlenmişler, hiç ayrılmamışlar gibi hissediyordu. Suat da Ömer'e kendini kanıtlamaya çalışmaktan vazgeçmişti. Bunun bir sonuç vermeyeceğini anlamıştı.

Suat, kürkünün eteklerini toplayarak kalktı, bir plak koydu. Kesik kesik seslerden oluşmuş elektronik bir müzik başladı.

–Bu ne? dedi Fazıla.

Suat gülümsedi.

–En son buluşum. Elektronik müzik bu. Artık yalnızca bunu dinliyorum.

–Niye peki?

–Oda müziği yetmiyor artık bana: Oda müziğini sevmiyorum, ama bu elektronik müzikten de nefret ediyorum. Ha? Nasıl fikir? Onun için artık bir numaralı favorim elektronik müzik. Sonunda aradığım müziği buldum, beni nefretten çıldırtıyor.

Fazıla gidip plağı kaldırdı.

–Gitmemizi istiyorsan açıkça söyle, dedi. Böyle müziklerle bizi gitmek zorunda bırakma.

Suat, Ömer'e döndü:

–Küçükken nasıl bir kızdı Fazıla? dedi.

Ömer, sakallarını karıştırarak düşündü.

–Aklıbaşında bir kızdı, onun hepimizden daha akıllı olduğuna inanırdık. İşin sırrını sonradan keşfettim: Annesinden duyduklarını bize söylüyormuş meğerse. Benim, uslu, terbiyeli bir çocuk olmam için elinden geleni yapardı. Bütün istediği, benim önemli bir adam olmamdı. Ben önemli bir adam olacaktım, sonra da evlenecektik. Fazıla, önemli olmayan biriyle evlenilebileceğini düşünmezdi bile. Ama ben Fazıla açısından tam bir fiyaskoyum, önemli olmayı bırak, adam bile olamadım. Benim büyüyünce diplomat olmamı istiyordu, biliyor musun; annesi diplomatla evlenmesi gerektiğini söylemiş ona.

–İyi ki bir diplomatla evlenmedim, dedi Fazıla. Her an ölçülü ve dikkatli davranmaktan sıkılırdım.

–Ama çocukken bana hep ölçülü ve dikkatli olmamı söylerdin.

Fazıla gülümsedi. Gözlerinin kenarında, oraya son yıllarda yerleşmiş olan, insanlara uzaktan bakan alaycı bir anlam dolaştı bir an.

–Senin öyle olman gerekirdi. Ölçüsüz ve dikkatsizdin. Ama ben hem ölçülü, hem de dikkatliydim, öyle yetiştirilmiştim çünkü. Benim ayrıca öyle olmak için uğraşmam gerekmiyordu. Benim başka şeye ihtiyacım vardı. Ben onu, o inancı buldum ve onun peşinden gittim.

Suat, alaycı bir sesle,

–Sonra da sıkıldın tabii, dedi.

Fazıla, birden sertleşti, sesi soğuklaştı:

–Sıkıldım, dedi. Bence, insanların bir inancı olması, sonra da ondan sıkılması gerek. İnançsızlık, sıkıcı bir boşluktur, saçmalıktır, anlamsızlıktır. Bir inancı olmalı insanın. Sonra da sıkılıp vazgeçmeli o inancından. Çünkü inanç da sıkıcı bir şey, duygusal bir hareketsizlik bence. Hep aynı yerde kalmaya katlanamam ben.

Suat, beklenmedik bir biçimde sinirlendi.

–Ya o inançtan vazgeçemeyecek olanlar ne yapacak? Babası senin gibi zengin olmayanlar, köylüler, işçiler ne olacak? Böyle ikide bir inanç değiştirme lüksüne sahip olmayanlar ne yapacak?

–Onlarınki bir inanç sorunu değil, zorunluluk onlarınki. Başka yolları yok onların. Senin deyiminle böyle bir lüksü kullanamazlar. Ama ben öyle değildim. Beni koşullar zorlamadı o inancı seçmeye, ben kendim seçtim. Kendim seçtiğime göre, kendim de vazgeçebilirdim. İnandım ben, her şeyimle inandım hem de. Bütün içimi doldurdu o inanç, bana, kendime bir yer bırakmadı. Ben de sıkıldım, vazgeçtim. Kendime de kendi içimde bir yer bulmak istedim. İnançsız insanlardan, yarım inananlardan, inançları uğruna yaşamını vermeyenlerden hoşlanmam. Ama bütün yaşamı boyunca hep aynı inancı, hep aynı güçte sürdürecek kadar kişiliksiz ve salak olanlardan da hoşlanmam.

Suat, bacaklarını altına topladı.

–Kimlerden hoşlanırsın peki sen?

–İnananlardan, sonra da inançlarından vazgeçenlerden.

Bu konuların ne kadar hassas olduğunu bilmeyen Ömer, iş olsun diye,

–Döneklerden hoşlanıyorsun yani, dedi.

Fazıla, öfkeyle döndü Ömer'e, konuşmaya başladığında sesi sinirden titriyordu:

–Döneklerden hoşlanırım ya, ne sandın! Döneklik hareket demektir. Hem sen bu konuda konuşamazsın, dönek bile değilsin sen! Hiçbir şeye inanmadın ki dönesin! Sana ne oluyor? Ne hakla beni yargılıyorsun?

Bu kadar sert bir tepkiyle karşılaşacağını aklına bile getirmediği için Ömer şaşırmıştı.

–Ben seni yargılamıyorum ki.

–Yargılıyorsun. Sesinde var bu. Bütün salaklar, yarım inançlılar, inançsızlar gibi, sen de, bir şeye bütünüyle inanıp yaşamını bu inançla bütünleştiren insanlar hakkında kolayca bir yargıya varabileceğini sanıyorsun.

Aslında bu konu hiç ilgisini çekmediği halde, Ömer de Fazıla'nın saldırganlığından etkilenip sinirlendi, kendisine birisi meydan okuduğu zaman duyduğu öfkeyi duydu yeniden.

–Hiçbir şeye inanmadım, ama hiçbir şeyden de dönmedim. Kimseye söz vermedim, kimseyi birşeyler yapması için zorlamadım. Kimsenin bana güvenmesini istemedim. Kimseyi de ortada bırakıp kaçmadım. Döneklerden de hoşlanmam. Bir insan bir işe ya hiç girmemeli, ya da girdi mi sonuna kadar götürmeli.

–Sen cepheden yağmur yağıyor diye kaçtın ama.

–Ben oraya inandığım için değil, para için gittim. Üstelik gitmek için ben söz vermedim; beni sarhoş edip kandırarak götürdüler. Kendim gitseydim kaçmazdım.

Fazıla, dudağının kenarıyla gülümser gibi yaptı, sonra buz gibi bir sesle:

–Yağmur yağsa da kaçmaz mıydın gene? dedi.

Fazıla, Ömer'in bu herkesten sakladığı, söz etmekten hoşlanmadığı korkusunu, hiç duraksamadan Suat'ın önünde açığa vuracak kadar vahşileşmişti. Oysa bu sır, onların yakınlıklarını, aşklarını oluşturan, suçortaklıklarının bir parçasıydı.

–Bir inanç uğruna savaşsaydım, kaçmazdım, dedi Ömer. Boyundan büyük işlere kalkışıp sonra da kendine inananları ortada bırakanlardan olmadım hiçbir zaman. Kahraman olmaya da kalkışmadım. Kahraman olmaya ihtiyaç duymadım çünkü. Kendi hayatımı yaşadım ben. Sen gerçekten yaşamanın ne olduğunu bilmediğin için, kendine uyduruk kahramanlıklar arayıp sonra da işler sıkışınca kaçtın. Senin dönekleri beğenmekten başka çaren yok ki.

–Kenarda durmanın erdemi üzerine iyi bir söylev doğrusu... Sen yaşamın boyunca kimin için ne yaptın? Ben birşeyler yapmaya çalıştım hiç olmazsa, beceremedim vazgeçtim. Sen ne yaptın peki?

–Benim bir şey yapmamış olmam, senin dönmeni haklı mı gösteriyor şimdi?

–Hayır. Yalnızca senin beni yargılamaya hakkın olmadığını gösteriyor. Yalnızca senin değil, kimsenin beni yargılamaya hakkı yok. Ben inandığım sürece hiçbir zaman kaytarmadım. Yaşamımın büyük bir bölümünü adadım bu inanca, en güzel yıllarımı verdim. Pişman da değilim. Öyle yapmam gerektiğine inanıyordum, öyle yaptım... Kimsenin haddi değil yaşamını ortaya koyan birini daha sonra vazgeçti diye yargılamak.

Suat tartışmanın gittikçe sertleştiğini, kimsenin istemediği tatsız bir sonuca gittiğini görünce araya girdi:

–Size bir şey söyleyim: Bir adamın bir sözü var, çok sevdiğim bir söz; adam diyor ki: "İnsanların kafaları, içinde düşünceler dolaşsın diye yuvarlaktır." Ha, nasıl söz? Düşünceler dolaşır, bu yana gelir, o yana gider, değişir. Bence düşünmek, yeni düşünceler üretmek, kimlerin nerede, ne zaman, nasıl görüş değiştirdiğini izlemekten daha iyidir.

Suat durdu, kendi kendine gülümseyip bir sigara yaktı.

–Üstelik ben iki kere döneğim. Hem davadan döndüm,

hem de Tanrı yolundan... Başka inançları bilmem, ama insanın Tanrıya olan inancını kaybetmesi çok acı, çok zor bir şey. Bu inancın yerini doldurmak hemen hemen olanaksız.

Fazıla yatışmıştı, ama konuştuğunda sesi gene de soğuk ve küskündü.

–Bence bir tek inanç var, dedi. Adı ne olursa olsun, o inanç insanın bir güce duyduğu inançtır. İnsanın bir Tanrıya ihtiyacı var, Tanrıyı bulamazsa başka bir şeye inanır, ama o gene aynı inançtır.

Suat içini çekti.

–Doğru. Buna ne kadar çok ihtiyacın olduğunu, onu kaybettiğin zaman daha iyi anlıyorsun. Ama hâlâ inanıyorum Tanrıya. Olmadığını biliyorum, ama gene de inanıyorum işte.

Suat, Ömer'e döndü. Yorgun bir sesle:

–İnancımı kaybedince yaşamımı da kaybettim, dedi. Tanrı olmadığı için daha genç öleceğim. O olmadan bu yüke çok fazla dayanamam... Fazıla'nın da benim de bir inancımız vardı ve kaybettik onu. Ya senin? Senin bir inancın yok mu, hiç olmazsa kaybettiğin bir inancın?

Ömer şöyle bir düşündü.

–Ben hiçbir şeye inanmadım galiba, inandıysam bile şimdi hatırlayamayacağım kadar erken kaybetmişim onu. Ama ben böyle bir şeye hiç ihtiyaç da duymadım zaten. Gezdim, dolaştım, çalıştım, eğlendim, belki biraz da acı çektim. Hepsi o kadar. Başka bir şey de istemedim. Ben sizin gibi değilim: Aramızdaki farkın ne olduğunu hissediyorum, ama nasıl anlatacağımı bilemiyorum. Ben... ben kendi yaşamımdan başka bir yaşam yaratmaya çalışmadım, galiba aramızdaki fark bu. Kendi yaşamım yetti bana. Her zaman da yetecek herhalde.

Suat, gülerek Fazıla'ya döndü:

–Hiçbir şeye inanmıyor, hiçbir şeye de inanmak istemiyor. Tam bir budala bence. Ama gene de ona imreniyorum.

30

Ekrem çok geç kalmıştı. Buluşma saatinden on beş dakika sonra geldi. Necip'le Hakan muhallebicinin en dip masalarından birinde oturuyorlardı. Küçük, yuvarlak mermer masanın üstü sararmıştı. İçerisi loş ve sıcaktı. Masalarda çiftler oturuyor, mırıl mırıl seslerle birşeyler konuşuyorlardı. Beyaz ceketleri kirden kararmış garsonlar, bağırarak siparişleri mutfağa aktarıyorlardı. Masalarda, kenarlarına muhallebi artıkları yapışmış cam çanaklar, yarıya kadar içilmiş, üstlerinde dudak lekeleri olan bardaklar duruyordu. Tepedeki büyük vantilatör, duracakmış gibi ağır ağır dönüyor, salonun yapışkan sıcaklığını vınıltısıyla daha da çekilmez bir hale getiriyordu.

Ekrem masaya oturunca, Necip sertçe sordu:

–Nerede kaldın?

–T... tt... tra... tra...

Hakan, alaycı mı yoksa azarlayıcı mı olduğu tam anlaşılamayan sinirli bir sesle,

–Anladık, anladık, dedi. Trafik. Biz gelirken trafik yok muydu? Her yere geç kalıyorsun. Bir kere daha böyle yaparsan...

Ekrem'in yüzü kızardı.

–T... tt... ta... ta... tamam... T... tt... ta... ta... tamam... G... ggg... geç kaldım. Nnn... na...

Necip, Ekrem'in sözünü kesti:

–Bunları sonra konuşuruz. Şimdi, ne yapacağımızı bir daha konuşalım. Hakan kapıda bekleyecek, senle ben içeri gireceğiz. Sen sesini çıkarmayacaksın, adamlarla ben konuşacağım.

Hakan güldü.

–İstersen Ekrem konuşsun, bakalım işi kaç saatte bitirebiliriz. Belki geceyi de orada geçiririz o zaman.

Necip, Hakan'a aldırmadan sözünü sürdürdü:

–Ben ne yaparsam sen de onu yapacaksın, kendi başına sakın bir şey yapma. Geçen sefer her şeyi berbat ediyordun. Tabanca yanında mı?

–E... e... ev... evet.

–İyi, hiç olmazsa bu kez unutmadın. Heyecanlanacak bir şey yok. Adamlar vermeleri gereken parayı vermiyorlar, onu alıp çıkacağız. Anlaşıldı mı?

Ekrem kafasını salladı. Hakan, Necip'in söylediklerini aldırmaz bir tavırla dinliyordu. Necip'in sorumlu olmasından hoşlanmıyor, onun yönetiminde olmaktan sıkılıyordu, açıkça bir şey söyleyemediği için de bunu aldırmaz bir tavırla belirtiyordu.

–İs... is... ister... istersen... bb... bb... ben... ka... ka... kap... kapıda... be... bek... bekle... bekleyim... Siz ddd... daha...

–Yok ya, dedi Hakan. Sen polislerin geldiğini bize haber verene kadar herifler bizi karakola götürür.

Necip kesin bir sesle,

–Hakan kapıda bekleyecek, ikimiz içeri gireceğiz, dedi. Heyecanlanacak bir şey yok. Sıradan bir iş.

Hesabı ödeyip çıktılar. Ekrem'in yüzü asılmıştı. İçinde su fıskiyesi gibi bir şey dönüp duruyor, her yanını ter basıyordu. Necip'le Hakan alışkındılar, ama Ekrem bir türlü alışamıyordu. Böyle şeyleri sevmiyordu da. Zaten tedirgin olan yapısı, böyle zamanlarda daha da tedirginleşiyordu.

Dükkânın önüne geldiklerinde bir an durdular. Hakan'la Necip bakıştılar. Hakan kapının yanına yaslanıp durdu. Necip önde, Ekrem arkada içeri girdiler.

Geniş ve serin bir salondu dükkânın içi. Duvarların kenarlarına şık koltuklar yerleştirilmiş, koltukların yanına, diz hizasında küçük aynalar serpiştirilmişti. Duvarlarda da belli aralıklarla ince uzun aynalar vardı. Raflarda ayakkabı kutuları yan yana diziliydi. Belli belirsiz bir deri kokusu duyuluyordu. Koltuklardan birine bir kadın oturmuştu, bir tezgâhtar da bir dizinin üstüne çöküp ayakkabıları kadının ayağına giydiriyordu. Kadın, ayağını sağa sola oynatıp ayakkabıya bakıyordu.

Necip'le Hakan dükkânın arkasına doğru yürüdüler. Dipteki bir masada, boynunda kocaman altın bir madalyon olan tombul bir oğlan oturuyordu. Masanın önüne konulmuş olan iki sandalyede de iki adam vardı. Kendi aralarında birşeyler konuşuyorlardı. Necip'le Ekrem gidip adamların yanında durdular: Tombul oğlanla adamlar önce onları fark etmeden kendi aralarında konuşmayı sürdürdüler, sonra onları fark ettiler. Tombul oğlan başını kaldırırken,

–Buyurun, dedi.

Kafasını kaldırıp Necip'e baktığı anda, niye geldiklerini anladı. Daha önce karşılaşmamışlardı, ama Necip'le Ekrem'in giyimlerinden, duruşlarından, bakışlarından kim olduklları, niye geldikleri anlaşılıyordu. Oğlan kıpkırmızı kesildi. Yeniden, bu kez kısık bir sesle,

–Buyurun, dedi.

Necip sesini her zamankinden biraz daha kalınlaştırdı:

–Niye geldiğimizi biliyorsun.

–Dükkânın sahibi burada yok. Yarın gelecek, o zaman onunla konuşursunuz.

Necip elini ceketinin içine soktu.

–Buraya bak, ben dükkân sahibi falan anlamam. Hemen...

Tombul oğlan ayağa kalktı.

–Bir dakika izin verir misiniz lütfen.

Masanın hemen arkasında, ancak dikkatlice bakılınca fark edilen bir kapı vardı. Kapının üstü de duvarlardaki tahtalarla kaplanmış olduğu için zor fark ediliyordu. Oğlan o kapıdan geçip içeri girdi. Necip'le Ekrem beklemeye başladılar. Masanın yanında oturan adamlar da kıpırdamadan duruyorlardı. Dükkânın girişindeki kadın hiçbir şeyin farkında değildi, hâlâ ayakkabı seçmeye çalışıyor, önünde diz çökmüş tezgâhtar da ayakkabıları beğendirmeye uğraşıyordu.

Tombul oğlanın geri gelmesi uzuyordu. Ekrem kıpırdanmaya başlamıştı. Elini ceketinin cebine sokmuş, tabancayı sıkı sıkıya tutmuştu. Tabancanın kabzası, ter içinde kalan avucundan kayıyordu. Oturan adamlar da önlerine bakıyorlardı, kendilerini sıktıkları, sırtlarının kamburlaşmasından anlaşılıyordu.

Necip, Ekrem'e,

–Sen burada bekle, dedi.

Hızla yürüyüp masanın arkasındaki kapıyı itti. Oğlan telefonla konuşuyordu. Necip bir adımda yanına ulaşıp telefonu elinden kaptı, kapattı. Bir tokat vurdu, oğlan gerileyip duvara çarptı.

–Numara yapıyorsun ha? Çıkar paraları, yoksa gebertirim seni! Kasa nerede?

Oğlan duvara dayanmış ağlıyordu. Necip kolunu tutup sarsaladı.

–Kasa nerede dedim!

Oğlan sesini çıkarmadı. Necip, tabancasını çekip gırtlağına dayadı. Deminki tokattan dudağı patlamıştı, ağzının kenarından kan sızıyordu. Yüzü bembeyaz olmuştu. Hıçkırıklarla sarsılıyordu, ama gözlerinden yaş gelmiyordu. Necip tabancanın kabzasıyla çenesinin altına vurdu.

–Paraları ver. Ne bizim başımızı derde sok, ne de kendi başını, anladın mı! Bu parayı nasıl olsa alırız sizden. Bu para sizin paranız değil zaten, zavallı halkın parası.

Oğlan, hâlâ sesini çıkarmıyordu. İstenilen para büyük bir miktar değildi, ama bu parayı vermek istemiyordu, biraz direnirse parayı kurtarabileceğine inanıyordu. Necip ise sabırsızlanmaya başlamıştı. Her an bir şey olabilirdi. Oğlanın elinden demin telefonu almıştı, polise haber vermiş olabilirdi. Oğlan, direttikçe Necip de diretiyordu. Bu koşullar altında arkadaşlarını alıp gitmesi, yarın başka birini yollaması ya da parayı almak için daha başka yollar denemesi daha akla yakındı, ama o da parayı almadan dükkândan çıkmamayı aklına koymuştu. Para, ikisinin arasında bir kişilik çekişmesine dönüşmüştü.

Tabancayı kaldırıp oğlanın alnına dayadı.

– Paraları hemen vermezsen seni burada gebertirim anladın mı? Daha fazla beklemeye niyetim yok.

– Peki vereceğim, paralar masanın çekmecesinde.

Necip tabancasını indirdi, sonunda sözünü dinlettiği için sevinmişti. Oğlan, Necip'in yanından geçti, bir iki adım attı, sonra birden hızla kapıdan dışarı fırladı. Kapıdan çıkarken,

– Katil var! diye bağırmaya başladı.

Oğlanın çığlığını duyan Ekrem kapıya doğru döndü, aynı anda da oturan adamlardan biri Ekrem'in beline sarıldı, öbürü de yerinden fırlayıp üstüne saldırdı. Hiç beklemediği anda saldırıya uğrayan Ekrem, hızla elini cebinden çıkardı, ne yaptığını düşünmeden üstüne saldıran adama ateş etti. Kurşun adamın gırtlağına girdi.

Necip de odadan çıkmıştı. Tabanca sesini duyan müşteri kadınla, ona ayakkabı giydiren tezgâhtar da ayağa fırlamıştı. Bir an herkes olduğu yerde dondu kaldı. Kimse böyle bir şey beklemiyordu. Deminden beri birşeyler oluyordu, ama kimse sonunda birinin vurulacağını düşünmemişti.

Uzaktan siren sesleri duyulmaya başlamıştı. Hakan kapıdan içeri kafasını uzatıp,

– Çabuk olun, geliyorlar! diye bağırdı.

Necip, vurulan adama şaşkın şaşkın bakan oğlanı bir yana iterek, Ekrem'e,

– Yürü hadi, dedi.

Necip kapıya doğru koşarken Ekrem de peşinden gitmek istedi, ama beline sarılan öbür adam bırakmıyordu onu. Adamın elleri kilitlenmiş gibiydi. Ekrem adamın kafasına tabancanın kabzasıyla vurup yürümek istedi, ama adamın elleri çözülmüyordu. Şok geçiren adam, Ekrem'i bırakmayı akıl edemiyordu. Siren sesleri yaklaşıyordu. Bir an arkasına bakan Necip, Ekrem'in durduğunu görünce,

– Çabuk ol, geliyorlar! diye bağırdı.

Ekrem silkelendi, ama gene kurtulamadı. Birden paniğe kapılarak kendine sarılan adama ateş etti. Kurşun adamın omzuna girdi. Adam yere doğru yığılıyordu, ama elleri çözülmüyordu. Necip geri döndü. O sırada eşikte bekleyen Hakan,

– Geldiler, fırla! diye bağırarak koşmaya başladı.

Siren sesleri dükkânın içine dolmuştu. Necip de son kez,

– Kurtar kendini! diye bağırdıktan sonra dükkândan koşarak çıktı.

Necip dükkândan çıktığı anda polis arabası da biraz ilerde durdu. Necip hızla koşup ilerdeki köşeye ulaştı. Köşeyi dönerken arkasına baktı. Polisler içeri giriyorlardı.

31

Bütün perdeler çekilmişti. Bir sehpanın üstünde duran minicik bir abajurun portakal renkli ışığı salonu belli belirsiz aydınlatıyordu. Duvar diplerine büyük minderler serpiştirilmişti, insanlar karaltılar halinde minderlerde oturuyorlardı, çoğu yarı uzanmış durumdaydı. Birisi salonun ortasına yatmıştı.

Ömer salona girince duraladı. Garip bir koku vardı içerde. Bir kız ağır ağır gitar çalıyordu. Duvara dayanıp çevresine bakındı. Abajurun yanında, bacaklarını zarif bir biçimde toplamış, hafif makyajlı genç bir adam oturuyordu. Kucağında siyah taftadan, kat kat fırfırlı uzun bir etek vardı, eteğin üstüne renkli payetler işliyordu. Abajurun altındaki sedef kakmalı tahta kutunun içindeki payetler, ışığın altında kıpır kıpır parıldıyor, sürekli renk ve biçim değiştiren bir canlı gibi gözüküyorlardı.

Kızıl saçlı bir kız geldi Ömer'in yanına, iri yeşil gözleri donuk donuk bakıyordu. Olağanüstü güzeldi. Elindeki sigarayı Ömer'in dudaklarının arasına sokuşturdu. Tuhaf bir koku geliyordu sigaradan. Ömer derin derin içine çekti, sigarayı geri uzattı. Kızıl saçlı kız eliyle biraz daha içmesini işaret etti. Ömer birkaç kez daha çekti. Kız sigarayı alıp gitti sonunda.

Ömer duvara dayanmış, kımıldamadan duruyordu. Gözleri yanıp sönen payetlere takılmıştı. Önce bir şey olmadı. Birşeylerin olmasını bekleyen Ömer şaşırdı. Sonra yavaş yavaş salon büyümeye başladı. Kafasının içi de genişliyor gibiydi. Bir dizini kıvırıp ayağını duvara dayadı. Garip bir serinlikle birlikte bir gevşeklik yayılıyordu içine, her şey büyüyor ve uzaklaşıyordu. Dalgalı bir denizde yüzen bir tahta parçası gibi, yükselip yükselip iniyordu. Pencereden bir kadın giriyordu. Beyaz köpükten giysileri olan, buğulu bir kadındı. Pencereden giriyor, ama bir türlü giremiyordu.

Yeniden yanına gelen kızıl saçlı kız Ömer'in elini tutup çekti. Uzun, çok uzun, karışık koridorlardan geçtiler, geniş bir odaya girdiler. Odanın ortasında kocaman bir yatak vardı. Kız yatağa yattı. Eteklerini beline kadar çekti. Altında bir şey yoktu. Ömer kızın yanına gitmek istiyordu, ama kız ona çok uzak gözüküyordu. Sonunda kız, Ömer'i tutup çekti.

Kızla ne kadar yattıklarını anlayamadı Ömer. Kız sonunda onu üstünden itti. Eteklerini indirdi. Elinden tutup salona götürdü. Gitarlı kız saçlarını önüne dökmüş gitar çalıyordu hâlâ. Ömer kızıl saçlı kıza, gitarlı kızı gösterip,

–Onunla da yatmak istiyorum, dedi.

Kızıl saçlı kız, gidip gitarlı kıza birşeyler söyledi. Gitarlı kız kafasını kaldırıp Ömer'e baktı, sonra omuzlarını silkip yeniden gitar çalmaya koyuldu.

Ömer'in yanına gelen kız,

–İstemiyor, dedi. Gitar çalacakmış.

Ömer gidip gitarlı kızın karşısında durdu. Kız, İspanyola benziyordu. Eğilip kızın elini tuttu.

Kız yeniden baktı Ömer'e, sonra gitarına baktı, yavaş hareketlerle isteksizce gitarını yanına bırakıp ayağa kalktı.

Kız, Ömer'in önünden yürüyordu, aldırmaz bir hali vardı. Kalçalarının salıntısına takılmıştı Ömer'in gözleri. Büyük, havası boşaltılmış, yerçekimsiz bir cam kürenin içinde uçar gibiydi. Her şeyi görüyor, duyuyor, ama bir türlü yaklaşamıyordu. Kızın kalçalarıyla birlikte, Ömer de boşluğun içinde sallanıyordu.

Biraz önce, kızıl saçlı kızla girdiği yatak odasına bu kez İspanyola benzeyen kızla girdi Ömer. Kız gidip yatağın üstüne yattı. Etekliğini çıkarıp attı. Ömer boşluğun içinde uçarak yaklaştı kıza. Başını kızın koltuk altına soktu, kır papatyası kokuyordu. Beyaz papatyalar rüzgârla dalgalanıyordu. Beline sıkı sıkıya sarıldı. Kızla birlikte bir o yana bir bu yana sallanıyordu şimdi. Çocukluğundaki gibi,

–Anneciğim, anneciğim, diyordu.

Kız, Ömer'in çenesinden tutup başını kaldırdı, yüzüne baktı. Sonra Ömer'in yüzünü şefkatle öpmeye başladı. Aldırmazlığı gitmişti. Ömer'in yüzünü öpüyor, saçlarını okşuyordu. Elleri yumuşacıktı.

Kız, Ömer'i çevirip yatağın üstüne sırtüstü yatırdı. Yüzünü, boynunu, omuzlarını okşuyor, saçlarını karıştırıyor, kendi dilinde ninniye benzer birşeyler mırıldanıyordu. Birer birer Ömer'in gömleğinin düğmelerini açmaya başladı. Bir yandan da gülümsüyordu, çocuğuyla oynayan bir anneye benziyordu kız. Uzun saçları Ömer'in göğsüne dökülüyordu.

–Seni seviyorum, dedi Ömer. Seni hep sevdim, hep de seveceğim.

Kız, oğlunu yatıştırmak, heyecanını bastırmak isteyen bir anne gibi parmağıyla dudaklarına dokunuyordu. Beyazlar giymiş kadın, beyaz papatyaların üstünden uçuyor, ama uçmuyordu. Her yan papatya kokuyordu. Büyük cam kürenin içi papatyalarla dolmuştu, Ömer onların arasında uçuyor, çiçeklerin yumuşaklığını her yanında hissediyordu. Çiçeklerin arasından esmer kızın yüzü görünüyor, bazan bu yüz uzaklara, gökyüzüne doğru uçuyordu. Ömer de peşinden yükseliyordu. Kız kayboluyor, sonra papatyalardan biri esmerleşerek kız haline geliyordu. Ömer, kızla papatyayı birbirine karıştırıyor, bazan papatyalardan birine sarılıyordu.

Bir ara, annesinin ayaklarını gördü. Yalnızca ayakları görülüyordu annesinin, başka hiçbir yeri görülmüyordu, ama Ömer o ayakların annesinin ayakları olduğunu biliyordu.

–Anneciğim, anneciğim...

Bacaklarından gövdesine bir sıcaklık yayılıyordu. Papatyalar hızla çoğalıyorlar, çoğalıyorlar, cam kürenin kenarlarına çarparak küreyi parçalıyorlardı. Papatyaların gökyüzüne dağıldıklarını, sayılarının gittikçe arttığını görüyordu. Papatyaların arasından gökyüzünün maviliği görülüyordu. Mavilikler de papatyalarla doluyordu. Mavilikler bitti, gökyüzü papatyalarla doldu, papatyalardan bir gökyüzü oldu. Sıcaklığın yayıldığını, annesinin ayaklarının papatyaların arasında dolaştığını, esmer kızın çiçeklerin arasına saklandığını hissediyordu. Artık görmüyordu, yalnızca hissediyordu. Sonra bir şey patladı, papatyalardan oluşan gökyüzü yarıldı ve yarıklardan yeryüzüne çiçekler yağmaya başladı.

Aralarından kızın yüzü, kırmızı dudaklarıyla uzanıyor, beyazlı kadın yaklaşıp yaklaşıp uzaklaşıyor, annesinin ayakları gittikçe incelip saydamlaşıyordu. Ömer kendisinin de saydamlaştığını duyuyor, saydamlığın kendisinden ayrılıp göğsüne dokunduğunu fark ediyordu. Saydamlık kızın koltukaltlarına sokuluyor, oraya saklanıyor ve çıkmak istemiyordu. Payetlerle işlenmiş bir eteklik rüzgârda çırpınıp kayboluyordu.

–Evime götür beni, diyordu Ömer. Seni seviyorum, hep seni sevdim. Evimize gidelim...

Her şey yeniden cam kürenin içine giriyor, sessizlik artıyor, Ömer'in yorgun uçuşu sürüyordu. Gittikçe daha zor uçuyordu artık. Bedeni ağırlaşıyor, hüzün doluyordu.

Karanlıkta uyumaktan başka bir şey istemiyordu.

32

Eski tahta kokusu geliyordu evin her yanından. Balkonun korkulukları iğne oyası gibi minicik deliklerle doluydu, tahtakuruları kuru tahtaları delik deşik etmişlerdi. Bahçedeki uzun süredir biçilmemiş vahşi otlar, minik bir rüzgârla dalgalandıkça, eski tahta kokusuna taze bir serinlik karışıyordu.

Fazıla'yla Ömer balkonda oturuyorlardı. Evde eşya olmadığı için ikisi de yerde, yan yanaydı. Birbirlerine sokulmuşlardı. Güneş batmıştı, ama hava aydınlıktı. Bahçenin kıyısındaki gülibrişimlerin pembesi, bulutların arasında mavileşmeye başlayan son pembemsi lekelerle kaynaşıyor, belli belirsiz bir şeftali kokusu öbür kokuların arasından incecik seziliyordu.

–Gecesafaları açmaya başlar şimdi, dedi Fazıla. Artık her güzel şey bana çocukluğumu anımsatıyor. Bu akşam saatleri... Ucuz romanlar okumak istiyorum. Gurup vakitleriyle, çiçek kokularıyla, saf ve temiz aşklarla dolu ucuz romanlar özlüyorum. O ucuz romantizmi yaşamak istiyorum ben, bundan da hiç utanmıyorum. Başımı senin göğsüne dayamak, yıldızlara bakmak, hayaller kurmak istiyorum. Bir zamanlar aptalca bulduğum her şeyi istiyorum şimdi. Akıllılıktan usandım.

Ömer, sırtını duvara dayamış dinliyordu. Bu akşam Fazıla eve gitmeyecekti, bir arkadaşında kalacağını söylemişti Bülent'e. Geceyi birlikte geçireceklerdi. İlk kez bütün gece boyunca birlikte olacaklar, sabahleyin birlikte uyanacaklardı.

–Kendimi gecesafalarına benzetiyorum bazan. Kızgın güneşlerde, yakıcı aydınlıklarda kapanıp saklanan, akşamın ilk serinliğiyle yeniden açan bir gecesafası. Bir gecelik açıp ertesi sabah yeniden kapanan zavallı bir çiçek gibi hissediyorum kendimi. Kimse bunları anlatmama, böyle konuşmama izin vermiyor. Ben bile böyle konuşmama yıllarca izin vermedim. Ama şimdi kendime izin veriyorum, bir kere de izin verdim mi sonuna kadar veririm artık. Bunları sana anlatabiliyorum, senin anlayıp anlamadığından pek emin değilim, ama benim için bu da pek önemli değil. Sen benim çocuğumsun, hem de akşamüstümsün. Artık otuz üç yaşındayım ve seninle yeniden çocukluğumu buluyorum. Seninle olmak biraz da yaşamdan öç almak gibi geliyor bana. Belki de bunun için seninle birlikteyim, belki de seni sevmiyorum. Seni sevmesem üzülür müydün?

Ömer, Fazıla'nın ne dediğini tam anlayamıyordu. Sesinde, konuşuşunda, söylediklerinde güven vermeyen, tedirgin eden, hastalık kokusu gibi birşeyler vardı. Fazıla'nın, sandığından başka bir kadın olmasından kuşkulandı. O hep Fazıla'yı kendi çocukluğu gibi düşünmüştü, ama aradan yıllar ve olaylar geçmişti. Duygusal birşeyler söylüyordu, ama hastalıklı bir duygusallığa benziyordu bu. Kendi içine kapanmış, kendinden başka her şeye, Ömer'e bile yabancı olmuştu.

–Sevmiyor musun beni? dedi Ömer.

–Seviyorum. Ya da sevdiğimi sanıyorum. Ama sevmesem ne yapardın?

–Üzülürdüm herhalde.

Fazıla döndü, Ömer'in boynuna sarıldı. Yüzüne, gözlerine uzun uzun baktı.

–Senin canını acıtmak istiyorum.

–Niye?

–Bilmem. Beni korkutuyorsun. Seni seviyorum, hem de çok seviyorum. Ama artık sevmek istemiyorum, kaybetmekten korkmak istemiyorum. Seni sevdikçe canını acıtmak istiyorum. Ne kadar çok özledim seni. Bazan sokaklarda sana rastlayacağımı düşünürdüm, çevreme bakardım. Niçin böyle oldum, içimde katı birşeyler var. Duygularım ne kadar yumuşarsa, içimdeki katılık da o kadar sertleşiyor. Hem Bülent senin yüzünden acı çekiyor, onun acı çekmesini istemiyorum. Böyle konuşmama aldırmıyorsun değil mi? Biliyorum bunlara aldırmazsın sen, bunun için seviyorum seni, söylediklerimden hiçbirinin gerçek olmadığını biliyorsun. Sen benim hayatımın erkeğisin herhalde, seni hiç bırakmayacağım.

Ömer birden acıdı Fazıla'ya, niçin acıdığını bilmiyordu, ama çocuğu kaza geçiren bir baba nasıl üzülürse Ömer de öyle üzülüyordu.

–Ben de seni hiç bırakmayacağım, dedi, yanından hiç ayrılmayacağım.

Fazıla gülümsedi.

–Sen hangi burçtansın? dedi.

–Bilmem, hiç merak etmedim hangi burçtan olduğumu. Sen inanıyor musun böyle şeylere?

–Tabii inanıyorum. Ben balık burcundanım.

Ömer, Fazıla'nın göğsünü okşadı yavaşça.

–Balık burcunun özelliği ne peki?

Fazıla neredeyse şehvetli bir sevinçle,

–Güvenilmez olması, dedi. Ele gelmemesi, her an değişmesi.

Ömer, Fazıla'yı kucağına alıp kaldırdı, içeri girdi, boş salondan geçip arkaya yürüdü. Yatak odasının pencereleri açıktı. Pencerenin önünde kocaman bir incir ağacı olduğu için, oda salondan daha karanlıktı. İçerisi serin bir incir kokusuyla dolmuştu. Dipteki geniş yatağın üzerine bıraktı Fazıla'yı.

–İncir kokusunu duyuyor musun? Çocukluğumdan beri çok severim bu kokuyu.

Fazıla, Ömer'in elinden tuttu.

–Duyuyorum, çok güzel kokuyor.

Sabaha kadar, zaman zaman çıldırtıcı bir şehvetle birbirlerini hırpalayarak, zaman zaman da kardeşçe bir sevgiyle birbirlerini okşayarak, arada molalar verip sigaralar içerek, ilk kez birlikte geçirdikleri gcenin her anını yaşadılar. Hava aydınlanmaya başladığında, serinlikle birlikte incir kokuları da artmıştı. Ezan sesleri duyuluyordu.

–Gel balkona çıkalım, dedi Fazıla.

Çırılçıplak, el ele tutuşarak balkona çıktılar. Yan yana yere oturdular. Yer soğuktu.

–Şu anda mutluyum, dedi Fazıla. Ama bu böyle sürmeyecek, bozulacak. Bozacaklar. Oysa seninle mutlu olabilirdik. Hiç olmazsa bir süre birlikte yaşamak isterdim seninle. Saçmasapan şeyler konuşarak, sevişerek, eski günleri anarak, sıkılmadan yaşayabilirdik. Sonra sıkılırdım senden... Yapamıyoruz bunu. İnsanlar istediklerini yapamıyorlar. Belki de duyguları, istekleri yetersiz...

Fazıla, kalkıp balkonun parmaklığına dayandı. Otların üstünde çiğ damlaları vardı. Her şey hareketsiz ve sessizdi.

–Bundan bin yıl sonra, dedi Fazıla, insanların duyguları bugünküne hiç benzemeyecek. Uzayda yaşayacak insanlar, dünyanın darlığından kurtulan duyguları da genişleyecek, bugün duyabildiklerimizin bin katını duyabileceğiz o zaman. Zaman anlayışı değişecek, uzayda insanlar bir dakikada bin yıl yaşayacaklar, mekân değişecek, bütün evren insanların olacak. Darlıktan kurtulan duygular da büyüyüp güçlenecek.

Ömer'e döndü,

–Yanıma gel, dedi.

Yan yana balkon parmaklıklarına dayanarak durdular. Gövdeleri birbirine değiyordu. Gökyüzüyle yeryüzü aynı mat maviliğin içinde eriyerek birleşmişti.

–İnsanlar, bin yıl sonra âşık olduklarında öylesine güçlü duyacaklar ki bunu, duyguları elektrik halinde bedenlerinden yansıyacak. Âşık olan insanlar, ışık saçacaklar. Âşık erkekler baştan başa gümüş ışıklarla, âşık kadınlar da baştan başa altın ışıklarla kaplanacaklar. Saçları gümüş ve altın tellerinden olacak.

Fazıla, Ömer'in beline tek koluyla sarılıp kendine doğru çekti, ağzını kulağına yaklaştırıp sonsuzluğa benzeyen sessizliğin içinde, aşkını ilan eder gibi fısıldadı:

–İşte, ben o zaman mutlu olacağım. Çırılçıplak ve altın renkler içinde...

33

Çırılçıplak ve âşık bir kadın yürüyor. Altın renkli ışıklar fışkırıyor etinden. Altın tozlarından saçları dalga dalga omuzlarına dökülüyor.

Çırılçıplak ve âşık bir erkek yürüyor. Gümüş rengi ışıklar fışkırıyor etinden. Gümüş tozlarından saçları rüzgârla dalgalanıyor.

Altın ışıklı çırılçıplak kadınla, gümüş ışıklı erkek sarılıyorlar. Âşıklar birbirlerine.

Öpüşüyorlar. Saçları birbirine karışıyor. Rengârenk kıvılcımlar yavılıyor her yana.

34

Küçük tahta bir kapının önünde durdular. Binanın büyüklüğü yanında kapının küçüklüğü gerçekten şaşırtıcıydı. Dominquez, kapının üstündeki demir tokmakla kapıya vurdu. Biraz sonra kapı açıldı, içeri girdiler. Dar bir antreye girmişlerdi. Antre loştu, ama ten rengi bir ışık sızıyordu bir yerlerden.

Antreden bir salona geçtiler. Tavandan aşağı uzun lâmbalar sarkıyordu, ten rengi ışık bu lâmbalardan yayılıyordu. Salonun içine doğru yürürlerken Ömer bu uzun lâmbalardan birine çarptı. Ömer geri çekilip sallanan lâmbayı durdurmak için tuttu. Tuttuğu gibi de bıraktı. Ten rengindeki lâmba dev bir penis biçimindeydi ve deriden yapılmıştı. Ömer burnunun dibinde sallanan bu tuhaf biçimli devasa lâmbaya şaşkınlıkla bakarken, Dominquez'in çok eğlendiği zaman attığı kahkahalardan birini duydu.

Lâmbanın çevresinden dolanıp geçtiler. İçerisi pek kalabalık değildi. Arkalarda bir masaya oturdular. Masadan da aynı ten renkli ışık sızıyordu. Ömer, ışığın nereden çıktığını anlamak için dikkatlice bakınca, masanın da bir vajina biçiminde olduğunu, üstünün deriyle kaplı olduğunu, içinde de bir lâmbanın yandığını gördü. Masanın içinde yanan ışık, gizli bir derinlikten yayılır gibiydi. Masanın üstü de öyle bir ustalıkla çizilmişti ki, insan bazan içine düşeceğinden korkuyordu.

Yanlarına iki kadın gelip oturdu. Yüzleri anlamsız, göğüsleri ise iri ve dikkat çekiciydi. Çırılçıplak bedenlerine yalnızca kısa bir önlük giymiş garson kızlar, ellerindeki tepsilerle içki dağıtıyorlar, ortada dolaşırken sallanan büyük lâmbalara bilerek çarpıyorlardı. Sallanıp duran lâmbaların ışıkları da bütün salonu hareketlendiriyordu.

Kadınlar iyice sokulmuşlardı. Bedenlerinin etli kıvrımları değiyordu her yanlarına. Dominquez de kadına sıkı sıkıya sarıldı. Masanın üstündeki içkisini alırken, Ömer'e,

–Elimi yutacak sanıyorum, dedi. .Ne biçim yapmışlar masayı değil mi?

Çevredeki masalar doluydu. Anlamsız yüzlü kadınlara her ulustan erkek sarılmış, bazıları mırıl mırıl, bazıları bağıra bağıra konuşuyor, kadınların genellikle yapay kahkahalarına erkeklerin istek dolu kahkahaları karışıyordu. Sarhoş bir kadın, kalkmış, büyük lâmbalardan birine sarılarak, olduğu yerde minik adımlarla dans etmeye başlamıştı. Hareketlerinde içten bir coşku yerine, bilinçli, daha önceden hesaplanmış bir tahrik etme isteği vardı. Davranışlarındaki bu yapaylık ve kolayca anlaşılan tahrik etme isteği de nedense gerçekten tahrik edici oluyordu. Yerinden kalkan iriyarı, sakallı bir erkek de kadına arkadan sarıldı. Kadın erkeğe aldırmadan dansını sürdürdü. Erkek de kadınla birlikte sallanıyordu.

Salondan alkış sesleri, ıslıklar, bağırışlar yükseliyordu. Sarhoş sakallı, bir anda dikkatleri üstüne çekmekten hoşlanmış, bu dikkatten şımarmıştı. Kocaman lâmbayı zorla kadının göğüslerine sürtüyor, bedeninin orasına burasına değdirmeye çalışıyordu. Kadın itilip kakılmaktan sıkılmıştı. Kıvrak bir davranışla kurtulmaya çalıştı, ama sakallı adam bırakmadı. Koca lâmbayı kadının ağzına sokmaya çalışıyordu şimdi de. Kadın başını kaçırmaya çalıştı, ama adam kadını ensesinden tutmuş bırakmıyordu.

Salonda gürültüler artmıştı. Erkeği destekleyen sesler duyuluyordu. Bazıları da ıslık çalıyordu. Ortadaki kadınla erkek şimdi boğuşmaya başlamışlardı. Kadının ensesine yapışan adam, koca lâmbayı kadının ağzına getirmeye çalışıyor, inadı tutan kadın da bütün gücüyle başını kurtarmaya uğraşıyordu. Salonun kapısında birdenbire beliren birkaç iriyarı adam dikkatle olup bitenleri izliyorlardı. Her an duruma el koymaya hazırdılar, ancak sarhoşlara alışık olduklarından, son an'a kadar bekleyeceklerdi.

Bağırış çağırış arasında bir şişe şangırtısı duyuldu, biri yanlışlıkla bir şişeyi devirmişti herhalde. Şangırtıyla birlikte ortadaki kadın da çığlıklar atmaya başladı. O bağırdıkça, sakallı adam ensesini daha çok sıkıyordu. Kadının çığlıkları kesilmiyordu. Herkes ayağa kalkmıştı. Kadın bağırdıkça seyirciler de bağırıyordu. Salon ortak bir isteri krizine tutulmuş gibiydi.

Dominquez, Ömer'e,

– Belâ çıkacak, sakın yerinden kımıldama, dedi. Bu serserilerin kavgası bizi hiç ilgilendirmez. Tamam mı?

– Tamam.

Yanlarındaki kadınlar da tedirgin olmuşlardı, iskemlelerinde dimdik duruyorlardı. Dominquez, yanındaki kadına sarılmıştı, ama kadın gözlerini ortada olup bitenlerden ayıramıyordu.

Kapıdaki adamlardan ikisi ortaya doğru ilerlediler. Biri iriyarı sakallıyı, öbürü de kadını tutup birbirlerinden ayırdılar. Sakallı adam, kendisini tutan fedainin elinden kurtuldu, dönüp bir kafa attı. Kafayı yiyen fedai olduğu yere çökerken, kadını tutan da kadını bırakıp sakallının ensesine vurdu. Yandaki masalardan biri fırlayıp fedainin üstüne saldırdı, kapıda bekleyen iki fedai de ortaya koştular. Bir anda ortalık anababa gününe döndü. Herkes herkese vuruyordu. Kavga sırasında büyük lâmbalar kopup yere düşüyor, zaten loş olan salon iyice kararıyordu. Kadın çığlıkları her dilden sövgülere karışıyor, kemik sesleri, şişe şangırtıları duyuluyordu. Ömer'le Dominquez yerlerinden kıpırdamamışlardı. Dominquez olup bitenleri aldırmaz gözlerle izlerken, Ömer heyecanla bakıyordu. Salonda yalnızca ikisi oturuyordu. Herkes ayaklanıp birbirine girmişti. Çevrelerinde kavga büyümüştü.

Kavga edenlerden biri, dengesini yitirip Dominquez'in üstüne devrildi. Dominquez adamı itti üstünden. Ayağa kalkan adam dönüp bir süre baktı Dominquez'e. Dominquez de ona bakıyordu. Sonra adam birden bir yumruk vurdu, Dominquez sandalyesinden yere devrildi. Ömer ayağa fırladığı sırada Dominquez yerden bağırdı:

–Sen dur, karışma!

Ömer durdu. Dominquez ayağa kalktı. Adama gülümsedi. Uzanıp adamı iki kulağından tuttu, kendisine doğru çekerek tam suratının ortasına bir kafa oturttu. Kulaklarını bırakınca adam sesini bile çıkaramadan yere yığıldı.

Aynı anda iki kişi birden saldırdı Dominquez'e. Ömer de yerinden fırladı. Büyük kavganın içine karışmışlardı artık. Ömer, büyük bir keyifle kavga ediyor, gövdesine, yüzüne inen yumruklara aldırmıyor, karşısına kim gelirse yumruğu patlatıyordu. İçinde çalan müziğe uyar gibi, belli bir dans ritmiyle dövüşüyor, bazan bu ritmi aksatmamak için aptalca yumruklar yediği de oluyordu. Ama bir yumruktan sakınmak için dövüşmenin keyfinden vazgeçemezdi.

Ömer dövüşe dövüşe salonun içinde dolaşırken, Dominquez'in üç kişi tarafından çevrildiğini gördü. Üçü de iriyarı adamlardı. Dominquez, bir tanesini, eline geçirdiği bir şişeyle kafasına vurup yıktı. O sırada kafasına yediği bir yumrukla sersemleyip sallandı, gene de o karşısındakilerden birini daha şişeyle yere yıktı. Ömer Dominquez'e doğru ilerlemeye çalışıyordu, ama kalabalığın arasından sıyrılmakta zorluk çekiyordu. Dominquez'in karşısındaki adamın bıçak çektiğini gördü. Kalabalığın arasından fırlattı kendisini, ama adam bıçağı Dominquez'in göğsünün altına saplamıştı. Adam bıçağı sonuna kadar sokup Dominquez'in üzerine abanınca, Dominquez masanın üzerine düştü. İki adamın ağırlığına dayanamayan masanın deriden olan üst kısmı yırtıldı. Dominquez'in gövdesi masanın içinde, başıyla bacaklarının bir kısmı dışında kalmıştı.

Adam bıçağını çekip çıkarmaya çalışırken Ömer yetişti. Havada uçarak adamın beline yapıştı. İkisi birlikte yere yıkıldılar. Adam altta, Ömer üstte kalmıştı. Bütün gücüyle adamın yüzünü yumrukluyordu. Yerde devrilmiş bir şişe gördü. Şişeyi kaptı. Şişeyle adamın yüzüne vurdu. İlk vuruşta sert bir kemik çatırtısı duyuldu. Arka arkaya şişeyi indiriyordu. Bir süre sonra adamın yüzünde hiçbir girinti çıkıntı kalmamış, yüzü kırmızı bir balçığa dönmüştü. Şimdi her vuruşta ıslak bez sesi çıkıyordu. Adamın alnı parçalanıp içine çökmüş, iki gözü birden patlayıp akmıştı. Ömer, adamın çoktan öldüğünü fark etmiyordu. Mekanik bir hareketle doğrulup kolunu kaldırıyor, sonra bütün gücüyle indiriyordu. Bir ara Dominquez'in sesini duydu. Uzaklardan gelen, derin bir sesti:

–Ömer, diyordu.

Adamı bırakıp ayağa kalktı. Dominquez'in yanına gitti. Dominquez'in yüzü bembeyazdı. Masanın içinde yarı yarıya kaybolmuş, gözleri hafifçe kapalı, Ömer'i çağırıyordu.

–Burdayım, yanındayım. Nasılsın?

–Ölüyorum Anibal.

–Merak etme, sana bir şey olmaz. Biraz hastanede yatar çıkarsın.

–Ölüyorum Anibal, hissediyorum ölümü.

Dominquez'in sesi gittikçe daha yavaşlayıp hırıltıya dönüyordu.

–Şu halime bak. Dünyaya çıktığım yerden geri gidiyorum sanki. Geldiğim karanlığa...

–Bir şey olmayacak, merak etme. Karına haber vereyim, adresini söyle.

Dominquez, gülümsemeye çalıştı.

–Benim karım yok Anibal. Ama olmasını isterdim hep... Severdim onu.

–Ama sen...

–Olmasını isterdim... Severdim onu... Çok severdim Anibal... Benim ölümüm anlamsız olacak... Ölüm siyah değil... Beyaz ve soğuk... İçime yayılıyor... Gidiyorum artık...

Dominquez sözünü bitiremedi, başı yana düştü, masanın kenarına çarptı. Bacaklarının arasından masanın yırtık derileri sarkıyordu.

Kederli bir anlam vardı yüzünde. Yüzündeki kederle, duruşundaki gülünçlük tuhaf bir çelişki yaratıyordu. Ömer çekip çıkardı Dominquez'i masanın içinden, yere bıraktı. Yanına oturdu. İnsanlar dövüşmeyi sürdürüyorlardı.

–Öyle yanında oturdum. Bir şey hissetmiyordum, biliyor musun. Üstelik arada bir ilgisiz şeyler düşünüyordum. Dominquez'in giysilerini kime vereceğimi düşündüm, botlarını ben giyerim dedim. Gidip bir kahve içmeyi düşündüm.

Fazıla, şaşırarak baktı Ömer'e,

–Hiç üzülmedin mi peki?

–Çok üzüldüm. Ama insan o kadar çok üzülünce anlaşılmaz bir şey oluyor, tam hissedemiyorsun üzüntüyü, çok geliyor belki. Bilmiyorum, ne olduğunu pek anlayamadım. Üstelik, ilk günlerde bir rahatlık bile hissettim. Yani yeniden dostsuz ve yapayalnız olduğum için bir rahatlık. Bir şeyin bitmesinin getirdiği bir ferahlık. Ama sonra, aradan zaman geçtikte, üzüntü daha çok ortaya çıktı. Bir daha Dominquez'le karşılaşmanın olanaksız olduğunu zaman geçtikçe anladım. İlk zamanlar pek anlayamadım, ama sonra anladım.

–Peki adamı öldürdüğün için sana bir şey yapmadılar mı?

Polisler geldiğinde Ömer hâlâ Dominquez'in yanında oturuyordu. İçi boşalmış gibiydi. Bir eziklik vardı içinde, ama büyük bir keder değildi bu. Dominquez'in ölmüş olduğuna, karşısında duran bedenin ölü olduğuna inanamıyordu. Karşısında duran Dominquez'in ölü olduğunu kavramak Ömer için hemen hemen olanaksızdı. Dominquez'e bakıyor, ama onun artık yok olduğunu tam anlayamıyordu. Anlayamamanın getirdiği şaşkınlık da üzüntüsünü bastırıyor, üzüntüyü hissetmesini engelliyordu.

Polisler meyhanedeki herkesi tutuklayıp götürdüler. O anlamsız meyhane kavgasında dört kişi ölmüş, on altı kişi de ağır yaralanmıştı. Ölenlerden biri Dominquez, biri de Ömer'in öldürdüğü adamdı. Öbürleri de başka birileriydi. Herkesi sabaha kadar sorguya çektiler. Ömer, polislere pasaportunu ve gemici kartını vermiş, ondan sonra bütün soruları "bilmiyorum," diye yanıtlamıştı. Ortada kanıt olmadığından sabahleyin polisler herkesi serbest bırakmışlardı.

Ömer, karakoldan çıkarken, Dominquez'in nerede olduğunu sordu. Bir kâğıda bir adres yazıp eline tutuşturdular. Güneşli bir gün vardı dışarda. Hava ılıktı. Yorgun ve şaşkındı. Yürürken, birden içi derin bir acıyla sızlıyor, gözleri doluyor, sonra geçiyordu. Gırtlağında bir yanık tadı vardı.

Bir kahveye gidip kahvaltı ısmarladı. İştahla yedi garsonun getirdiklerini. Karım var diye hep yalan söylemişti. Gülümsedi. Yalan söylemiş olması kızdırmamıştı Ömer'i, aksine Dominquez'i daha çok sevmişti. Ne âlem herif diye geçirdi içinden. Neler uyduruyor... Salak gibi öldü. Hiç ölür mü insan? Biraz dikkat eder. Salak... Dominquez'i özledi. Yeniden gözleri doldu, yine o yanık tadını duydu. Kahvaltıyı bırakıp çıktı kahveden.

Elindeki adresi sora sora sonunda büyük bir binanın önüne geldi. Büyük, eski, taş bir binaydı. Geniş pencereleri, birçok balkonu, duvarlarında süslemeli küçük heykelleri vardı. Lüks bir oteldi burası. Camlı döner kapının önünde lacivert üniformasıyla saygılı bir kapıcı duruyordu.

Kapıdan girince, korkunç bir soğukla karşılaştı. Bir an olduğu yerde büzüşüp kaldı. Hiç ses duyulmuyordu. Her şey buz tutmuş gibiydi. Canlılara ait bir soğuk değildi bu, ölülerin soğuğuydu.

Geniş salon, baklava biçiminde siyah beyaz taşlarla döşenmişti. Bomboştu. Dipte bir banko, bankonun arkasında da bir adam vardı. Ömer bankoya doğru yürüdü. Yürüdükçe soğuk salonda adım sesleri yankılanıyordu. Omuzlarını kaldırmış, başını omuzlarının içine çekmiş, ellerini ceplerine sokmuştu. Soğuktan donuyordu.

Bankonun arkasındaki beyaz yüzlü adam, kalın bir kürk giymişti. Ömer, Dominquez'i sordu. Adam bankonun üzerinde duran kalın, büyük bir defteri karıştırdı. Ellerinde kalın eldivenler vardı. Sonunda aradığını buldu.

–418 numara, dördüncü kat, dedi.

Sonra gözleriyle asansörü işaret etti. Başka bir şey söylemedi. Ömer nedense adamı dövmek için büyük bir istek duydu. Adamda sinirlendirici bir şey vardı. Belki de adamın canlı olmasına sinrlenmişti. Teşekkür bile etmeden arkasını dönüp asansöre yürüdü. Eski moda bir asansördü, gıcırdayarak yükseliyordu.

Dördüncü katta indi. Koridor halı döşeliydi. Bütün odaların kapıları açıktı. Bazı odalar çok büyük, bazıları ise daha küçüktü. Odalarda geniş yataklar vardı. Yatakların çevresinde pahalı koltuklar, ağır tahta masalar görünüyordu. Sehpaların üstü çiçeklerle doluydu. Yataklarda ölüler, süslü giysileriyle yatıyorlardı. Bütün ölülerin elleri çaprazlanmış bir durumda göğüslerine konmuştu.

Odaların bazılarında ölülerin yakınları oturuyordu, bazılarındaysa ölüler yalnızdı. Hiç ses duyulmuyordu. Çiçeklerin donup katılaştığını görüyordu Ömer. Koridorun sonuna kadar yürüdü. 418 numaranın önüne geldi. Bu oda gördüklerinin hepsinden daha küçüktü. İçinde dar bir yatak vardı. Dominquez yatakta yatıyordu. Saçlarını taramışlar, ellerini çaprazlamasına göğsüne koymuşlardı. Çiçek yoktu.

Kapıdan Dominquez'e baktı Ömer. Yapayalnız, soğuk ve çiçeksiz odada yatıyordu. Ömer geri döndü. Ziyaretçilerin bulunmadığı geniş odalardan birine girdi. Donmuş çiçeklerden bir tutam aldı. Odadan çıkarken vazgeçip geri döndü, çiçekleri aldığı yere bıraktı. Bu donmuş çiçeklerden hoşlanmamıştı.

Dominquez'in odasına girdi. Bir iskemle çekip Dominquez'in yanına oturdu. Yaşamındaki tek dostunun yüzüne baktı. Kâğıt gibi bembeyazdı. Saçlarıyla bıyıkları solmuştu. Gözleri kapalıydı. Parmağının ucuyla yüzüne dokundu. Buz gibiydi.

Eski dostuna dikkatle bakıyordu. Dominquez ne gülüyor, ne konuşuyor, ne kımıldıyordu. Birlikte dünyayı dolaşmışlar, birlikte gülmüşler, eğlenmişler, birlikte korkmuşlar, geçmişlerini ve geleceklerini karıştırmadan yaşadıkları an'ı paylaşmışlardı. Şimdiyse eski dost, bir ölüydü. Paylaşılacak hiçbir şey yoktu. Bütün özelliklerini yitirmiş, dünya kurulduğundan bu yana arkalarında bir iz bırakmadan kaybolan milyarlarca kimliksiz ölüden biri olarak, biçimsiz bir karanlığın içinde kaybolmuştu. Bütün ilişkileri bitmişti artık. Bütün ortaklıklar yok olmuştu. Bir dost değildi, eski bir dost da değildi, bir ölüden başka hiçbir şey değildi.

Uzanıp Dominquez'in kolunu tuttu, havaya kaldırdı, sonra bıraktı, pat diye düştü kol. Gene kaldırdı kolu, gene bıraktı, gene pat diye düştü. Dominquez'in kolunu kaldırıp kaldırıp bırakıyordu. Bu hareketten vazgeçemiyordu. Kolu tutup kaldırıyor, sonra bırakıyordu; kol düşüyordu. Bir ölünün ne olduğunu anlamaya çalışıyordu bu hareketi yaparken.

Dominquez'i, daha önce kaybettiği herkesin yerine koymuş, bütün kaybettiklerinin yerine onu sevmişti farkında olmadan. Şimdi Dominquez ölünce, daha önce kaybettiği herkesi bir kez daha kaybetmiş oluyor, Dominquez'in ölümüyle birlikte daha önce ölmüş birçok insan da bir kez daha ölüyordu.

Dominquez'in yok olmasının getirdiği bu büyük acı, içinde büyük, karanlık bir boşluk oluşturuyor, Ömer bu boşluğa doğru aktığını hissediyordu. Bu boşluğun içine doğru çöküp parça parça ufalıyordu sanki. Acı, kendi içinde büyük ölçüde korkuyu da taşıyordu. Korku, ince ve keskin bir neşter gibi içini dilim dilim kesiyor, bu kesiklere acıyı dolduruyordu. Bu acıyı ve korkuyu ta derinliklerinde hissediyordu.

Bu yorucu, bezdirici, katı acının yanında küçük bir rahatlama da vardı. Duyduğu acıya kıyasla bu rahatlık çok ufaktı. Ama hissediyordu bunu. Yeniden bütün ailesini kaybetmenin, yeniden yapayalnız olmanın, yeniden hiç kimse için kaygılanmadan, hiç kimseye hesap vermeden yaşamanın, yeniden yalnızca kendi adına kızıp yalnızca kendi adına üzülmenin, yeniden tekbaşına plan yapabilmenin, yeniden artık kimseyi kaybetmeyeceğine güvenmenin getirdiği rahatlıktı bu. Kaybedecek kimsesi kalmamıştı. En gizli, en karanlık yerlerinde tek dostunu bir gün kaybetmenin korkusunu sürekli olarak duymayacaktı artık. Kaybetmişti çünkü. Korkulan şey gerçekleşmiş, korku da bitmişti.

Dünyanın ortasında yeniden tekbaşınaydı. Bütün tehlikelerin karşısında yeniden çırılçıplak ve korunmasızdı. Onu koruyacak kimse kalmamıştı. Yaşamla da, ölümle de tekbaşına uğraşacaktı artık. Bir gün bir yerde tekbaşına öldüğü zaman, arkasında onun için üzülecek kimse olmayacaktı. Onun öldüğünü bilen bile olmayacaktı. Habersizce ölmek, kimseye fark ettirmeden yeryüzünden yok olup gitmek büyük bir özgürlüktü. Ölümün bütün ürkütücülüğünü yok ediyor, ölümün vahşetini silip atıyordu. Onun öldüğünü kimse bilmeyeceği için, ölmemiş gibi olacaktı. Ölmekten kurtuluyordu bir bakıma.

Dominquez'in kolunu hâlâ kaldırıp kaldırıp bırakıyordu. Bir tik haline gelmişti bu. Soğuktan üstündeki gömleği katılaşmış, derisi yanmaya başlamıştı. Ayakları ve elleri uyuşuyordu.

Tam Dominquez'in elini havaya kaldırdığı sırada iki adam girdi içeri. Ömer utanıp kolu bırakıverdi. Kol da her zaman olduğu gibi pat diye düştü. Adamlar bir sedyeyi yatağın yanına yaklaştırdılar. Dominquez'i saygılı bir tavırla kaldırıp sedyeye koydular.

Ömer adamların ne yapacaklarını biliyordu. Dominquez'i saygılı bir tavırla götürüp binanın altındaki fırında yakacaklar, küllerini bir kutuya koyup üstüne adını yazacaklardı.

Sedyeyi kapıdan çıkarırlarken adamları durdurdu Ömer. Gırtlağında yanık tadı vardı gene. Gözlerinin içi yanıyor, Dominquez'i bir daha göremeyeceğini düşünmek, bir anda bütün öbür duyguları bastırıp içini parçalıyordu.

Yavaşça uzanıp Dominquez'in taralı saçlarını karıştırdı. Dağıttı saçları. Dostunun, saçları taralı bir biçimde yakılmasına içi elvermemişti.

35

Hava kapalıydı. Deniz kenarındaki park tenhaydı. Parktaki çakıltaşlarının üstünde tektük sarı yapraklar sürükleniyordu.

Zerrin, Necip'in elini tutup sokuldu, Necip, hızını hiç değiştirmeden yürümeyi sürdürdü. Gövdesini dik tutuyor, kaslarını geriyordu. Zerrin'in elini sıkmasına karşılık vermiyordu. Zerrin, Necip'in bu davranışlarına alışmıştı, bunun isteksizlikten değil beceriksizlikten olduğunu çoktan anlamıştı.

–Akşam sinemaya gidelim mi? Ben babamları atlatıp izin alırım.

–İşim var, dedi Necip.

–Ne işin var?

Necip kaşlarını çatıp Zerrin'e baktı.

–Söylemem.

Çok önemli bir işi olduğunu ses tonuyla da sezdirmeye çalışıyordu.

–Gitmesen olmaz mı? Bu akşam gitme, sinemaya gidelim.

–Olmaz.

–İşin benden daha mı önemli?

–Her şeyden daha önemli.

Zerrin sustu. Bu konuşmalara da alışmıştı. Aslında Necip'in ne işi olduğunu biliyordu. Gene gidip duvarlara yazı yazacaklardı. Zerrin bunu saçma ve çocukça buluyordu, ama korkusundan açıkça söyleyemiyordu.

–Beni sevmiyor musun?

–Ben böyle sözlerden hoşlanmam. Senin de böyle konuşması istemiyorum.

–Ne var benim konuşmamda? Biz sevgili değil miyiz?

Niye konuşmayacakmışım?

–Bunlar burjuva sözleri...

Zerrin durdu.

–Nasıl sözler olduğunu bilmem. Beni seviyor musun, sevmiyor musun? Bir şey söyle! Sevmiyorsan şimdi gidiyorum.

–Sevmiyorum demedim.

Necip sinince, Zerrin ataklaştı:

–Her şeyime bir kusur buluyorsun. Her sözüme karşı çıkıyorsun. Sevgili miyiz, değil miyiz? Bir sinemaya bile gitmiyoruz. Hep işin var.

Zerrin, sesini yumuşatarak konuşmasını sürdürdü:

–Hem ben senin işlerinden de korkuyorum. Hep seni düşünüyorum, başına bir şey gelecek diye ödüm patlıyor. N'olur bu işlere sen karışmasan. Herkesi kurtarmak sana mı kaldı?

Necip birden sinirlendi.

–Ne diyorsun sen? Ya kim kurtaracak? Herkes, ben mi kurtaracağım derse, ne olur, hiç düşündün mü? Aklın fikrin boyanmakta, gezmelere gitmekte. İnsanlar aç, işsiz, sokaklarda cinayetler işleniyor, senin umurunda bile değil. Beni seviyor musun, seni seviyorum. Başka söz yok mu sende?

–Bana ne onlardan. Ben bizi düşünüyorum. Onlar da kendilerini düşünsünler. Sokaklarda adamları vuruyorlar diye seni sevmeyecek miyim yani? İstiyorsan söyle, sevmem ben de. Hem boyanmama ne karışıyorsun? Bu zamanda boyanmayan kadın mı var? Başkaları işsiz diye ben niye boyanmayım? Her koyun kendi bacağından asılır. Ben seni düşünüyorum, sana bir şey olmasın istiyorum.

Necip'in sesi sertleşti:

–Ben halkımı düşünürüm. Bu benim görevim. Senin de böyle düşünmeni isterim. Hem her koyun kendi bacağından asılmaz. Bugün başkasına yaparlar, yarın sana sıra gelir.

–Ben bir şey yapmıyorum ki sıra bana gelsin. Sen de karışma bu işlere. Başına bir şey gelecek diye ödüm patlıyor vallahi. Her akşam haberleri dinliyorum, bir şey oldu mu diye. Annemler de şaşırıyor haberleri dinlememe. Hem artık iyice laf olmaya başladı. Geçen gün annem gene sıkıştırdı, seninle dolaştığımı duymuş. Hep başkalarını düşünüyorsun, biraz da bizi düşünsene. Ne olacağız biz? Hep böyle mi kalacağız?

– Şimdi evlenemeyiz.

– Ne zaman evleneceğiz peki?

– Devrimden sonra.

– Oooo... Devrim olana kadar... Ölme eşeğim ölme. Senin niyetin yok, beni oyalıyorsun. Bak benimle açık konuş, beni sevmiyorsan söyle, ben de ona göre...

Zerrin sözünü bitirmedi. Necip'in içi hopladı birden. Zerrin'in ne demek istediğini biliyordu. Onun çekip gitmesine dayanamazdı. Bunu kimseye söyleyemiyordu, ama Zerrin'e âşık olmuştu. Zerrin'in gitmesinden, kendini bırakmasından ödü patlıyordu. Çocuklar da Zerrin'den ayrılmasını istiyorlardı. "Bırak o küçük burjuva kızı, sana göre değil," diyorlardı. Onların haklı olduğunu biliyordu Necip, ama bırakamıyordu.

– Devrim yakında olacak.

– Bizim evlenmemiz devrime engel mi? Biz evlenelim, sonra devrim olsun. Biz evlendik diye, devrim, olmaktan vaz mı geçecek?

– Şimdi işlerim var, görevlerim var. Halkıma karşı görevlerimi yerine getirdikten sonra kendimizi düşünebiliriz ancak. Yakında devrim olacak, o zaman biz de evleneceğiz. Niçin anlamıyorsun?

– Peki ne zaman olacak devrim? Bak, bana kesin bir tarih söyle. Oyalama beni.

– Bu yıl olur.

– Aaa, deli misin sen? Bir yıl daha nasıl bekleriz? Annemler ne der sonra? Valla bütün mahalleye rezil oldum zaten. Daha çabuk olmaz mı? Bak, olmazsa söyle, ben de ona göre...

–İki aya kadar olacak, söz veriyorum. İki ay daha dişini sık. Başkaları mutsuzken biz mutlu olamayız. Devrimden sonra herkesle birlikte mutlu olacağız.

–İki aya kadar olur mu devrim?

–Olur.

–Söz mü?

Necip duraladı.

–Söz.

–Bak, iki ay daha beklerim, ya devrim olur, ya da ayrılırız.

36

Gökyüzünün derinliklerinde, yıldızların arasından bir şey kopup büyük bir hızla gelmeye başladı. Korkunç bir hızla geliyor, yaklaştıkça büyüyordu. Pencerenin önünde duran Suat, gözlerini dikmiş ölümcül bir hızla yaklaşan şeye bakıyordu. Bu gelen şeyin kendisine geldiğini biliyordu.

Bir adım geriledi; gelen şeye bakıyordu. Büyüyordu gelen şey, önüne geçilmez bir hızla ve amansızca büyüyerek geliyordu.

Gelen şey şişiyordu, büyüyordu, kocamanlaşıyordu. Suat'ı kurtaracak hiçbir şey, hiçbir güç yoktu. Bağırmak için ağzını açtı. Sesi yoktu. Dili, dişleri, ses telleri yok olmuştu. Ağzının içi bomboş ve kapkaranlıktı. Kendi ağzının içini, derin karanlığını görüyordu.

Şişerek gelen şey yaklaşıyordu. Bakır kızıllığında, mat bir parlaklığı vardı. Uzun hortumunu, şişkin gövdesinin kenarlarındaki küçük kanatlarını görebiliyordu artık.

Görülmemiş derecede büyük, demirden bir fildi bu. Hızla eve yaklaşıyordu. Suat karanlık ağzı sonuna kadar açılmış, korkudan çıldırmak üzere demirden filin gelmesini bekliyordu. Her yanından ter akıyordu. Akan terler ayaklarının dibinde birikiyor, kocaman bir göl oluyordu. Odanın döşemesi, terle birlikte eriyip akıyordu.

Demir filin evin önüne doğru uçarak geldiğini gördü. Kendisini geriye atmak istedi, ama kımıldayamadı. Fil, evden bile büyüktü.

Bakır renkli, bina büyüklüğündeki fil korkunç bir şangırtıyla pencereden girdi, hortumuyla Suat'a vurup sırtına attı, hiç durmadan evin öbür duvarını delip gökyüzünün derinliklerine doğru uçmasını sürdürdü.

Suat, dünyadan ayrılıyordu, ölüyordu belki de. Belki de ölmüştü, bir daha dünyaya dönmeyecekti. Demir filin tutsağıydı artık. Kendini atmak istedi, ama filin sırtına yapışmıştı, kımıldaması olanaksızdı.

Yok olduğunu anladı.

Gördüğü her kâbusla biraz daha ölüyordu.

37

Necip, merdivenleri çıkarken hissedebiliyordu başına gelecekleri. Böyle çağrıldı mı sonunda kesinlikle tatsız bir şey olurdu. Merdivenler pisti, yerlerde kâğıtlar vardı.

Kapıyı vurup girdi içeri. Masanın başında üç kişi oturuyordu. Kenan ortalarındaydı. Yardımcıları da iki yanına oturmuşlardı. Masanın başında oturmaları da konuşmanın resmi bir konuşma olduğunu gösteriyordu.

– Otur Necip arkadaş, dedi Kenan.

Necip, masanın karşısındaki iskemleye oturdu. Bir süre ses çıkmadı kimseden. Sonra Kenan konuşmaya başladı:

– Necip arkadaş, son zamanlarda özel yaşamına pek dikkat etmiyorsun. Bu konuda seninle konuşmaya karar verdik. Küçük burjuva bir kızla birlikte olduğunu biliyoruz. Bizim kavgamıza karşı olan bir kız, sonunda senin de kavgacı yapını etkileyecektir. Bu konuda özeleştiri yapmanı ve kızdan ayrılmanı istiyoruz.

Necip böyle bir istekle karşılaşacağını çoktan beri seziyordu, ama belki de böyle bir şey istemezler diye kendini gizlice avutuyordu. Şimdi birdenbire kesin bir noktaya gelmişti. Ya Zerrin, ya örgüt, birini seçmesini istiyorlardı. Hangisini bıraksa, daha sonra pişman olacaktı. Seçim yapmak zorunda kalışı bunaltıyordu Necip'i.

– Zerrin küçük burjuva değil. Siz tanımıyorsunuz onu, dedi. Ben onu eğitirim, devrime kazandırırım.

Kenan'ın sesi sertleşti:

– Biz senin özeleştiri yapmanı istiyoruz, sen hem kendini hem bizi kandırmaya kalkıyorsun. O kız bir küçük burjuva. Bir devrimci öyle bir kızla birlikte olamaz. O kızdan ayrılmalısın. Ayrıldıktan sonra da özeleştiri yapacaksın.

Necip son kez şansını denemek istedi:

– Ben onu eğitirim.

– Bir devrimciye yakışmayacak bir davranış içindesin. O kızdan ayrılacaksın Necip arkadaş. Toplantı bitmiştir.

Odadan çıktığında kendini yapayalnız hissediyordu. O güne dek örgütle kendisini özdeşleştirmiş, kendini örgütün bir parçası olarak gördüğü gibi, örgütü de kendinin bir parçası olarak görmüştü. Dünyayı örgütten olanlarla olmayanlar diye ikiye bölmüş, örgütten olmayanları küçümsemişti. Her şeyini örgüt vermişti ona; dostlarını, gücünü, güvenini, inancını, kahramanlığını, kısacası Necip'i Necip yapan her şeyi örgütten almış, kozasının içinde yaşayan bir böcek gibi örgütün içinde yaşayıp dış dünyadaki yaşamla ilgisini kesmişti. Şimdi ilk kez örgüt, bir yabancı gibi çıkıyordu karşısına, örgütün kendi dışında bir varlık olduğunu anlıyordu. Örgütle arasında sandığı gibi bir bütünlük olmadığını görünce, örgüte girdiğinden bu yana ilk kez kendini eskisi gibi yalnız ve güçsüz hissetmiş, örgütten vazgeçmenin kendisi için ne kadar zor olduğunu da bir kez daha anlamıştı.

Zerrin'e rastlamadan önce, örgütün dışında bir şeye bağlanmamış, örgütün dışında kendi başına bir ilişki kurmamıştı. Zerrin'e duyduğu aşk dışardaki dünyayla arasındaki tek gerçek bağdı, örgüt ise buna karşı çıkıyor, bu bağı koparmasını istiyordu ondan.

Necip, eskiden beri bütün duyguları, zayıflık belirtisi olarak değerlendirmiş, acı, korku, sevgi, üzüntü gibi bütün duygularını bastırıp sert bir kabuğun içine hapsetmişti. Bütün bu duygular sonunda derinlerde birbirine karışarak tek bir duyguya, bir başka canlının yakınlığına duyulan korkunç isteğe dönüşmüşlerdi. Sürekli olarak tehlikede yaşamanın getirdiği gizli ve hastalıklı bir şefkat düşkünlüğü de bu istekle karışınca, Necip örgütün dışında rastladığı ilk kıza delice âşık olmuştu. Âşık olması kaçınılmaz hale gelen Necip'in âşık olacağı kızı ise bir rastlantı belirlemişti. Şanssız bir rastlantı sonucu da bu kız aslında kendisinin de beğenmediği, kınadığı ve küçümsediği Zerrin olmuştu.

Zerrin'i küçümsüyordu, ama duyduğu aşkın küçümsemeyle falan ilgisi yoktu, bu tutulduğu nesnenin cinsine, yapısına aldırmayan, sevilenden bağımsız bir tutkuydu. Zerrin'e bütün duygularıyla bağlıydı, ondan ayrılmayı, onu bir daha görmemeyi düşünmeye bile dayanamıyordu. Zerrin'i kaybedeceğini düşündüğü anda ona duyduğu tutku bütünüyle bir acıya dönüyor, Necip bu acıyı etinde somut bir yarayı duyar gibi duyuyordu.

Bu dayanılmaz hale gelen yakıcı acıya karşın Zerrin'den ayrılacağını biliyordu. Bu acıya dayanmaya çalışırdı, ama örgütten ayrılmaya kesinlikle dayanamazdı, örgüt onun tüm varlığına sızmış, onun yaşamasını sağlayan küçük bir dünya olmuştu, bu dünyadan vazgeçtiği anda yaşamaktan vazgeçmiş olacak, kimliğini yitirecekti.

Zerrin'den ayrılmaya karar verince elinden olmadan örgüte karşı tepki duyuyor, beni dinlemediler bile, diye düşünüyordu. Bu kızgınlığını bastırmaya çalışıyordu, ama bu küskünlüğünün hiçbir zaman geçmeyeceğini de büyük bir korkuyla hissediyordu.

Binadan çıkarken karşılaştığı Hakan,

–Ne haber? dedi.

Necip kafasını salladı.

–İyilik.

38

Bahçe kapısından içeri girdiklerinde Orhan,

–Kaybetmeyi unutma, dedi. Kazanırsan burada kalamazsın.

Bahçe kapısının yanındaki dalları alabildiğine yayılmış büyük bir manolya ağacından baygın bir koku yayılıyordu.

–Sen niye kaybetmiyorsun? dedi Ömer.

–Ben kaybetmekten bıktım, hem yatacak yeri olmayan sensin.

Çakıllı yoldan köşke doğru yürüdüler, köşkün kapısı açıktı, ama ortalıkta kimsecikler gözükmüyordu. Köşkün önünde durup çevrelerine baktılar. Güneş batmak üzereydi.

Köşkün yanındaki atkestanesinin altında bir pingpong masası vardı, raketler üstüne bırakılmıştı. Biraz ötede bir iskemle duruyordu. Köşkün pencereleri açıktı, içerden müzik sesi gelmiyordu. Ortalık sessizdi.

–Kimi aramıştınız?

İkisi birlikte döndüler. Orta boylu, biraz dolgunca, gür kızıl saçlarını arkasında toplamış güzelce bir kadın kendilerine bakıyordu. Kolsuz, dar bir elbise giymişti. Güneşin son ışıkları arkadan vurduğu için elbisenin içinde bacakları fark ediliyordu.

Orhan, çekingen bir sesle,

–Biziz, dedi. Bir arkadaşımı getirdim size.

Kadın, gözlerini kısarak baktı.

–Ha, sen misin Orhan? Birden tanımadım. İyi, hoş geldiniz. Oturun, oturun. İçerden iskemle getirsene, holde var.

Orhan, içerden iki iskemle getirdi, ağacın altına oturdular. Kadın ayaktaydı.

–Ömer çok iyi pingpong oynar, dedi Orhan. Sizin için

iyi bir rakip olur diye getirdim onu.

Kadın, Ömer'e baktı, bakarken gene gözlerini kısmıştı. Bakışlarında keskin, insanın içine işleyen, biraz manyakça, biraz korkutucu ve sevişmeyi anımsatan garip bir anlam vardı. Sonra bakışları yumuşadı, yüzüne bir gülümseme yayıldı, yüzünün anlamı değişti, yeniden sıradan bir kadın haline geldi.

Hava kararırken kadın atkestanesinin dalına asılmış bir lâmbayı yaktı, ağacın altı aydınlandı. Ömer'e,

–Hadi gel bir el oynayalım, dedi kadın.

İkisi karşılıklı masanın iki ucuna geçip pingpong oynamaya başladılar. Kadın gerçekten çok iyi oynuyordu. Oradan oraya koşuyor, çok sert kütler iniyor, kısılmış gözlerinde o garip bakışla, dudaklarını yalayarak raketini sallıyordu. Kadını kızdırmamak için önceden yenilmeye karar veren Ömer, kendini oyuna kaptırmış, verdiği kararı unutup yenmek için bütün gücüyle direniyordu. Birinci seti az farkla Ömer kazandı. Kadının yüzü karardı, bakışları karanlıklaştı, düşman düşman bakmaya başladı. Şimdi topa daha sert vuruyor, dudaklarını daha fazla yalıyordu. Ömer bir ara Orhan'ın kendisine işaret ettiğini gördü, kendine gelip toparlandı, ikinci seti kadın aldı.

Oynarlarken, kadının dolgun göğüsleri sallanıyordu. Gözleri deli deli parlıyor, sürekli dudaklarını yalıyor, burun delikleri titriyordu. Nedense hiç Ömer'e bakmıyor, yalnızca elindeki rakete ve topa bakıyordu. Büyük bir zevk aldığı anlaşılıyordu. Ne sayı kazandığında ne de sayı kaybettiğinde sesini çıkarmıyor, önüne bakarak sabırsızlıkla topun yeniden masanın üzerine gelmesini ve oyunun yeniden başlamasını bekliyor, beklerken de bir eliyle karnına bastırıyordu.

Ömer ise bir yandan topu izliyor, bir yandan da kadının kollarına bakıyordu, topun gidiş gelişlerinden, raketin topa vururken çıkardığı sesten içini ürperten bir zevk alıyordu. Bazan zevk dayanılmaz bir hale geliyor, ancak biraz sonra yeniden kendini oyunun heyecanına kaptırıyordu. Bu iki ayrı zevk, iki ayrı heyecan sürekli birbiriyle yer değiştirerek, ama hiçbir zaman da tümden kaybolmayarak, birlikte sürüyordu.

Sonunda üçüncü seti de kadın kazandı. Yüzünde mutlu ve doygun bir görünümle iskemleye oturdu. Bacaklarını iki yana açmış, kollarını aşağıya sarkıtmıştı, bir elinde hâlâ raketini tutuyordu, kendine gelememiş gibiydi.

Ömer, yavaşça, kadını rahatsız etmemeye çalışarak, raketi masanın üstüne bırakıp Orhan'a baktı: Orhan göz kırptıktan sonra kadına döndü,

–Ben gidiyorum, evden beklerler, dedi.

Ömer de kadını rahatsız etmekten korkup,

–Ben de gideyim, dedi.

Kadın, Ömer'e,

–Sen kal, dedi, bir oyun daha oynarız.

Bir oyun daha oynadılar. Sonra bir daha, sonra bir daha... Hepsinden de aynı yoğunlukta zevk aldılar, bütün oyunları da kadın kazandı. Kadın terlemiş, saçlarının dipleri ıslanmıştı. Bir iskemleye oturup Ömer'e baktı.

–Nerede sizin eviniz?

–Benim evim yok. Yani babamların yanından ayrıldım, aramızda tartışma çıktı. Artık onların yanında oturmayacağım.

–Yaa. Büyüdün demek, iyi iyi, büyümek iyidir. Kaç yaşındasın sen?

–On altı.

Kadın gene gözlerini kısarak baktı Ömer'e.

–Hadi yatalım artık, gel de sana kalacağın odayı göstereyim.

Kadının peşi sıra merdivenleri tırmandı Ömer. Üst katta bir odaya girdiler. Oda temiz keten ve eski tahta kokuyordu, köşede geniş bir yatak vardı.

–Sen burada yatacaksın. Bir şey ister misin?

–Hayır teşekkür ederim.

–İyi geceler.

Kadın çıkıp gitti. Ömer şaşırmıştı. Kadının o gece kendisiyle kalacağını sanıyordu, bütün oyun boyunca bunu düşlemiş, buna hazırlanmıştı. Kadının gittiğine bir bakıma da sevinmişti, henüz pek iyi bilmiyordu bu işleri, kadınlardan ürküyordu biraz, alay edilmekten korkuyordu. Soyunup yattı, çarşaflar serindi.

Tam uykuya dalarken kapı açıldı, kadın içeri girip ışığı yaktı. Üstünde beyaz, saydam bir gecelik vardı, içi çırılçıplaktı, bacaklarının arasındaki tüylü kabarıklar açıkça görülüyordu. Kadın, Ömer'e bakmıyordu. Garip bir biçimde gülümsüyordu, sanki kendinde değilmiş, ne yaptığını bilmiyormuş gibi bir hali vardı. Beyaz geceliğiyle odanın ortasında şöyle bir döndü, sonra odadan çıktı.

Ömer anlayamamıştı ne olduğunu. Dirseğini yastığa koymuş, başını da eline dayamıştı. Öyle bakıyordu. Kadın yeniden geldi, bu kez üstünde siyah bir gecelik vardı. Bu da saydamdı. Gene şöyle bir döndükten sonra odadan çıktı. Biraz sonra bu kez kırmızı bir gecelikle geldi. Kendi çevresinde bir döndü.

– Hangi geceliğimi beğendin?

– Siyah olanını.

Kadın gitti. İki üç dakika sonra siyah geceliğiyle döndü. Hiçbir şey söylemeden Ömer'in koynuna girdi, yatağa girerken gecelik karnına kadar sıyrıldı.

– Haydi bakalım bir oyun daha oynayalım.

39

Kapının gıcırtılı madeni sesiyle uyandı, hemen doğrulup oturdu yatağın üstüne. Önce tüfekli nöbetçiler, arkalarından da sivil görevliler girdi, hücrenin içini şöyle bir gözleriyle taradıktan sonra Ekrem'e baktılar. Ekrem'in boğazı kurumuştu, kalbinin çarpıntısını bütün göğsünde hissediyordu. Yüzü beyazlaşmıştı. Ellerini, titrediğini görmesinler diye bacaklarına dayadı.

Görevlilerden biri,

– Vakit tamam, dedi.

Ekrem, hemen saatine baktı, ikiye çeyrek vardı. Hücrenin içi insanlarla dolmuştu. Soluk alamıyordu. Uzun zamandan beri kendini bu an'a hazırlamıştı, ama hiçbir zaman bunun gerçekleşeceğine, kendisini öldüreceklerine gerçekten inanmamış, hep son anda birşeyler olacağını ummuştu. Kendini bir türlü toparlayamıyordu, bacakları kendisini idam sehpasının altına götürmeyi reddediyordu. Adamların kendisini sürükleye sürükleye götürmesini yeğliyordu. Bütün bu korkunun arasında ise korkusunu göstermemesi gerektiğini düşünüyordu. Eliyle alnını ovuşturdu, ellerinin içi terlemişti. Zorlukla ayağa kalktı. Kalabalığın arasından kendisine yaklaşmaya çalışan imamı görünce, ölümü görmüş gibi telâşla başını sallayarak, istemediğini işaret etti.

Hep birlikte hücreden çıktılar. Loş koridor bomboş uzanıyordu. Duvarlar griydi. Nöbetçiler çevresini sardılar. Yürümeye başladılar: Kimse konuşmuyordu. Yalnızca boş koridorlarda yankılanan postal seslerinin madeni tınısı duyuluyordu.

Bacakları titriyordu, bedeni sık sık ürperiyor, kasları seğiriyordu. Yürüdükçe, korkusu azalıyor, beyni yavaş yavaş yaşamdan uzaklaşıp ölüyordu. Öleceğini kesinlikle anlayan beyin, bu işi başkalarına bırakmadan kendi kendini öldürüyor, duygularını yok ediyordu. Büyük bir çölün içinde küçülen bir nokta gibi hissediyordu kendini; korku geride sızlayan bir boşluk duygusu bırakarak çekiliyordu. Kollarıyla bacakları uyuşmuş, süngerleşmişti. Dilinin şişip ağzını doldurduğunu, pütürlü bir odun parçası gibi yanaklarına sürtündüğünü hissediyordu.

Geniş bir odaya girdiler. Kalabalıktan bunalıyor, insanların odadan çıkmasını istiyordu. Görevlilerden biri madeni bir dolabı açıp içinden uzun, beyaz bir giysi çıkardı. Ekrem'in gözleri giysiye takıldı, sıcak bir ter fışkırdı bedeninden, kendi keskin kokusunu duydu. Olduğu yere çökecek gibi oldu, son bir çabayla toparladı kendini. Bir an önceki uyuşukluk geçmiş, yerini hayvansal bir korkuya bırakmıştı. Bir av hayvanı gibi korkuyordu şimdi, hiçbir şey düşünemiyor, yalnızca kaçmak, kurtulmak istiyordu.

Giysiyi başından geçirdiler. Ekrem son bir çabayla korkusunu bastırmaya çalışıyordu. Dişlerini sıkmış, çenelerindeki kaslar yumrular halinde dışarı fırlamıştı. Gözlerini kapattı. Korku yeniden beynini bir sis dalgası gibi kaplıyor, dış dünyayla ilişkilerini kesiyordu. Korku dayanılmayacak bir hale geldiğinden, beden gene uyuşmuş, gerçeklerden uzaklaşmıştı. Şimdi onları bir düş gibi izliyordu. Herkes ağırçekimli bir filmdeki gibi hareket ediyor, insanlar yere basmadan yürüyorlardı.

Ellerini sertçe arkasına doğru çekip kelepçelediler. Birden düş görür gibi hali kayboldu, kendisini öldüreceklerini, bundan kurtulamayacağını açıkça hissetti. Görevlilerin üstüne saldırmak istedi, ama çok gecikmişti, elleri arkasından kelepçelenmişti artık. Kelepçe takmalarına sessizce boyun eğdiğine pişman oldu. Sanki ölmesinin tek nedeni ellerinin kelepçelenmesiydi, elleri boşta olsa ölmeyecekti. Kelepçelerden kurtulmak için bütün gücüyle kollarını gerdi, bunun olanaksızlığını anlayınca kendini bıraktı.

Göğsüne büyük bir kâğıt iğnelediler. İçini çekti, hava bir türlü yetmiyor, kendini boğulacak gibi hissediyordu. Sık sık soluk alıyordu. Saçlarından ensesine doğru terler akıyordu.

Dirseklerinden tutup ittiler. Odadan koridora, koridordaki dar bir kapıdan bir avluya çıktılar. Avluya çıkınca bir an olduğu yerde durdu. Projektörleri yakmışlardı. Gözlerini kırpıştırdı. Avlunun ortasında, arkasında vinç olan bir kamyon duruyordu. Kamyonun gölgesi yere büyük bir karanlık halinde vuruyordu. Vincin ucundan kalın bir ilmik sarkıyor, hafifçe sallanıyordu, gölgesi de oynuyordu. İlmiğin altında küçük bir tabure duruyordu.

İte ite taburenin yanına getirdiler. Her yanda nöbetçiler vardı. Biraz ilerde koyu giyimli adamlar duruyordu. Adamlardan biri yaklaştı, cebinden bir kâğıt çıkardı. Ağır ağır Ekrem'in hangi suçtan mahkûm olduğunu okudu. Ekrem, adamı dinlemiyordu, ama okumasını bitirmemesini istiyordu, adam o kâğıdı okuduğu sürece sağ kalacaktı. Artık kurtulmayı falan düşünmüyordu, yalnızca adamın olabildiğince uzun okumasını istiyordu. Adamın sesi birden sustu.

Biri yaklaştı, Ekrem'in kolundan tutup tabureye çıkardı.

–Söylemek istediğin bir şey var mı?

Ekrem başını salladı.

–Son bir isteğin var mı?

Ekrem bir sigara içmek istedi. Bir sigara o anda onun için bütün bir yaşam demekti. Ağzını açacağı anda kekeme olduğunu anımsadı. Kekeme olduğunu anlamayacaklar, korktuğu için kekelediğini sanacaklardı. Korkuyordu. Ama adamlar onun korktuğunu, korkuyla hiç ilgisi olmayan kekemelikten dolayı anlayacaklardı. Sigaradan ve son beş dakikadan vazgeçti. Başını salladı. Boynuna ilmeği geçirdiler...

40

Gecekondunun küçük toprak bir avlusu vardı, kırık dökük tahta çitlerle çevrilmişti. Avlunun iki yanına iki tahta kazık dikilmiş, kazıkların arasına da ip gerilmişti. Fazıla yere koyduğu leğenden aldığı çamaşırları havada şöyle bir silkeledikten sonra ipe asıyor, sonra da leğenin yanında duran küçük sepetten aldığı mandallarla mandallıyordu.

Hafif bir rüzgâr hem asılan çamaşırları hem de Fazıla'ın bol eteğini dalgalandırıyordu. Bazan etek fazla havalanınca Fazıla telâşla elindeki çamaşırı leğene bırakıp eteklerini tutuyordu. Dalgalanan eteklerinin altından beyaz bacakları görünüyordu. Havaya uçmaması için eteklerini toplayıp iki bacağının arasına sıkıştırdı.

Büyük çarşafı asarken bacaklarını iki yana açınca etek de bacaklarının arasından kurtuldu, rüzgârda çırpınmaya başladı. Fazıla yerden bir mandal alıp çarşafı mandalladı, sonra eğilip leğenden bir gömlek aldı. Tam gömleği asacağı sırada birisinin arkadan gelip eteklerini havaya kaldırdığını hissetti. Küçük bir çığlık atıp elindeki gömleği yere bıraktı. Hızla arkasına döndü. Kalın, kara bıyıklı, iriyarı bir adam yılışık gözlerle bakıyordu.

–Çamaşırları birlikte asalım mı anam? dedi adam.

Fazıla koşarak gecekonduya gitti, hızla kapıyı açıp içeri girdi. Bülent kitap okuyordu. Fazıla'nın hızla girdiğini görünce basıldıklarını sanıp kitabını bıraktı, yanındaki tabancayı kapıp ayağa fırladı.

–Ne oluyor?

–Dışarda bir adam var, eteğimi kaldırdı.

Bülent pencereden dışarı şöyle bir baktıktan sonra kapıya koştu. Öfkeden yüzü karmakarışık olmuştu, tabancayı da beline sokmuştu. Kapıyı yarısına kadar açtığı sırada duraladı, kapıyı yeniden kapattı. Gidip pencereden adama baktı. Sinirden çenelerinin attığını görüyordu Fazıla.

– Olmaz, dedi Bülent.

– Ne olamaz?

Bülent içini çekti,

– Biz buraya, bu mahalleyi örgütlemek için geldik. Şimdi benim halktan birini dövmem olmaz.

– Ama adam benim eteğimi kaldırdı. Üstelik kapının önünden ayrılmıyor. Bir şey söylemezsen yarın gene gelir.

Bülent başını salladı.

– Dışarı çıkmayacağız. Bunu yapmamalıyız.

Fazıla deliye döndü birden. Bülent'in gidip o adamı dövmesini, kendisini korumasını, kendisi için dövüşmesini istiyordu.

– Ne yapmasını bekliyorsun adamın? Irzıma geçmesini mi? Herhalde o zaman da ses çıkarmayacaksın. Ben buraya halkımız ırzıma geçsin diye gelmedim. Onu bilinçlendirmek için geldim. İkisi arasında büyük fark var bence.

Bülent evin içinde dolanıp duruyor, hem adama sinirleniyor, hem çaresizliğine öfkeleniyor, hem de Fazıla'nın durumu daha da zorlaştıran söylenmelerine içerliyordu. Aralarında hem karı koca ilişkisi hem de örgüt içindeki ast üst ilişkisi vardı. Bülent sorunu karı koca ilişkisi içinde çözemeyeceklerini kestirince, ast üst ilişkisi içinde ele almaya karar verdi.

– Bir dakika dur bakalım. Sorunları senin küçük burjuvaca isteri krizlerinle çözecek değiliz. Bizim görevimiz burayı örgütlemek; senin namusunu korumak değil. Burada adamla kavga çıkarırsak, bizim için iyi olmaz, örgütlenme çalışmalarımız aksar. Amacımızı gözden kaçırmamalıyız. Anladın mı? Senin namus sorunun daha sonra gelir. Bu işi unutacağız, dışarı da çıkmayacağız.

– Ya adam yine gelirse?

– Bundan sonra çamaşırları ben asarım.

– Ben hiç sokağa çıkmayacak mıyım? Bahçeye çıkmayacak mıyım? Dışarı çıkmadan örgütlenme çalışmalarını nasıl yürüteceğim?

Bülent düşündü.

–Bundan sonra birlikte çıkarız dışarı. İkimizi birlikte görürler. Bir süre sonra da böyle şeyler yapmaya cesaret edemezler.

Fazıla güldü:

–Yani ben kurtarmak istediğim halkın arasına koruyucusuz çıkamayacağım, öyle mi? Çok hoş bir mücadele biçimi olacak bu. Ya da ırzıma geçecekler. Bence sen çıkıp şu adamı dövsen en iyi çözüm o olurdu, ama sen de bunu istemiyorsun.

Bülent koltuğa oturdu. Fazıla'ya karşılık vermeden kitabını bıraktığı yerden okumaya başladı. Fazıla pencereden baktı: Adam gitmişti.

41

Suat, devetabanının geniş yapraklarının altına yerleştirilmiş divana uzanmıştı. Gözleri yarı yarıya kapanmıştı, yarım kalan bir şiirin nasıl tamamlanacağını düşünüyor, arada bir düşünceleri kayıp bir hayale dönüyor, sonra yeniden kendini toparlayıp gerisini bulmaya çalışıyordu. Uykuya teslim olmaya hazırdı.

Devetabanının ortaları delikli geniş, büyük yaprakları, divanın üstüne kadar uzanıyordu. Yaprakların damarlarını, dalların pürtüklerini, yeni bir yaprak doğurmaya hazırlanan gebe bir dalın şişkin karnını görebiliyordu.

Yapraklar çok genişti. Bazan yapraklardan biri hafifçe ürperiyor, sonra bu ürperti kesiliyordu. Yaprakların üstlerindeki deliklerin bazıları oval, bazıları da daire biçimindeydi. Hem küçük delikler, hem de büyük delikler vardı. Deliklerin üstüne öbür yaprakların gölgeleri vuruyor, delikler karanlık karanlık gözüküyordu.

Ortadaki yaprak en büyükleriydi, delikleri de öbür yapraklarınkinden daha büyüktü. Hafif bir ürpertiyle kımıldanıyordu. Büyük yaprağın ürpertisi öteki yapraklara da geçmişti, hepsi belli belirsiz titreşiyorlardı. Deliklerin karanlığı her kıpırtıyla birlikte artıyordu.

Dallar titreşimlerle uzuyor, yapraklar büyüyor, deliklerin karanlığı çoğalıyordu. Yapraklar gittikçe genişleyerek Suat'a doğru uzanıyordu. Dalları en uzun olanlar, şimdi Suat'ın üstüne gelmişlerdi. Ürpererek büyüyorlar, dallar birbirlerinin içinden geçerek uzuyordu. Dallar divanın üstünü kaplamıştı, tavanın görünmesini engellemişti. Dallar, büyüyen yaprakların ağırlığını çekmekte zorlanıyordu.

En büyük yaprağın ucu Suat'ın yüzüne dokunuyordu.

Yaprak genişledikçe Suat'ın yüzünü daha çok kapatıyordu, öbür yapraklar da gövdesine, bacaklarına değiyordu. Deliklerin karanlığı, bütün aydınlığı emip yok etmişti. Suat, karanlığın içinde büyüyen yaprakları görüyordu. Yapraklar şimdi bedenine dolanıyordu. En büyük yaprak yüzüne bastırıyor, soluk almasını zorlaştırıyordu. Suat eliyle yaprağı itmeye çalıştı, ama eli deliklerin karanlığı içinde eriyip gitti. Yaprak gittikçe yayılıyordu.

Pütürlü dalların bedenine dolandıklarını hissediyordu, en büyük yaprak da yüzünü olduğu gibi kaplamıştı. Her yanı yapraklarla kaplanmıştı. Soluk almak gittikçe zorlaşıyordu. Yapraklar Suat'ı içlerine doğru çekiyorlardı. Bir kolunun daha deliklerin karanlığı içinde eridiğini gördü. Karanlık, bedeninin öbür kısımlarını da parça parça emiyordu.

Dallarla yapraklar Suat'ı içlerine çekiyorlardı. Divandan zorla koparıldığını, dalların içine sürüklendiğini fark etti. Dalların içine sürüklendikçe karanlığın içinde eriyen parçaları da artıyordu. Karanlık delikler kollarından sonra, bacaklarını da emmişlerdi. Gövdesi hızla eriyip karanlığın içinde yok oluyordu. Sonunda yalnızca başı kaldı. Başı da geniş yaprağın ortasındaydı. Yaprak yeşil bir bohça gibi başını sarmıştı. Yaprağın karanlık delikleri artık gözlerini emiyordu. Gözleri akıp gitti, saçları uçtu, burnu eridi, çene kemikleri çıtırtılarla toz haline geldi. Suat tümüyle yok olmuştu yaprakların içinde, ama hâlâ yaşıyordu. Yok olmuş olduğunu, yok olduğu halde fark ediyordu. Her yerde yapraklar vardı. Hızla yayılıyorlardı artık. Ürperti, korkunç bir titremeye dönüşmüş, yapraklar çılgın titremelerle odayı kaplamışlardı. Deliklerin karanlığı odayı da emiyordu. Sonra binayı, kenti, dünyayı emip yok edeceklerdi. Suat yok olmuştu, ama bütün bunları görüyor, dünyanın yok olmasından dehşete düşüyordu. Dehşet, korku ve karanlık vardı. Yapraklarla, dallar da deliklerin karanlığı içinde kaybolmuştu. Delikler de yoktu. Yalnızca karanlık, her şeyi emip yok eden karanlık vardı. Gittikçe büyüyerek yayılıyordu, ışıkları emiyor, eşyaları emiyor, dünyayı emiyor, yok ediyordu. Yok olan her şey, aynı zamanda var olmayı da sürdürüyordu. Suat, her şeyin hem yok olduğunu, hem de hâlâ var olduğunu görüyor, bunun olanaksızlığını düşünüyordu. Kendisi de yoktu, ama hâlâ her şeyi görüyor ve anlıyordu. Yoktu, ama gene de vardı...

42

Gene aynı basamakları tırmanıyordu Necip. Zerrin'den ayrılalı epey olmuştu, ama hâlâ unutamıyordu onu, geçen gün bir başkasıyla birlikte görmüştü.

Kenan'la yardımcıları gene masanın başındaydılar. Bu kez daha ciddi ve asık suratlı duruyorlardı. Kenan bir şey söylemeden eliyle masanın önünde duran iskemleyi işaret etti. Necip oturdu. Kenan, başını önüne eğmişti, kafasını kaldırmadan konuştu:

– Örgüt hakkında ileri geri konuşup politikamızı eleştiriyormuşsun her yerde. Arkadaşları kışkırtıyormuşsun.

– Hayır, kışkırtmıyorum. Ama örgütün yanlış bir politika izlediğine inanıyorum, kitlelerden kopuk hareket ediyoruz. Kitlelerin desteğinden yoksunuz, onlar için mücadele ettiğimizi bile bilmiyorlar. Onlara görüşlerimizi anlatamıyoruz. Üstelik bizim yaptıklarımıza da kızıyorlar. Kitle bağlarının güçlendirilmesi gerektiğine inanıyorum. Onların da mücadelenin içine katılmalarını sağlamalıyız bence.

Kenan, kaşlarını çattı.

– Revizyonistler gibi konuşuyorsun, Necip arkadaş. Kız arkadaşından ayrıldıktan sonra çok değiştin sen. Kitleleri hareketin içine almak demek, onların değer yargılarını kabul etmek demektir. Kitleler, egemen sınıfların değer yargılarına sahiptir. Onlar bizim mücadelemizi yozlaştırırlar.

– Ama halk olmadan halk için mücadele etmek çok güç, başarıya ulaşamayız böyle. Kitlelerden kopuk yürütemeyiz bunu, gücümüz yetmeyecek.

– Bizim halkı kurtarmak için halka ihtiyacımız yok Necip arkadaş. Biz öncüleriz, onlar peşimizden gelecek. Biz yok olacağız, ama onlar düşünmeyi öğrenecek. Bütün bunları senin de bilmen gerek.

– Biliyorum elbette, ama artık bu görüşlerin doğruluğundan kuşkulanıyorum. Ben kendi köylülerime bile anlatamıyorum. Halktan kopuk olmaz bu iş. Politikamızı yeniden gözden geçirmeliyiz.

Kenan, başını kaldırdı.

– Örgütün politikasına karşı mı çıkıyorsun?

– Doğru bulmuyorum bu politikayı.

– Örgüt içinde bölücülük yapmana izin veremeyiz Necip arkadaş. Böyle yapmakta diretirsen örgütten ayrılmaktan başka çaren kalmaz.

– Örgütten ayrılmak istemiyorum, ama görüşlerimi söylemek istiyorum.

– Örgüt içinde bu revizyonist görüşlerin yayılmasına, bölücülük yapılmasına izin veremeyeceğimizi söylüyoruz sana, ama sen diretiyorsan, anlaşılan yollarımız burada ayrılıyor, artık aramızda sana yer yok.

Başı önünde çıktı binadan; sevdiği kızı kaybetmeye benzemiyordu bu, ölmek gibi bir şeydi. Bomboştu içi, kendine ait her şeyi, bütün varlığını, içinde yaşadığı kozasını bir anda kaybetmişti. Yaşamasını sağlayan candamarı koparılıp atılmıştı. Örgüt olmadığı zaman o bir hiçti, birdenbire hiçliğini, güçsüzlüğünü, yalnızlığını bütün ağırlığıyla hissetti. Bütün ailesini bir felâkette kaybeden küçücük bir çocuk gibi sahipsiz, korunmasız, sevgisiz kalmıştı.

Duvarın dibine çöktü. Bütün yaşamını örgütün oluşturduğu kozanın içinde örmüş, kendi yaşamının iplikleri kozanın dokusuyla kaynaşmıştı, şimdi kozası koparılıp alınınca, yaşamının önemli bir parçası da kozayla birlikte kopup parçalanmıştı. Bu parçalanmışlığı bütün şiddetiyle, bütün acısıyla anlıyordu, ama daha çok yeni olan darbenin etkisinden kurtulamadığından, hangi parçalarını kaybettiğini, geriye ne kaldığını kestiremiyordu, büyük bir kaza atlatmış insanların yaşadığı bir şokun içinde yalnızca soğuk bir korkuyu ve titremeyi hissediyordu.

Kabuğunu yitirmiş bir hayvan gibi, soğuğu etinde hissediyor, yalnızlığını, güçsüzlüğünü bütün ürkütücülüğüyle duyuyordu. Bir örgütün parçası olmanın getirdiği güven birden kaybolunca, kaybolan güvenin yerine aynı hızla korku dolmuştu. Neden korktuğunu bile anlamadan, ölesiye korkuyor, yeniden kabuğunun içine dönmek, oradaki sıcaklığa sığınmak istiyordu, ama kendisini almayacaklarını biliyordu. Biraz da o kabuğun verdiği güvenle başkaldırmış, kabuğunu kendisi koparıp atmıştı. Ne yaptığını, şimdi duvarın dibinde yalnız başına otururken anlıyor, yaptığından dehşete düşüyordu. Son an'a kadar örgütten ayrılacağı aklına gelmemişti; odadan çıktığında bile bu gerçeği anlamamıştı, ancak şimdi yavaş yavaş kavrıyordu ne olduğunu.

Güneş yükseliyor, dayandığı duvarı ısıtıyordu; duvarın sıcaklığından, güneşten bile tedirgin oluyordu. Ellerini dizlerinin üstüne koymuştu. Yoldan geçen insanlara korkuyla bakıyordu, bugüne kadar farkına varmadan küçümsediği bütün bu insanların şimdi kendisinden daha güçlü olduklarını, vahşi hayvanlar gibi üstüne saldırıp kendisini parçalayacaklarını sanıyordu. Korkuya alışkın değildi, bu duyguyu örgüte girdikten kısa bir süre sonra, yeni keşfettiği gücün başdöndürücü şehvetiyle yaşamından çıkarmıştı. Kendini korkuya karşı koruyacak bir silâhı olmadığından, şimdi bu duygu onu, korkak birini etkilediğinden daha büyük bir güçle etkiliyor, hızla paniğe dönüşüyordu.

Ne yapacağını, bu panikten nasıl kurtulacağını, nereye saklanacağını bilemiyordu. Birdenbire hiç tanımadığı bir yaşamın içine çırılçıplak tekbaşına bırakılmıştı. Kendisini koruyacak hiçbir silâhı, hiçbir becerisi yoktu. O güne dek bütün yaşamını örgütün bir parçası olarak biçimlendirmiş, bütün yeteneklerini örgütün istekleri doğrultusunda geliştirmişti. Örgütün dışında bir yaşam olduğunu bile düşünmemişti.

Yavaşça kalktı oturduğu yerden, duvarların dibinden yürümeye başladı, insanlara yaklaşmamaya çalışıyordu. Nereye gideceğini bile bilmiyordu. Her zaman örgüt arkadaşlarıyla buluştuğu yerlere gider, oralarda otururdu; başka yerleri hiç bilmezdi. Başıboş, amaçsızca yürüyordu. Her zaman yapacak bir işi olur, bir yerlere yetişmek için koştururdu, şimdi yapacak hiçbir işi yoktu, ağır ağır yürüyor, böyle yürümekten yoruluyordu. Birden her şey ağırlaşmış, yavaşlaşmış, yorucu bir hale gelmişti.

Kafasını kaldırınca, alışkın bir at gibi, her zaman arkadaşlarıyla buluştuğu yere geldiğini gördü. Geri dönmek istiyordu, ama arkadaşlarını bir kez daha görmeye, onların söyleyeceklerini dinlemeye, onlara bir hain, bir kaçak olmadığını anlatmaya ihtiyacı vardı. Ürke ürke girdi içeri.

Birden bir sessizlikle karşılaştı. Necip'i görenler susmuşlardı. Her zaman dostça karşılandığı yerde şimdi düşmanca bir sessizlikle karşılaşıyordu. Şaşırdı, ne yapacağını kestiremedi, dipteki bir masaya doğru yürüdü. Kimse kafasını kaldırmıyor, herkes önüne bakıyordu. Necip'i herkes severdi aslında, cesareti, gözüpekliği, dostluğu örgüt içinde takdir edilirdi, ama şimdi kovulduğunu herkes öğrenmişti.

Gidip arkadaşlarının masasına oturdu. Masadakilerden ses çıkmadı.

–Merhaba, dedi kısık bir sesle.

Bir süre yanıt gelmedi, kimse örgütten atılmış birisiyle konuşmak, kendisinin örgüt içindeki yerini tehlikeye atmak istemiyordu. Biraz sonra eski arkadaşlarını tümden yanıtsız bırakmaktan utanıp mırıltılar çıkartarak, "merhaba," dediler.

Necip, arkadaşlarına kızmıyordu, böyle aşağılanmaktan sıkılıyordu, ama arkadaşlarına da hak veriyordu, kendisi de örgütten atılmış birine böyle davranırdı.

Tam kalkmaya hazırlanırken Hakan girdi içeri. Salonun niye böyle sessiz olduğunu anlamak için çevresine bakınca Necip'i gördü, doğru yanına gitti. Masadaki çocuklara,

–Ne arıyor bu korkak burada? dedi.

Öbürleri hiç olmazsa ses çıkarmamışlardı, Hakan'sa bir günde düşman olmuştu.

Necip, gene de alttan aldı:

–Merhaba Hakan.

–Niye geldin buraya?

–Arkadaşları görmeye...

–Burada senin arkadaşın yok, anladın mı? Bizim korkaklarla işimiz yok.

Necip, ayağa kalktı.

–Demek şimdi korkak oldum ha? Sen de cesursun tabii. Seninle birlikte para almaya gitmiştik, hatırlıyor musun? Yolda hiç durmadan saçmasapan filmler anlatıyordun. Şimdi ben korkak oldum ha?

Hakan daha da sinirlendi:

–Senin o dediklerin eskidendi. Hadi bas git buradan, yoksa kötü olur. Sana bir şey söyleyim mi, sen en iyisi bu kentten git, ortada gözükme bir daha. Yoksa...

–Ne o, öldürür müsünüz?

Hakan, Necip'e kinle baktı:

–Hiç belli olmaz aslanım, sen en iyisi git buradan.

43

Sulusepken kar yağıyor, bütün mahalleyi gri bir çamur yığınına çeviriyordu. Gecekondunun içi de kararmıştı. Fazıla, odanın bir köşesine yerleştirilmiş gazocağında hindi pişiriyordu. Yılbaşı akşamını örgüte yakın işçi arkadaşlarıyla birlikte geçireceklerdi. Herkes evinden birşeyler getirecekti. Hindi tencereye sığmamış, bir butu dışarı taşmıştı. Tencere kapağının açık kaldığı yerden evin içine hindi kokulu bir buhar yayılıyordu. Bülent, pencerenin kenarına oturmuş, örgütün yayın organı için bir makale yazıyordu.

Fazıla, hindi kokulu buhardan rahatsız olmuştu. Hava kararmaya başlamıştı. Ortadaki küçük soba, odayı pek ısıtmıyordu. Nicedir yılbaşını kutlamıyorlardı, böyle alışkanlıkları da küçümsüyordu artık. Ama yılbaşı, onun için sevinçli bir gün demekti çocukken, hazırlıklar, süslenmeler, partiler, bugüne başka günlerde olmayan bir mutluluk katardı. Şimdi, işçilerle kaynaşmak için böyle bir yılbaşına katılmaya razı olunca, eski anılar aklına geliyor, hindi buharı, soğuk, pencerelerdeki karanlık yağmur, daha da bunaltıcı oluyordu. Bu gece evinden çıkmak istemiyordu aslında. Yorgundu, içi sıkılıyordu.

Yıllardan beri gecekondularda yaşıyordu, alışmıştı bu yaşama, giderek, bu yaşam biçimini sevmesi gerektiğine inanmış, bunu sevmemenin bir ihanet olacağını sanmış ve garip bir biçimde kendini zorlayarak sevmişti gecekonduları, buralarda mutlu olduğuna, asıl yerinin gecekondu mahalleleri olduğuna inandırmıştı kendini.

Her şey yabancı geliyordu o akşam. Sanki yıllardır orada yaşamıyordu, ilk kez o akşam gelmişti. Sabahtan beri eve su taşımaktan beli ağrımıştı. Doğrulup belini tuttu. Bülent sessizce çalışıyordu pencerenin kenarında. Pencereler buğulanmıştı. Fazıla tahta iskemleye oturdu. İskemlenin bacaklarından biri öbürlerinden daha kısa olduğu için, otururken sürekli kıpırdanmak zorunda kalıyordu. Entarisinin önü ıslanmıştı, soğuk soğuk bacaklarına değiyordu.

Hindi pişmişti, kalkıp ocağın altını kapattı. Bülent de lâmbayı yakmıştı o sırada. Çıplak ampulün ışığı odanın zavallılığını ve soğuğunu daha da artırmıştı. Fazıla, "ışığı söndür!" diye bağırmak istedi, ama tuttu kendini. Bağırmadığı için daha da sinirlendi, hep kendini tuttuğunu, yıllarca söylemek istediği birçok şeyi söyleyemediğini düşündü. Öfkesini ve sıkıntısını bastırmaya çalıştı.

– Geç kalıyoruz, dedi Bülent. Artık hazırlanalım.

Kocasına baktı Fazıla, omuzları daralmış, göğsü içine çökmüş gibiydi. Üstündeki ucuz ceketle zavallı bir hali vardı. Çoktan beridir kocasına dikkatle bakmadığını da fark etti. Gidip ışığı söndürdü.

Bülent, sinirli bir sesle,

– Niye söndürdün ışığı? dedi. Önümü göremiyorum.

– Biraz sonra yakarım, dedi Fazıla. Işık gözlerimi rahatsız etti.

Yatağın üstüne oturup parmağını ısırdı, kendi kendini yatıştırmaya çalışıyordu. Kendisini bıraksa, Bülent'e bir şey söylemeden çekip gidecekti gecekondudan. Kalkıp yeniden yaktı ışığı. Üstünü değiştirdi, saçlarını taradı. Hindi tenceresini kucakladı, Bülent de kuruyemiş paketlerini aldı.

Birlikte çıktılar gecekondudan. Kar, yağmura çevirmişti, keskin bir soğuk vardı. Yerler vıcık vıcık çamurdu, yürürken kaymamaya çalışıyorlardı. Yollar karanlıktı.

Fazıla'ya, elinde bir hindi tenceresiyle, yağmurun altında yürümek anlamsız geliyordu. Gittikleri yerde dinleyeceği konuşmaları şimdiden biliyordu, sıkıntısını saklamaya çalışacak, tartışmalara katılacaktı. Sekiz yıldan beri aynı şeyleri konuşuyorlardı, hiçbir şey değişmiyordu. Aynı konuşmaları duya duya yaşlanmaktan korktu birden, basma giysisiyle gecekondularda yaşlanacaktı, içi sıkıştı.

Ayağı kaydı Fazıla'nın, elindeki tencereyle birlikte çamurların içine düştü. Tencerenin kapağı açılmış, hindi çamurlara yuvarlanmıştı. Fazıla'nın ayakkabılarına sular dolmuş, her yanı ıslanmıştı. Bülent karısının elinden tutup kalkmasına yardım etti. Karanlıkta hindiyi bulup pantolonuna sürterek temizlemeye koyuldu. Hindi temizlenmiyordu bir türlü, Bülent ise büyük bir ciddiyetle hindiyi temizlemeye uğraşıyordu.

Fazıla çamurların içine oturup ağlamaya başladı. Hıçkıra hıçkıra ağlıyordu. Sekiz yıl önce bütün kişiliğini değiştirmiş, başka bir kadın olmuş, çocukluğunda edindiği bütün alışkanlıklardan, zevklerden vazgeçmiş, eski kişiliğinin izlerini silmek için kendine baskı yapmıştı. Bütün bunlardan yorulmuştu, yorulduğunu şimdi çamurların içinde oturup ağlarken açıkça hissediyordu. Yıllarca hep aynı şiddetle inanmak, inancından hiç kuşku duymamak, her kuşku kırıntısını bastırıp derinlere itmek, asıl kişiliğini sürekli saklayıp başka biri olmak, hep bir şeyin değişeceğini beklemek, bekledikleri değişikliğin çok yakında olacağını ummak ve bir türlü değişikliğin olduğunu görmemek, Fazıla'nın sonradan benimsediği kişiliğini sinsi sinsi kemirip eskitmiş, sonunda artık taşınamaz bir yük haline getirmişti. Fazıla, yağmurun altında ağlarken farkına varmadan yeniden kişilik değiştiriyor, kendine koyduğu yasaklar, barikatlar korkunç bir sızıyla birer birer yıkılıyor, bu yasakların altına saklanmış özlemler, yıllarca bastırılmış olmanın öfkesiyle yeniden ortaya çıkıyordu.

Bülent de Fazıla'nın yanına çamurların içine oturdu, elini tuttu. Yağmurdan sırılsıklam olmuşlardı, saçları kafalarına yapışmış, sular enselerinden içlerine akmıştı, bütün giysileri çamur içindeydi.

–Ben eve dönmek istiyorum, dedi Fazıla. Bıktım artık, tükendim.

Bülent, elindeki hindiyi çamurların arasına bıraktı.

–Hadi eve gidelim, dedi.

Karısının kalkmasına yardım etti. Birbirlerine sarılıp geldikleri yoldan evlerine doğru yürümeye başladılar. Fazıla yeniden kayar gibi olunca, Bülent karısını sıkıca tuttu.

–Artık taşınalım buradan, dedi Fazıla.

–Ben de bunu düşünüyordum, ama ilk senin söylemeni bekliyordum.

Yağmur gittikçe hızlanıyordu. Fazıla kendini hafiflemiş, rahatlamış hissediyordu, ama içinde bir burukluk, bir tedirginlik de vardı. Patlamanın ilk etkisi geçiyor, yerini pişmanlığa bırakıyordu. Keşke gitseydik, diye düşünüyordu Fazıla, ama gidecek hali olmadığını da biliyordu, oraya gidemezdi. Eve yaklaştıkça mutsuzluğu artıyordu. Bir yandan o gece oraya gitmediği, bir daha da öyle yerlere gitmeyeceği için rahattı, bir yandan da gitmek istemediği için kendi kendini suçluyordu. Bu gece yağmurun altında ağlarken bütün yaşamını değiştirmeye karar verdiğini yavaş yavaş anlıyordu. Ne yaptığını fark ettikçe duyduğu dehşet de büyüyordu. Üstelik bu karardan dönmeye dayanamayacağını hissetmek, karardan dönmenin elinde olmadığını anlamak da mutsuzluğunu pekiştiriyordu.

Eve girdiklerinde Fazıla kendisinden nefret etmeye başlamıştı.

–O gecenin acısını yıllarca içimden atamadım, dedi Fazıla, Suat'a dönerek. Bunun acısını en iyi sen bilirsin: kolay değil insanın bütün inançlarını, yaşam biçimini değiştirmesi. Asıl beni şaşırtan ne oldu biliyor musun, bir daha ilk gençliğimdeki Fazıla'ya dönemedim, sekiz yılın izlerini tümüyle silip atamadım. İlk gençliğimdeki kişiliğimi de, daha sonraki kişiliğimi de kaybettim, yeniden yeni bir kişilik edinmek, yeni alışkanlıklar kazanmak zorunda kaldım. Anlayacağın otuz yıla üç yaşam sığdırdım ben, ama hiçbiri tam olmadı, hepsi biraz eksik kaldı.

Suat, koltuğunun içine iyice gömüldü:

–Terk edilmiş inançların intikamı korkunç oluyor, dedi. Ben kâbuslardan kurtulamıyorum biliyor musun, her gece kâbuslar görüyorum. Üstelik insan inancından hiçbir zaman bütün bütün vazgeçemiyor; yani görünüşte vazgeçiyor belki, zaman zaman o görüşlere karşı çıkıp saldırıyor bile, ama bir başkası o inançlara saldırırsa, o zaman dayanamıyorsun işte. O zaman anlıyorum insanın vazgeçemediğini. Vazgeçsem de o benim inancım, ben vazgeçerim, ama başkası onun hakkında konuşamaz.

Fazıla güldü.

–Bizimkisi çocukların oynadığı evcilik oyunu gibi bir şeydi. Gecekondularda oturuyorum, fabrikalarda çalışıyorum, halktan biriymiş gibi numara yapıyorum. Sonunda dayanamıyorum, patlıyorum tabii. Şimdi düşününce, biz önemli işleri çok hafife almışız, çocukların yapacağı şeyler değilmiş bu işler. Biz çocuktuk oysa, gücümüz yoktu, bizi destekleyenler yoktu, hiçbir şeyimiz yoktu...

Fazıla içini çekti.

–Ama bu toplumu da hiçbir zaman affetmiyorum, bizim çocuk olduğumuzu, hiçbir şey yapamayacağımızı biliyorlardı, gene de hiç duraksamadan yaşamlarımızı yok ettiler, çoğumuzu öldürdüler. Büyükler vahşice davrandılar bize.

Suat kürkünü savurarak ayağa kalktı, salonda dolaşmaya başladı.

–Büyükler vahşidir, biz de onlardanız artık.

–İnsan çocukken gerçekten güçlü olduğuna inanıyor galiba, ne dersin?

Suat bir süre bir şey söylemeden dolaştı, ikisi de kendi çocukluklarını, eski arkadaşlarını düşünüyorlardı. Suat, kızgınlığını alaycı bir sesle saklamaya çalışarak,

–Çocuklar inanırlar, ama bir şey yapamazlar, dedi, oyun oynamaktan başka tabii. Büyüklerin bir şey yapması için inanmaları hiç de gerekli değildir oysa; çıkarları olsun yeter.

–Ama ne kadar çok çocuk öldü.

–Savaşlara da çocukları gönderirler, ne olacak? Onlar çabuk ölüyorlar, soru sormadan. Yaşamı bilmediklerinden, ölümü de bilmiyorlar, korkmaları gerektiğini anlamıyorlar. Korkmasını bilmeyen biri de gerçek bir mücadeleci olamıyor işte.

44

Balkonda yan yana oturmuşlardı, Fazıla başını Ömer'in göğsüne dayamıştı. Tahta parmaklıkların arasından, dizboyu vahşi otlar, meyve vermekten vazgeçmiş yabani ağaçlar, otların arasından tek tük uzanan kırmızı gelincikler gözüküyordu. Ahşap konağın tahtalarından aradabir çıtırtılar duyuluyordu. Gün batmak üzereydi, güneş solgunlaşmıştı. Fazıla'yla Ömer bütün yaşamlarını birlikte geçirmiş iki mutlu ihtiyara benziyordu.

– Buranın sessizliğini çok seviyorum, dedi Fazıla. İçimi dinlendiriyor. Bahçeye sakın dokunma olur mu, hep böyle kalsın.

Ömer içini çekti.

– Bu konaktan taşınmak zorundayım, dedi. Bir yıla yaklaşıyor buraya geleli, ne yapacağım belli olmadığı için ne konağa el sürebildim, ne de başka bir yere geçebildim, ama artık bir karar vermeliyim, böyle sürdüremem yaşamımı, bu bakımsız konakta yalnız kalınca bunalıyorum artık.

Ömer durup Fazıla'nın bir şey söylemesini bekledi. Fazıla, Ömer'in bir yanıt beklediğini biliyordu, ama sesini çıkarmadı. Ömer'in göğsüne biraz daha sokuldu.

– Eskiden yalnızlığa hiç aldırmazdım, dedi Ömer. Zaten yalnızlığı fark edecek zamanım da olmazdı, ya gemide olurdum, ya bir yerlerde birşeyler yapardım, ama şimdi burada bir şey yapmıyorum, oturup seni düşünüyorum, senden başka düşünecek bir şeyim yok, bu da benim yalnızlığımı arttırıyor. Artık ölüm bile çekmiyor beni. Yaşamla aramda senden başka bir şey yok, sen de olmayınca hiçbir şey kalmıyor. Seninle olmak istiyorum. Birlikte güzel şeyler yaşayabiliriz, bu konağı senin için onartırım. İstersen başka yerlere gideriz.

Fazıla, Ömer'in göğsünden çekilip sırtını tahta duvara dayadı. Bir yerlerden yanık ot kokuları duyuluyordu. Yeniden birşeyleri değiştirmek düşüncesi bile rahatsız ediyordu Fazıla'yı. Ömer'in kendisinden birşeyler istemesine sinirleniyordu. Burada böyle oturmak, sonra da Bülent'in yanına dönmek istiyordu.

–Ben yeni hiçbir şey kuramam artık, dedi. Gücüm yetmez buna. Yeni bir şeyi taşıyamam. Artık eski giysilerimi yenilerinden daha çok seviyorum, eski hırkamı, eski terliklerimi, her zamanki yastığımı istiyorum. Seninle çok güzel şeyler yaşadım, bir daha hiç duymayacağımı sandığım heyecanları duydum, ama bunu böyle sürdüremeyiz, bir süre sonra biter bu, sıkılırız birbirimizden. Bunu göze alamam, benden sıkılmana dayanamam. Hem bir şey daha var, ben Bülent'i de çok seviyorum. Seni sevmeme engel değil bu, ama Bülent'le benim aramda sevgiden de öte bir şey var, başka hiç kimseyle aramda olamayacak bir şey, o kadar çok şey paylaştık ki, o da benim bir parçam oldu.

Fazıla durdu, düşündü, sonra konuşmasını sürdürdü:

–Sen de benim bir parçamsın aslında. İkiniz de benim parçalarımsınız, ikinizden de kopamam, hanginizden ayrılsam yaşamımdan bir parça da onunla birlikte ayrılır. Hanginizle olsam öbürünü özlerim, ben Bülent'le kalıp seni özlemeyi yeğliyorum. Bence aşk bu işte, seni özlemeyi yeğlemek.

Hava kararmaya başlamıştı, yüzleri gölgeleniyordu. Ömer Fazıla'nın iki elini birden tutup sıktı.

–Bu senin aşkın, dedi. Ama bu aşk değil. Sen bunun aşk olduğunu sanıyorsun. Sen bilmiyorsun aşkın ne olduğunu. Aşk, özlemeye dayanabilir mi hiç. Aşk sahip olmak ister, sahip olmayı da bırak, aşk ister. Açgözlüdür aşk, doymaz, doymadığı sürece aşktır o, başka türlüsü elinden gelmeyeceği için aşktır. Kendimden biliyorum bunu, ben seni istiyorum, çünkü ben yaşıyorum, sen istemiyorsun çünkü sen yaşamıyorsun. Sen aşkı tanımıyorsun. Kimim ben ha? Kimim ben? Söyleyebilir misin? Çocukluğunda sevdiğin bir gemici, sana çocukluğunu geri verdiğini sandığın bir adam, bilgisiz, pek zeki olmayan, dümdüz, sıradan bir adam, yorgun ve yalnız biri. Sana Lorca'dan bir şiir okusam şaşırırsın şimdi, Lorca'yı sevdiğimi bırak, o şairin adını bildiğimi bile bilmiyorsun.

Ömer, yüzünü Fazıla'nın yüzüne yaklaştırdı, iki eliyle yüzünü tuttu.

–Seni boğsam, ona da şaşarsın, seni boğabileceğimi de bilmiyorsun çünkü, seni öldürebileceğimi aklına bile getirmiyorsun. Tanımıyorsun beni, bir kere bile dikkatle bakmadın bana, ne istediğimi, neye ihtiyacım olduğunu düşünmedin, umurunda bile değil, kimse umurunda değil zaten, ne Bülent, ne de çocukların. Ama işin korkuncu, sen kendini de tanımıyorsun bence, kendin de umurunda değilsin. Geçiştirmeye çalışıyorsun yalnızca, her şeyi; yaşamı, aşkı geçiştiriyorsun. Korkuyorsun sen, yaşamaktan ödün patlıyor, bunu sana daha önce de söylemiştim. Benim geceleri bu konakta ağlayabileceğimi düşündün mü hiç, aklına bile gelmedi değil mi? Şimdi ağlayabileceğimi düşünebiliyor musun peki, şu anda ağlasam ağladığımı anlayabilir misin, yoksa n'apıyor bu adam böyle diye şaşar mısın?

Ömer'i tanımadığını düşünmek birden Fazıla'yı dehşete düşürdü. En yakını sandığı insanı aslında hiç tanımamış olabileceğini, sarıldığı, seviştiği, sevdiği bir insanın aslında bir yabancı olabileceğini, karanlık bir gecede çakan şimşekte, görülüp kaybolan bir hayali görür gibi, bir an görüp ürktü. Sonra o bir an geçti, yeniden karanlık oldu, hayal kayboldu, Fazıla Ömer'i tanımama olasılığını sildi aklından, ama gene de bir an gördüğü o olasılığın ürküntüsü içinde kalmıştı.

–Tanımıyor muyum seni? dedi.

Ömer geri çekilip parmaklıkların dibine oturdu. Karanlık basmış, yıldızlar çıkmaya başlamıştı.

–Tanımıyorsun tabii. Sen on altı yıl önceki çocuğu tanıyorsun, onu tanıdığına o kadar eminsin ki, bir daha dönüp bana bakmıyorsun bile, sanki ben aynı çocukmuşum gibi davranıyorsun. Başka bir adamım ben, sen de eski kız çocuğu değilsin, sen de başka bir kadınsın. Ben o kız çocuğunu sevdiğim gibi, seni, bu yeni halini de seviyorum, ama sen benim yeni halimi tanımıyorsun; hâlâ o eski çocuğu, daha doğrusu o eski çocukluğunu seviyorsun. Akşam olunca babanın evine dönmek istiyorsun, bugünlük oyun bitti, yarın görüşürüz. Bu kadar basit değil bence, babanın evi yok artık, benim de gideceğim babamın evi yok. Geceleri bu ıssız konağa dönüyorum, içi boş, eşya yok, soğuk, yabancı bir yer burası, bizim eski konağımız değil, bilmediğim yeni bir yer. Sevmiyorum bu konağı, burada daha önce hiç bilmediğim yeni duygular öğrendim. Ağlamazdım, burada ağladım; korkmazdım, burada korktum; geçmişi özlemezdim, burada özledim. Bunlar bana yabancı duygular, gittikçe daha zayıf, daha güçsüz biri oluyorum, yoruluyorum burada. Bu konak, bu bahçe, sen, her şey beni yoruyor, ihtiyarlatıyor sanki.

Ömer'in sesi birden yumuşadı:

–Benim sevgiye ihtiyacım var, sevilmeye ihtiyacım var, geceleri seni yanımda görmek istiyorum, konuşmak istiyorum, dertleşmek istiyorum, ben de herkes gibi olmak istiyorum. Benim yanımda kal, mutlu oluruz, korkacak hiçbir şey yok... Keşke dönmeseydim diyorum bazan, eskiden çok bunalınca seni düşünürdüm, bir gün birlikte olacağımıza, her şeyin düzeleceğine inanırdım, bunun saçma olduğunu bilirdim, ama gene de rahatlatırdı bu hayal beni. Şimdi bu hayali de kaybediyorum. Seninle hiç karşılaşmasaydım, hep bu hayalle idare edebilirdim. Misis Perkins'i özlüyorum, en çok onu özlüyorum artık, benim aradığım kadın oydu belki de, ben senin olduğunu sandım.

Ömer'in kendisiyle karşılaştığına pişman olduğunu, en çok Misis Perkins'i özlediğini duymaya dayanamadı Fazıla.

–Güzel şeyler yaşadık, ama dedi. Öyle değil mi?

Ay çıkmış, bahçede ateşböcekleri uçuşmaya başlamıştı. Ömer içini çekti,

– Yaşadık, dedi.

Fazıla, Ömer'in yanına yanaşıp elini tuttu.

– Niçin kızıyorsun bana? dedi. Sen de beni anlamaya çalışsana, korktuğumu anlasana. Ben de seninle kalmak istiyorum aslında, bazan senden ayrılmaya dayanamazmışım gibi geliyor. Ama yeni bir yaşam kuracak gücüm olmadığını anlıyorum sonra. Ben de çok yorgunum, çok örselendim, yeni serüvenlere, yeni tutkulara gücüm yok benim. Çocuklarım var, Bülent var, Bülent'le paylaştığımız yıllar, acılar var. Acıların insanları birbirine nasıl bağladığını bilmiyorsun sen. Nasıl bırakır giderim onları? Sen bir serüvensin benim için. Değiştiğini, yorgun, durgun, yerleşik bir insan olduğunu sanıyorsun. şimdi yorgunsun sen, gene eski haline döneceksin sonra; senin gibi insanlar değişmez, hissediyorum bunu, duygularıma güvenirim ben. Sen değişmedin, ben de değişmeyeceğim. Birlikte gidersek, ben evimi özleyeceğim, sen serüvenlerini özleyeceksin, birbirimize engel olacağız, sonra da nefret edeceğiz birbirimizden, dayanabilir misin buna, ben dayanamam.

Fazıla, Ömer'in elini öptü, yanağına sürdü.

– Ben serüven istemiyorum Ömer, gücüm yok buna. Sessizlik istiyorum, düzen istiyorum, en önemlisi güven istiyorum. Güven, aşktan daha önemli benim için, toplumun kurallarına uyduğum sürece güvenlikteyim, kocamla çocuklarımla birlikte güvenli bir biçimde yaşarım, ama seninle olmak kurallara yeniden karşı gelmek demek. Bir daha dayanamaz bedenim buna. Bedenim, toplumun kurallarına uymamı istiyor.

Birden itti Ömer'i yanından, varlığından sıkılmıştı. İçini çekti.

– Belki de kimseyi sevmiyorum, haklısın. Kimseyle olmak istemiyorum aslında, ne seninle, ne Bülent'le. İkiniz de sürekli birşeyler istiyorsunuz benden, sıkıştırıyorsunuz, bunaltıyorsunuz beni. Bir adaya gitmek istiyorum, ıssız bir adaya, Bülent'e de söyledim bunu, kimseyi görmek istemiyorum, artık herkes korkutuyor beni, yalnızbaşıma kalmak istiyorum.

Fazıla, ağlamaya başladı.

–Yeni darbeleri kaldıramam artık, dayanamam yeni darbelere, bunu siz anlayamazsınız, kadın değilsiniz siz, bunu ancak kadınlar anlar, bu güçsüzlüğü, bu korkuyu ancak kadınlar bilir, dayanamıyorum, dayanamıyorum... Böyle bir korkuyu siz hiç tatmadınız, hiç duymadınız, hiçbir erkek bir kadın kadar iyi bilemez yalnızlığı, sizin yalnızlığınız bir kadının yalnızlığına benzemez. Ne kadar çok yalnız hissediyorum kendimi, biliyor musun? Seni tanımadığımı söylüyorsun. Sen beni tanıyor musun peki? Yalnızlığımın nasıl bir şey olduğunu biliyor musun, hiç düşündün mü bunu? Yaşlanıyorum da bir yandan, biraz daha yaşlanınca ne olacak? Bülent beni yaşlanınca da sever, sen sevmezsin. Sen Bülent'in çektiklerini çekmedin, şimdi bir de ben acıtıyorum onun canını, acılarını bir de ben çoğaltıyorum. Ben Bülent'i seviyorum, seni onu sevdiğim kadar sevemem hiçbir zaman. Benim yalnızlığımı yalnızca Bülent anlar çünkü, sen anlamazsın, başkası da anlamaz, Bülent'in çektiklerini çeken anlar benim yalnızlığımı.

Yatıştı birden Fazıla, uysal bir sesle konuşmaya başladı:

–Ölümü özlüyorum, gittikçe daha çok özlüyorum. Sen ölümün siyahlı bir kadına benzediğini söylüyorsun, benim ölümüm ise sonsuz, külrengi bir boşluk, kesin bir yokluk... Bir ölsem, ah bir ölsem... Ölümü o kadar çok düşünüyorum ki bugünlerde...

Ömer, Fazıla'nın yanına sokuldu,

–Yalan söylüyorsun, dedi.

Sonra birden Fazıla'nın kolunu tutup bütün gücüyle sıktı. Bir yandan da bağırıyordu:

–Yalan söylüyorsun!.. Gene yalan söylüyorsun, numara yapıyorsun! Ölmeyi falan istemiyorsun sen! Yaşamaktan korktuğun gibi ölmekten de korkuyorsun! Ödün patlıyor! Sen ne ölebilirsin, ne de yaşayabilirsin, sürünürsün yalnızca!..

Ömer, Fazıla'yı içeriye doğru sürüklüyordu, adım sesleri, Ömer'in bağırışlarıyla birlikte boş konağın içinde yankılanıyordu.

–Ölmek istiyorsun ha! Bugüne kadar benim bir çocuk gibi davranmamı istiyorsun diye bir çocuk gibi davrandım, ama yeter artık! Kimin ne olduğunu, kimin ne istediğini görelim şimdi!

Ömer, Fazıla'yı iterek yatak odasına soktu, eğilip kapağı açık valizlerden birinden bir tabanca çıkardı, Fazıla'ya uzattı.

–Ölmek mi istiyorsun? Al öldür kendini!

Fazıla yatağın üzerine oturup yeniden ağlamaya başladı. Uzanıp Ömer'in elini tuttu, yanına çekti...

45

–Ayrıldık, dedi Ömer.

Suat, hiç şaşırmadı.

–Nasıl oldu?

–Bülent'ten ayrılıp benimle olmasını istedim, o da olmaz, dedi, kocasını daha çok seviyormuş, kendini daha güvenli hissediyormuş onun yanında. Artık serüven istemiyormuş.

Suat başını salladı, gidip pencerenin önünde durdu. Üstünde kürk olmayınca, boyu daha da küçük görünüyordu.

–Fazıla çok yoruldu, dedi. Yeni bir yaşama başlayamaz bir daha, akıllıca bir karar vermiş bence, seninle gelip sonra da her şeyi berbat etmektense, bunu kestirip atması daha iyi. Ben asıl böyle kesin bir seçim yapabilmesine şaştım. Hem güvenlik istiyor, hem de serüvenden hoşlanıyor çünkü. Demek gücü iyice tükenmiş artık, daha fazla oyun oynayamıyor, gerçeği görmek zorunda kalıyor. İyi iyi. Sen üzülüyorsun herhalde, ama ben ikinizin adına da sevindim, yürümezdi nasıl olsa...

Ömer, bir sigara yaktı.

–Ben bir serüven değildim onun için. Gerçekten seviyorum onu. Onunla birlikte yaşamak istiyordum.

–Senin gibi adamlar hep bir serüvendir. Neyse, üzülme artık. Şimdi ne yapacaksın?

–Bir gemiyle anlaştım, Güney Amerika'ya gidiyorum. Anlamıyorum, niye gelmedi benimle. Ne olacak güven içinde bir aile kadını olacak da? İnsan sevdiği halde nasıl vazgeçer, ben vazgeçemezdim, sevince isterim ben, Fazıla öyle değil...

Suat güldü.

–Yeryüzünde iki tür insan vardır Anibal, dedi. Biri bildiğimiz normal insanlar birisi de kadınlar. Kendinle kıyaslayarak anlayamazsın onları. Öyledir onlar. Ne zaman gidiyorsun?

–Yarın sabah gidiyorum, sana eyvallah demeye geldim. Bir daha görüşebilir miyiz, buralara bir daha döner miyim, bilmiyorum. Ama döneceğimi sanmıyorum. Yaşam da çok uzun değil zaten, daha ne kadar yaşarım?.. Sen ne yapıyorsun?

–Bir roman yazmaya başladım, ilk kez roman yazacağım, yeni bir serüven yani. Görüyorsun, ben de serüvenden korkmuyorum, ama benim serüvenim biraz değişik.

Ömer de gidip pencerenin önünde, Suat'ın yanında durdu, birlikte dışarı bakmaya başladılar.

–Senin romanın sonu iyi bitsin bari... Burası hâlâ Kapri'ye benziyor, biliyor musun?

Ömer pencereyi açıp sardunyaların yapraklarını parmaklarının arasında ovaladı, sonra elini Suat'a uzattı, Suat kokladı.

–Güzel kokuyor... Çok mu üzülüyorsun?

–Üzülüyorum, dedi Ömer, zamanla geçer herhalde.

Suat gidip koltuğa oturdu, ayakları yere değmiyordu.

–Çok üzülme, dedi, inan bana böylesi ikiniz için de daha iyi... Gider dolaşır bir yerlerde ölürsün. Ne olacak? Ben de gitmez dolaşmaz, burada ölürüm. Sen denize bakarsın, ben kitaplara. Sen nöbet tutarsın, ben yazı yazarım. Ne fark var? Sen sevgilini kaybettiğin için üzülürsün, ben hiç sevgilim olmadığı için. Senin de canın sıkılır, benim de. İkimiz de ölümden pek korkmayacağız, ikimiz de biraz ölümü özleyeceğiz, ikimiz de kendimizi olduğumuzdan daha yaşlı hissedeceğiz, ikimiz de kaybettiğimiz dostlarımızı düşüneceğiz...

Ömer başını salladı.

–Ne düşler kurmuştum oysa.

–Hepimiz düşler kurduk, herkes düşler kurdu. Ne düşler hem de, ne büyük düşler. Yıllarca besleyip büyüttük düşlerimizi, düşlerimiz uğruna yaşamlarımızı bile feda ettik. Ama düşbozumu zamanı şimdi. Uğruna gençliğimizden vazgeçtiğimiz düşler iyi hasat vermedi. O kadar besleyip büyüttük, şimdi bir de bakıyoruz hepsi ezilmiş, parçalanmış, kavrulmuş, yok olmuş, düşlerimizin hepsini kaybetmişiz. Gücü olanlar yeni düşler kuracak, gücü kalmayanlar...

Suat nedense sustu, cümlesinin sonunu getirmedi.

–Hadi sen de gel benimle, dedi Ömer. Dünyayı dolaş, denizleri gör, kavgalara katıl. Belki yazı yazmaktan daha çok seversin.

–İyi bir öneri aslında, ama üşenirim ben, mutluluğu dolaşarak arayamam. Yazmaya alışmışım, gerçi yazarken de mutlu olmuyorum, ama hiç değilse mutsuzluğuma bir çerçeve yapıyorum, yazı yazmazsam çerçevemi de kaybederim. Oysa tek parlak ve güzel şey de o çerçeve...

Ömer kapıya doğru yürürken,

–Sen bilirsin, dedi. Ben gidiyorum. Kendine iyi bak, Fazıla'ya da iyi bak, o da mutsuz olacak, yaşamını değiştirebilirdi, ama istemedi...

Suat kalkıp kapıya geldi.

–Artık çok geç onun için. Güle güle, iyi şanslar.

Karşılıklı durdular, ikisinde de bir acemilik vardı, soğukça el sıkıştılar. Ömer merdivenden inmeye başladı. Merdivenin yarısına geldiği sırada Suat arkasından bağırdı:

–Dominquez sana niye Anibal diyordu?

–Bilmem, dedi Ömer, sormak hiç aklıma gelmedi.

46

Pırıltılı bir zar gibi incecik bir su kapladı gözün içini, yavaşça gözpınarına kaydı, orada birikti, bir damla oldu, oradan kirpiğin ucuna aktı, bir an sallandı, içinden ışıklar geçti, sonra yere düştü, kayboldu...

SON